EDUCAÇÃO: AS FALAS DOS SUJEITOS SOCIAIS

Agradecimentos

A realização deste trabalho só foi possível graças à colaboração direta ou indireta de muitos, a quem agradeço imensamente, e em particular:

– à Fapesp – Fundação de Amparo à Pesquisa do Estado de São Paulo, pela bolsa de estudo, que possibilitou minha dedicação exclusiva ao desenvolvimento desta pesquisa;

– ao Prof. Dr. Milton Carlos Costa, da Unesp – Assis, que me orientou nesta pesquisa, pela forma como sempre me ajudou a buscar e descobrir respostas por mim mesma;

– a todos os entrevistados, pela acolhida e disposição em compartilhar suas experiências;

– a todos os amigos que me incentivaram e me apoiaram;

– à minha família, em especial meus pais, Valda e Giuseppe, minhas irmãs Monica e Nara e a querida Bruna, pelo carinho e presença sempre constantes; e

– ao meu esposo, Sandro, cujo incentivo foi fundamental para que eu buscasse e aceitasse desafios maiores em minha vida, entre eles esta pesquisa.

Prefácio

O livro de Nadia Gaiofatto Gonçalves – *Educação: as falas dos sujeitos sociais* – é muito bem-vindo.

A autora estruturou seu trabalho em um vaivém entre as abordagens macro e micro-histórica. Ela parte de uma ampla contextualização histórica dos dilemas educacionais brasileiros, na qual reconstrói igualmente a história republicana do Brasil, necessária para compreendê-los, para chegar a seu objeto de estudo: as políticas educacionais dos governos paulistas no período compreendido entre 1984 e 1997.

Mais precisamente, seu objeto consiste na recuperação das falas e percepções dos sujeitos sociais envolvidos no processo educacional em escolas pertencentes à Diretoria Regional de Ensino de Assis – professoras, diretores, delegados de ensino e pais de alunos.

Esta parte de seu trabalho (capítulo 2) constitui o aspecto que chamou de micro. Nela foram recuperadas, de maneira muito rica, as falas dos sujeitos sociais referidos em toda sua espontaneidade e vivacidade.

Contudo, a autora não somente as reproduz como procura articulá-las à sua problemática de uma maneira que permitam uma compreensão maior dos problemas vividos por aqueles personagens no cotidiano escolar, bem como das questões crônicas do ensino brasileiro, como evasão e repetência, que ela ilumina com um enfoque novo, historicizando-os e relativizando-os (capítulo 3).

Este momento de seu trabalho aparece como particularmente agradável e sugestivo, pois mostra como é possível ao historiador fazer uma história ao rés do chão, muito próxima de problemas vitais e concretos dos sujeitos históricos.

A história oral aqui foi um instrumento metodológico de primeira ordem para recuperar as vivências, angústias, problemas e estratégias dos atores históricos, e permitiu um mergulho esclarecedor no cotidiano escolar paulista do período estudado.

No quarto capítulo de seu livro a autora volta a uma abordagem macro-histórica, procurando discutir os grandes problemas educacionais brasileiros, ajudada por uma bibliografia bem escolhida e bem utilizada, e no qual ela retorna a várias de suas apreciações feitas no terceiro capítulo.

Deve-se observar que a estrutura do trabalho permitiu uma abordagem consistente do seu objeto – as percepções e representações dos sujeitos sociais na escola –, pois não foram esquecidas nem as grandes questões educacionais nem tampouco o foram os sujeitos que constroem e vivem a realidade da escola.

A autora conseguiu realizar um trabalho bem fundamentado teoricamente – particularmente na recuperação da memória coletiva e individual dos agentes históricos estudados – e principalmente não deixou que a teoria e a metodologia da história oral se substituíssem à análise historiográfica do seu objeto. Conseguiu realizar, ao mesmo tempo, um trabalho monográfico sobre o seu tema – amparado por um uso rigoroso de elementos quantitativos, como o mostram os quadros e gráficos presentes no livro – e um estudo historiográfico da Educação brasileira, iluminando o seu objeto com perspectivas e informações realmente novas.

Espero que os leitores deste trabalho o leiam com o mesmo prazer e proveito com que o fiz – trabalho que considero inovador tanto em termos historiográficos quanto na abertura de perspectivas novas para o estudo dos problemas educacionais brasileiros.

MILTON CARLOS COSTA
Assis, fevereiro de 2002

Introdução

> *Para que escrever a história, se não for para ajudar seus contemporâneos a ter confiança em seu futuro e a abordar com mais recursos as dificuldades que eles encontram cotidianamente? O historiador, por conseguinte, tem o dever de não se fechar no passado e de refletir assiduamente sobre os problemas de seu tempo.*
>
> GEORGES DUBY

Este livro é o resultado da pesquisa realizada pela autora, para sua dissertação de mestrado em História, intitulada "Educação: as falas dos sujeitos sociais – Delegacia de Ensino de Assis – SP, 1984-1997", defendida na Unesp de Assis em 1999.

O tema aqui enfocado – as falas e percepções de indivíduos que lidam direta ou indiretamente com a escola pública, a respeito dessa mesma escola e da questão educacional – foi escolhido e delimitado a partir de indagações surgidas durante o contato da autora como docente com a escola pública.

Mais especificamente, a questão a que se procura responder e que permeia o livro é: como as políticas educacionais e as condições que envolvem a realidade escolar (com ênfase na evasão e na repetência), nas escolas estaduais que atendem classes de 1.ª a 4.ª série, abrangidas pela Delegacia de Ensino de Assis – SP, foram percebidas pelos sujeitos sociais relacionados com a escola, no período compreendido entre 1984 e 1997?

No capítulo 1, é feita uma abordagem do contexto histórico e educacional do país e do Estado de São Paulo, destacando a forma como a Educação foi conduzida no âmbito político e alguns dos principais problemas que a envolvem ainda hoje.

A transição parcial das entrevistas realizadas, a fim de ilustrar e pontuar as perspectivas e falas diante dos temas abordados, é apresentada no capítulo 2.

No capítulo 3, o eixo da abordagem é a questão-chave da investigação: a análise referente, em especial, às percepções quanto à Educação, e as políticas educacionais do período estudado no Estado de São Paulo.

No capítulo 4 há uma avaliação das principais questões destacadas nas entrevistas e presentes na discussão acadêmica referente à Educação.

Finalmente, na conclusão do trabalho, no capítulo 5, as principais inferências são brevemente retomadas, com alguns comentários quanto à questão educacional, além de sugestões sobre temas que surgiram durante o desenvolvimento da pesquisa, a serem mais bem estudados.

Deve-se ressaltar que este trabalho, realizado durante os anos de 1998 e 1999, refere-se ao contexto, às políticas e às percepções sobre a Educação e a escola até 1997. Portanto, é dentro destes parâmetros que deve ser lido.

O tema aqui abordado remete à Educação, ou, mais especificamente, a percepções sobre a Educação e a escola. A fim de visualizar melhor a importância deste objeto de pesquisa, é importante ressaltar o quadro educacional brasileiro.

O Brasil é um país de imensos contrastes internos, notadamente nas questões demográficas e socioeconômicas, que acabam influenciando a Educação. Por exemplo: em 1997, o sistema nacional de ensino fundamental abrangia um total de 1.683,3 mil professores e 38.845,6 mil alunos[1]. A distribuição deste contingente pelo país era a seguinte: Região Norte – 7,8% dos professores e 8,7% dos alunos; Nordeste – 32,4% e 33,12%; Centro-Oeste – 6,8% e 6,95%; Sul – 15,7% e 12,84% respectivamente; e Sudeste, com o maior contingente – 37,3% dos professores e 38,39% dos alunos totais do país.

---

1. *Folha de S.Paulo*, 11/2/98, Cotidiano, p. 8: "País tem 21% de professores sem formação mínima".

Desse total, somente o Estado de São Paulo abrangia 282,2 mil professores e 7.546,3 mil alunos, ou seja, 16,8% e 19,4% do total nacional, consistindo no maior sistema educacional do país.

No que se refere a reprovação e evasão escolares, os índices médios nacionais em 1996 foram de 15% e 16%[2], respectivamente. A região Sudeste apresentou índices menores – 12% e 13%, e o Estado de São Paulo apresentou taxas de 8,6% de reprovação e 7,6% de evasão.

Estes índices são normalmente utilizados para medição do chamado fracasso escolar, entendido como a incapacidade do aluno em superar as etapas de aprendizado, o que é ilustrado habitualmente por números de reprovados e evadidos. Porém considera-se aqui que estes dois indicadores são simplificadores, uma vez que, por serem quantitativos, não são capazes de captar, por exemplo, o impacto que mudanças no conteúdo curricular possam ter sobre o desempenho dos alunos. Deve-se ainda considerar a interação com outros elementos que afetam o fracasso escolar, como: qualidade do ensino e aprendizagem, condições sociais heterogêneas dos alunos, formação dos professores, salários e infra-estrutura das escolas.

De outro lado, o fracasso ou o sucesso são relativos, visto que dependem do objetivo pretendido e da compreensão que se tenha deste objetivo e do papel dos sujeitos neste processo. Por exemplo: se o objetivo for um aumento quantitativo de vagas, uma política com esta finalidade poderá ser entendida como bem-sucedida, mesmo com queda qualitativa do ensino; de outro lado, se a meta for a excelência do ensino e o maior rigor na avaliação dos alunos, um aumento na repetência pode não ser entendido como fracasso.

Partindo-se dessa perspectiva – de fracasso relativo –, foram analisadas as tendências das políticas educacionais

---

2. *Folha de S.Paulo*, 8/2/98, Cotidiano, pp. 8-9: "Repetência e evasão emperram ensino no Brasil".

no país e no Estado de São Paulo[3] e os discursos de pessoas ligadas à escola sobre o mesmo tema – Educação, escola, fracasso escolar. Pretende-se assim que esta pesquisa possa contribuir para uma melhor compreensão da história da Educação e da forma como ela é percebida e construída na escola.

A fim de responder à pergunta que direcionou a pesquisa – como as políticas educacionais e as condições que envolvem a realidade escolar (com ênfase na evasão e repetência), nas escolas estaduais que atendem classes de 1.ª a 4.ª série, abrangidas pela DE de Assis – SP, foram percebidas pelos sujeitos sociais relacionados com a escola, no período compreendido entre 1984 e 1997? –, duas fontes foram utilizadas. A principal foi a oral, com entrevistas realizadas com delegados de ensino, diretores, professoras e pais de alunos. Outra fonte, considerada subsidiária, foi a legislação educacional, utilizada para delinear as tendências e prioridades presentes no período abrangido.

Quanto à delimitação temporal da pesquisa, escolheu-se 1984 como marco inicial por dois motivos: pela transição democrática iniciada nesse ano, que no plano simbólico representou maior liberdade nos discursos acerca da formação dos indivíduos; e, no caso específico do Estado de São Paulo, pela implantação do Ciclo Básico de Alfabetização[4] na 1.ª e na 2.ª série da escola pública estadual.

Na análise aqui realizada, enfatizou-se o problema da evasão e repetência escolares, tanto por elas serem um dos principais focos das políticas no período quanto por serem os principais indicadores de avaliação das agências internacionais de financiamento, em particular o Banco Mundial.

---

3. Na análise da legislação, partiu-se do entendimento de fracasso escolar como evasão e repetência, habitualmente utilizado pelo governo.

4. Tratou-se de um mecanismo que impedia a reprovação da 1.ª para a 2.ª série, visando diminuir a evasão e a repetência e amenizar a carência de vagas no ano de ingresso. Em 1998, este mecanismo foi estendido até a 8.ª série.

A Diretoria Regional de Ensino de Assis[5] foi estabelecida como limitação geográfica, uma vez que a metodologia necessária para a investigação do problema implicou a realização de entrevistas, o que obrigou a uma delimitação que permitisse a viabilidade de um número significativo de entrevistados[6], que operacionalmente foram representados por delegados[7] de ensino, diretores, professoras e pais de alunos. Esta Delegacia abrange 33 escolas públicas[8] que atendem classes de 1.ª a 4.ª série.

Alguns pressupostos foram estabelecidos para a realização da pesquisa e nortearam seu desenvolvimento[9]. São eles:

1) Considerou-se que a questão educacional envolve elementos complexos, que, se ignorados, simplificam excessivamente o problema, além de distorcerem a questão educacional observada.

2) A instituição escolar foi entendida como composta por indivíduos (alunos, funcionários, diretores, professores) – os sujeitos sociais – inseridos em um campo, uma realidade maior e diversificada, com aspectos sociais, econômicos, políticos, culturais e educacionais a serem considerados. Cada indivíduo tem visão própria, e acaba por agir segundo esta visão, que tende a ser limitada por seu meio. Esta limitação configura mas não determina a ação; porém é suficiente para criar padrões de comportamento.

As diferentes formas de interpretação da realidade derivam das expectativas dos sujeitos sociais e da forma como ela lhes é apresentada. Bourdieu (1996) utiliza as noções de

---

5. À época da pesquisa, a denominação deste órgão era Delegacia de Ensino, daí a opção para o título do trabalho; ambos indicam a mesma coisa. Aqui, Diretoria de Ensino será indicada pela sigla DE.

6. Foram realizadas 98 entrevistas.

7. Os atuais diretores regionais de ensino serão designados como delegados de ensino, a fim de que não haja confusão com os diretores das unidades escolares.

8. Estas escolas localizam-se nas seguintes cidades: Anhumas, Assis, Campos Novos Paulista, Cândido Mota, Porto Almeida, Cruzália, Florínea, Ibirarema, Maracaí, Palmital, Platina, São José das Laranjeiras e Tarumã.

9. Baseados principalmente nas obras de Bourdieu (1988, 1989 e 1996) e Chartier (1988).

habitus e espaço social para trabalhar esta perspectiva. O *habitus* é o elemento que permite ao sujeito social interpretar o mundo e a partir daí gerar suas práticas e representações dentro deste espaço (denominado campo), que é, em parte, determinante neste processo, uma vez que os sujeitos sociais nele inseridos tendem a ter sua visão parcialmente limitada por ele, e no qual surgem diferentes visões de mundo, conforme o posicionamento dos sujeitos, o que faz então surgirem grupos mais ou menos homogêneos. Porém o que é ressaltado neste processo é a ação dos sujeitos:

> Os "sujeitos" são, de fato, agentes que atuam e que sabem, dotados de um "senso prático" [...], de um sistema adquirido de preferências, de princípios de visão e de divisão (o que comumente chamamos de gosto), de estruturas cognitivas duradouras (que são essencialmente produto da incorporação das estruturas objetivas) e de esquemas de ação que orientam a percepção da situação e a resposta adequada. O *habitus* é essa espécie de senso prático do que se deve fazer em dada situação... (P. 42.)

Este senso prático não é necessariamente consciente, mas leva ao desenvolvimento de comportamentos, objetivos e atitudes que parecem legítimos para os sujeitos inseridos em um determinado espaço social, em um dado momento, e que podem parecer indiferentes para quem está fora desse espaço, ou para quem está nele mas com uma visão diferente.

Através dos discursos, essas percepções podem ser mais bem compreendidas, embora se considere que não necessariamente o discurso reflita com fidelidade a prática do sujeito social, mas no mínimo permite perceber o que é considerado como ideal. Cada sujeito possui um *habitus* próprio, mas, em um mesmo espaço social, é possível identificarem-se tendências homogeneizantes quanto mais possuam características em comum.

Chartier (1988) aborda a questão das leituras ou entendimentos possíveis, a partir do termo representação, ou as diferentes formas que uma realidade é dada a ler. Segundo esta perspectiva, as percepções dos sujeitos sociais não são neutras, pois dependem do contexto em que foram elaboradas, e os sujeitos sociais derivam dessas percepções as suas práticas. Nesse sentido, a história oral traz a sua contribuição, na medida em que permite captar as visões de mundo dos indivíduos e grupos, a partir das quais pode-se compreender melhor como o passado é revisto e (re)formulado nos discursos.

A visão de mundo constitui o mecanismo de justificativas individuais, as quais permitem que o indivíduo interaja com o mundo por meio de suas "práticas e representações" (Chartier, 1988)[10]. Esta expressão, bastante citada mas pouco explicitada, é entendida aqui como as diversas formas pelas quais a realidade pode ser interpretada, e que se refletem na vida prática, nas ações e atitudes, mesmo inconscientes.

3) Assim, a função do historiador não é compreender como restituir o real como totalidade, mas analisar o que os discursos e as práticas designam como realidade. Entende-se aqui o processo de explicação histórica como o processo de identificação e reconhecimento dos modos e formas dos discursos, e não mais como a explicação dos acontecimentos do passado.

4) A memória é considerada no sentido básico do termo "uma reconstrução psíquica e intelectual que acarreta de fato uma representação seletiva do passado, um passado que nunca é aquele do indivíduo somente, mas de um indivíduo inserido num contexto familiar, social, nacional" (Rousso, 1996, pp. 94-5).

5) O Estado, como instituição, possui mecanismos e poder material e simbólico para orientar e regular o funcionamento de diversos elementos sociais. Conforme Bourdieu (1996):

---

10. Chartier utiliza o que ele denomina "teoria da leitura, para melhor compreensão dos discursos e da 'apropriação dos discursos', isto é, a maneira como estes afectam o leitor e o conduzem a uma nova norma de compreensão de si próprio e do mundo" (p. 24).

Dado que concentra um conjunto de recursos materiais e simbólicos, o Estado tem a capacidade de regular o funcionamento dos diferentes campos, seja por meio de intervenções financeiras (como, no campo econômico, os auxílios públicos a investimentos ou, no campo cultural, os apoios a tal ou qual forma de ensino), seja através de intervenções jurídicas (como as diversas regulamentações do funcionamento de organizações ou do comportamento dos agentes individuais). (P. 51.)

Assim, um dos mecanismos acima referidos é a legislação, aqui entendida como parte integrante da escola pública, uma vez que reflete a tendência e as prioridades do Estado em relação à Educação.

6) A escola pública foi entendida como instituição, mas, na medida em que estruturalmente está submetida ao controle do Estado, é influenciada pelas diretrizes dos grupos que em dado momento o compõem.

7) Dessa perspectiva, as instituições, e particularmente o Estado e seus mecanismos de orientação e regulação – incluindo a legislação –, carecem, para sua sustentação, da adesão e da aprovação dos indivíduos. Assim, os sujeitos, ainda que influenciados, não são passivos na relação social, podendo ou não legitimar determinada instituição. A esse respeito, Bourdieu (1996) comenta, citando o filósofo Hume:

"Nada é mais surpreendente, para quem considera as relações humanas com um olhar filosófico, do que perceber a facilidade com que os mais numerosos (*the many*) são governados pelos menos numerosos (*the few*) e observar a submissão implícita com que os homens anulam seus próprios sentimentos e paixões em favor de seus dirigentes. Quando nos perguntamos através de que meios essa coisa espantosa se realiza, percebemos que, como a força está sempre do lado dos governados, os governantes não têm nada que os sustente a não ser a opinião. O governo apóia-se, portanto, apenas sobre a opinião e esse axioma se aplica tanto aos governos mais despóticos e mais militarizados quanto aos mais livres e populares." O espanto de Hume coloca a questão fundamental de toda filosofia política, questão que paradoxalmente ocultamos ao colocar um problema que não se coloca verdadeiramente como tal na vida cotidiana, o da legitimidade. De fato, o que é problemático é que, no essencial, a ordem estabelecida não é um problema; fora das situações de crise, a questão da legitimidade do Estado, e da ordem que o institui, não se coloca. O Estado não tem, necessariamente, necessidade de dar ordens, ou de exercer coerção física, para produzir um mundo social ordenado: pelo menos enquanto puder produzir estruturas cognitivas incorporadas que estejam em consonância com as estruturas objetivas, assegurando assim a crença da qual falava Hume, a submissão dóxica à ordem estabelecida. (Pp. 118-9.)

Esta citação é conveniente, na medida em que o período histórico abordado é marcado justamente pela transição e crise políticas, conforme será mais aprofundado posteriormente, sendo oportuno considerar a questão da legitimidade a partir dos discursos analisados na pesquisa.

Em adição aos pressupostos básicos apresentados acima, que dão a perspectiva teórica desta pesquisa, considerou-se ainda o entendimento de Werebe (1970), que destaca a diferença e a distância entre a legislação e a realidade das escolas e afirma:

Os objetivos do ensino primário brasileiro sempre foram bem postos, teoricamente, nos termos da legislação escolar. Pode-se mesmo afirmar que foram determinados com grande ambição, tendo em vista os mais nobres ideais e os mais elevados padrões de educação e não a realidade escolar nacional. Que tais propósitos devem constituir a profissão de fé dos educadores, que se deve aspirar a sua concretização, não se discute. Porém, deve-se ter consciência de que o simples fato de colocá-los em lei não basta para que sejam alcançados, quando a realidade escolar não oferece condições para isso. (P. 81.)

Acrescente-se ainda à problemática abordada a pouca coerência e continuidade das políticas de ensino.

Estes pressupostos permeiam os capítulos do livro, nos diferentes aspectos aqui tratados: na contextualização da Educação e de seus problemas, nas entrevistas e em sua análise e nas reflexões sobre as questões educacionais.

Capítulo 1 História e Educação no Brasil

> *A ignorância do passado não se limita a prejudicar o conhecimento do presente: compromete, no presente, a própria ação.*
>
> MARC BLOCH

Na história do país, é a partir da Primeira República que a Educação passa a ser um tema debatido pelos intelectuais, sendo esta discussão caracterizada sobretudo pelo "entusiasmo pela educação", de caráter mais quantitativo e visando à expansão da escola pública, e pelo "otimismo pedagógico", de caráter mais qualitativo e seletivo. A ampliação do debate educacional neste período deve-se em especial às novas necessidades da população surgidas no âmbito social, econômico e político, diante da reorganização do Estado.

Ressalte-se a maior complexidade da sociedade a partir desse período[1], diferente da estrutura escravocrata de até então: vários estratos sociais emergiram, com interesses e posições diversas, o que levou à existência de um sistema escolar dual – escola secundária acadêmica e superior, e escola primária e profissional – que atendia a clientelas distintas. Porém, apesar das mudanças sociais, a grande maioria da população ainda permaneceu distanciada da Educação. Com o início da urbanização no país, o aumento da demanda social pela Educação e por recursos humanos mais letrados levou a uma crise do sistema educacional, que não

---

1. Conforme Romanelli (1986).

comportava nem havia sido estruturado para atender a essa complexidade.

A questão educacional é mais seriamente enfatizada a partir da Primeira Guerra Mundial, quando ocorrem discussões sobre o desenvolvimento do país e um relativo crescimento industrial e urbano. Esses fatores resultaram em uma maior pressão em favor da Educação popular, diante de um quadro nacional no qual 75% da população era analfabeta (em 1920).

Deve-se também considerar que na década de 20 ocorreram importantes mudanças no país, tanto no aspecto econômico, como a intensificação das relações comerciais e financeiras do Brasil, quanto no aspecto cultural, em que o relacionamento com os Estados Unidos abriu as portas para a influência de novos comportamentos, favorecendo mesmo a chegada de idéias pedagógicas como a Escola Nova, com base em John Dewey[2]. Foram adeptos dela, no país, educadores como Anísio Teixeira, Fernando de Azevedo, Lourenço Filho e Francisco Campos, por exemplo.

Na década de 30 um dos temas presentes nos debates para a construção de um novo Brasil era a Educação, abordada como questão social.

Logo após a tomada do poder por Getúlio Vargas, depois da Revolução de 30, foi criado o Ministério da Educação e Saúde Pública, cujo ministro, Francisco Campos, iniciou uma reforma no sistema educacional, visando especialmente a uma política nacional de Educação, uma vez que até então o que havia eram "sistemas estaduais, sem articulação com o sistema central. Era a primeira vez que uma reforma atingia profundamente a estrutura do ensino, e, o que é mais importante, era pela primeira vez imposta a todo o território nacional" (Romanelli, 1986, p. 131). O governo Vargas procurou aparentar imparcialidade nas discussões educacionais, a fim de conciliar a manutenção da ordem – como apregoavam os católicos – e as idéias mo-

---

2. Ghiraldelli (1990).

dernizantes – defendidas pelos profissionais da Educação –, mas foi evidente a importância da atuação de um educador envolvido com o movimento de renovação da Educação à frente do Ministério.

Uma das conseqüências deste debate educacional foi que a Constituição de 1934 – diferentemente das de 1824 e 1891, que eram omissas e superficiais em relação à Educação – instituiu alguns importantes elementos, como: o Plano Nacional de Educação, a obrigatoriedade e gratuidade do ensino primário, o concurso público para provimento de cargos, dotações orçamentárias para o ensino nas zonas rurais, e vinculação de 10% do orçamento anual da União, e 20% dos Estados, à Educação. Ao lado dessas inovações, houve também concessões aos conservadores, como o ensino religioso facultativo nas escolas e o reconhecimento dos estabelecimentos de ensino particulares.

A Constituição seguinte, de 1937, inverteu algumas das tendências democratizantes referentes à Educação, ao designar ao governo um papel subsidiário, não determinar dotações orçamentárias e desconsiderar a necessidade de concurso público, no que se refere ao sistema público educacional. Esta Constituição também instituiu a ditadura, na teoria e na prática, ao concentrar amplos poderes nas mãos do presidente, como por exemplo poder para dissolver o Congresso e expedir decretos-leis. Além disso, estabeleceram-se outras medidas: os partidos políticos foram extintos; a liberdade de imprensa foi abolida, com o estabelecimento da censura prévia; os Estados passaram a ser governados por interventores; o mandato do presidente foi prorrogado até a realização de um plebiscito; entre outras.

Durante o Estado Novo (1937-45), a indústria e a urbanização foram bastante expandidas, o que levou o governo a incentivar o ensino profissionalizante para as classes mais populares. Para os alunos que não necessitavam trabalhar para se sustentar, havia ainda a possibilidade do ensino superior. Este período, caracterizado pela centralização administrativa do governo Vargas, "possibilitou uma maior homogeneidade e continuidade nas medidas educacionais"[3], e, apesar das críticas de setores liberais, esta centralização permitiu, para as classes populares, uma melhor visibilidade da ação governamental.

No plano econômico, a industrialização e a ampliação da produção interna deveram-se a vários fatores: a diminuição das importações, decorrente da desvalorização da moeda, ocorrida a partir da crise de 1929; a Segunda Guerra Mundial (1939-45), que levou ao declínio do comércio internacional e reforçou a diminuição das importações de produtos manufaturados; o atendimento aos países vizinhos, que também sofreram com a dificuldade de importação de seus tradicionais fornecedores; e a construção da Companhia Siderúrgica Nacional, que entrou em funcionamento em 1946, sendo este o principal fator para o desenvolvimento da indústria nacional, que até então dependia da importação para aquisição de matéria-prima e equipamentos.

As principais características desta estratégia econômica desenvolvimentista eram:

> a) crescimento acelerado da renda nacional, cujo pólo dinâmico deveria ser o processo de industrialização com vistas à auto-suficiência relativa do país – condição para superar definitivamente as constrições ao crescimento impostas pela restrição cambial; b) expansão e diversificação do mercado interno como motor dinâmico do desenvolvimento econômico; c) preocupação com as dimensões sociais do desenvolvimento capitalista no Brasil refletida, entre outras coisas, nas propostas concretas de gastos públicos a serem canalizados para programas de educação e saúde; e d) o Estado como o centro privilegiado do qual deveriam partir as diretrizes a longo prazo para levar a cabo a "revolução das estruturas", por meio das novas técnicas de planejamento. (Sola, 1998, p. 70.)

Destaca-se ainda a política do governo, que, ao mesmo tempo que fazia concessões aos trabalhadores, como por

---

3. Ghiraldelli, 1990, p. 88.

exemplo o salário mínimo, a jornada de 8 horas, as férias remuneradas e a Consolidação das Leis do Trabalho – CLT, exercia forte controle sobre a atividade sindical.

Com o início de manifestações favoráveis ao fim da ditadura e à realização de eleições, Vargas promoveu uma reforma constitucional, na qual regulamentou o alistamento e as eleições, favorecendo o debate público e a organização partidária. Contando ainda com o apoio dos trabalhadores, vários grupos organizaram-se em prol da manutenção de Vargas no governo, porém setores das classes dominantes, do capital internacional e das Forças Armadas retiraram seu apoio ao Estado Novo e a Vargas, culminando no golpe de 29 de outubro de 1945. Nas eleições de dezembro deste mesmo ano, o general Eurico Gaspar Dutra (1945-50) foi eleito presidente.

Em 1946 foi votada uma nova Constituição, mais liberal e que "regularizou a vida do país procurando garantir o desenrolar das lutas político-partidárias 'dentro da ordem'"[4]. No que se refere à Educação, esta Constituição – bastante semelhante à de 1934 – estipulou que a União deveria fixar as diretrizes e bases da Educação nacional. O projeto LDB – Lei de Diretrizes e Bases da Educação Nacional – tramitou por treze anos entre a Comissão criada para desenvolvê-lo, o Congresso Nacional e o plenário da Câmara, passou por um período de arquivamento, até que finalmente fosse reiniciada sua discussão, após a qual recebeu o substitutivo Carlos Lacerda, que alterava profundamente o texto original, trazendo para a LDB os interesses das escolas particulares. O debate entre os defensores da escola pública e os defensores das escolas particulares (aliados à Igreja) extrapolou o Congresso, ampliando-se para a sociedade civil. Após grandes discussões, o projeto foi aprovado e sancionado em 1961[5], já deficitário diante das novas necessidades educacionais do país.

4. Ghiraldelli, 1990, p. 110.
5. Lei 4.024, de 20 de dezembro de 1961.

No plano político, o país conquistou uma democracia, embora um tanto peculiar, por ainda não haver liberdade partidária total e pelo populismo existente. Apesar disso, os partidos políticos existentes conseguiram representar diferentes correntes de opinião e mobilizar parte da população[6]. Nas eleições de 1950, Getúlio Vargas foi eleito presidente.

> [...] a política de Vargas consistiu na tentativa de *compatibilizar* a implantação de um projeto *moderadamente* nacionalista de desenvolvimento com a busca de *novas formas de inserção* do Brasil no sistema de cooperação internacional, *de modo a obter o apoio oficial dos EUA para a consecução desse projeto*.
> (Sola, 1998, p. 95, grifos do original.)

Esta gestão foi marcada, no plano econômico, pela instituição do monopólio estatal sobre o petróleo e pela expansão da Companhia Siderúrgica de Volta Redonda. Porém a alta inflação, o aumento do custo de vida e a insuficiência de energia e transporte geraram greves por melhores salários, especialmente entre meados de 1952 e fins de 1953. Em 1º de maio de 1954, Vargas decretou o aumento de 100% no salário mínimo[7]. Esta atitude aumentou a resistência de alguns setores ao governo, e, após muitas pressões para seu afastamento, Vargas se suicidou, em 24 de agosto de 1954. A seu suicídio seguiu-se o mandato de Café Filho, um governo de transição que procurou estabilizar a economia, defendendo a abertura do país ao capital estrangeiro, e controlar o processo inflacionário por meio da contenção

---

6. Os primeiros partidos políticos que se destacaram neste período foram o PSD – Partido Social Democrata, o PTB – Partido Trabalhista Brasileiro e a UDN – União Democrática Nacional. O PSD era tipicamente oligárquico, com bases agrárias; o PTB foi fundado por Vargas e assumia o discurso da esquerda; e a UDN, antigetulista, também com bases agrárias, defendia um liberalismo, entendido como excessivamente colaboracionista com o capital estrangeiro.

7. "O impacto das mudanças na política salarial no sentido de promover um *modicum* de redistribuição de renda, a mera existência de uma proposta de reforma agrária e de extensão da legislação social aos trabalhadores rurais, [...] evidenciam as tensões inerentes ao pacto populista no Brasil." (Sola, 1998, p. 128.)

dos salários, o que gerou grandes manifestações populares e greves.

Nas eleições de 1955, Juscelino Kubitschek obteve 36% dos votos, o que motivou a contestação de sua posse. Este governo imprimiu à administração pública um ritmo mais moderno e dinâmico, procurando desenvolver alguns aspectos do país, mesmo à custa da inflação crescente e de empréstimos externos. Benevides (1976, p. 23) caracteriza-o como "um caso 'atípico' de estabilidade", além de destacar sua importância na reorientação do desenvolvimento econômico do país. Ressalte-se também a escalada do endividamento externo e a dependência econômica gerada pelos empréstimos[8].

De maneira geral, o governo JK é caracterizado pelo nacional-desenvolvimentismo da economia brasileira: seu Plano de Metas teve como lema "cinqüenta anos em cinco", e tratou de atacar os problemas crônicos do país, notadamente os referentes a energia, transporte, alimentação, indústria de base e educação, além de prever a construção de Brasília.

Especificamente no que se refere à "educação para o desenvolvimento", o ensino técnico profissionalizante foi destacado, e os recursos para este tipo de ensino foram quadruplicados entre 1957 e 1959. Em contrapartida, metade da população continuava analfabeta. Ao final do governo JK, apenas 23% dos alunos matriculados no curso primário chegavam ao 4.º ano, o que indica uma escola ainda elitista e excludente.

> Em relação ao analfabetismo e à educação básica, Juscelino oscilou entre pólos conflitantes e incongruentes. Ora clamava por recursos privados para a educação, batendo na velha tecla de que o Estado não poderia assumir, sozinho, os encargos da universalização do ensino básico. Em outros momentos, inadvertidamente, dizia-se disposto a conceder au-

8. Sola (1998).

xílio financeiro federal para instituições particulares que pudessem colaborar com o ensino público na tarefa de distribuição de serviços educacionais. (Ghiraldelli, 1990, pp. 131-2.)

Sucedendo JK, Jânio Quadros foi eleito presidente em 1960 e renunciou por discordâncias e pressões diversas em agosto de 1961. Em sua campanha, havia se posicionado em defesa da escola particular e, durante seu curto mandato, procurou conter a expansão da universidade, acenando ao mesmo tempo com uma política de ampliação da escola técnica e profissionalizante, o que não se concretizou.

Após a renúncia de Jânio Quadros, João Goulart assumiu a presidência, sob um regime parlamentarista, o que lhe cerceava as ações. Esta situação permaneceu até janeiro de 1963, quando propôs o plebiscito que reinstaurou o presidencialismo.

O Plano Trienal de Desenvolvimento Econômico e Social (1963-65) viria indicar a necessidade de reformas básicas no país, a começar pelo controle da inflação, visto como condição necessária para a redução das desigualdades regionais do nível de vida e para a melhor distribuição das riquezas do país. No final de 1963, Jango expôs a situação da Educação brasileira: "metade da população continuava analfabeta; somente 7% dos alunos do curso primário chegavam à quarta série; [...] somente 1% dos estudantes alcançava o ensino superior" (Ghiraldelli, 1990, p. 133). Esta situação ocorria apesar do Plano Nacional de Educação – PNE, que em 1962 vinculara 12% dos impostos arrecadados pela União à Educação e traçara metas como matricular 100% da população de 7 a 11 anos no ensino primário; expandira também os ensinos médio e superior e a formação de professores; e ampliara a carga horária e as atividades na escola para os ensinos primário e médio. Porém, mais uma vez, metas democratizantes foram estancadas. O PNE foi extinto dias após o golpe de março de 1964, quando teve início o período ditatorial no país.

Do ponto de vista econômico, o golpe de 64 significou o aprimoramento e a consolidação do modelo implantado desde 1955, no qual "o favorecimento da grande empresa era o seu objetivo. O arrocho salarial, sua estratégia. O combate à inflação, sua justificativa legitimadora. O 'milagre' econômico veio a ser seu resultado" (Mendonça & Fontes, 1996, p. 21).

Durante o governo Castello Branco (1964-67), reformas financeira, fiscal e administrativa aprofundaram a intervenção estatal na economia, o que seria característica também dos demais governos militares. O milagre brasileiro – um ritmo acelerado de crescimento econômico – teve seu início em 1967, consolidando-se em 1968. Baseava-se sobretudo em uma política fiscal de incentivos e isenções, em uma política cambial que favorecia as exportações, em uma política que facilitava a entrada de capital estrangeiro na forma de investimentos e empréstimos, em um sistema de crédito subsidiado para as empresas e para o consumo de bens duráveis e no arrocho salarial[9]. Apesar do crescimento econômico, o arrocho e a pressão sobre os sindicatos garantiam o controle sobre a classe trabalhadora.

No campo educacional, o ensino era visto como instrumentalização para o trabalho, além de a Educação ser concebida como instrumento de controle ideológico, em especial a partir da Doutrina da Segurança Nacional, direcionadora de boa parte das ações governamentais. A ênfase na articulação entre Educação e trabalho deveu-se, em parte, aos acordos firmados entre o MEC e o AID (*Agency for International Development*), conhecidos como MEC-USAID, no período de 1964 a 1968, que traziam consigo esta tônica.

> O período ditatorial, ao longo de duas décadas que serviram de palco para o revezamento de cinco generais na Presidência da República, se pautou em termos educacionais pela repressão, privatização do ensino, exclusão de boa parcela das classes populares do ensino elementar de boa qualidade, institucionalização do ensino profissionalizante, tecni-

---

9. Segundo Paes (1997).

cismo pedagógico e desmobilização do magistério através de abundante e confusa legislação educacional. (Ghiraldelli, 1990, p. 163.)

Durante o período militar, houve duas Constituições. A de 1967 determinou aos poderes públicos que prestassem assistência técnica e financeira ao ensino particular, ampliou a obrigatoriedade do ensino dos 7 aos 14 anos – vinculando-a a uma faixa etária, e não a um nível de ensino – e aboliu a fixação de percentuais orçamentários à Educação, e a de 1969 restringiu a vinculação orçamentária à Educação apenas aos municípios. Durante o período em que o país foi regido pelos Atos Institucionais, coube ao governo avaliar (e agir) quanto ao uso da liberdade no ensino, por parte dos professores.

Nesse sentido, o governo de Emilio Garrastazu Médici (1969-74) caracterizou-se como o período mais duro da ditadura militar. Censura, torturas e repressão coexistiam com o milagre econômico. Apesar de o governo tentar dar um clima ufanista à prosperidade do país, as condições salariais e de vida da população pioravam. Segundo Habert (1996), em 1972 "52,5% dos assalariados recebiam menos de um salário mínimo" (p. 17). Neste governo, a resistência armada contra a ditadura foi empreendida por diversos grupos e organizações de esquerda, que eram os mais visados pela repressão, e que foram, a maioria deles, devastados.

A Lei 5.692/71[10] fixou, neste período, as diretrizes e bases para o ensino de 1.º e 2.º graus, em âmbito nacional. Esta lei foi aprovada por unanimidade no Congresso Nacional, sem vetos do presidente da República. Ela apresentava dois pontos fundamentais: em atendimento à Constituição de 1967, indicava a escolaridade obrigatória dos 7 aos 14 anos, mas vinculava essa obrigatoriedade ao ensino de 1.º grau (8 anos), constituído na junção dos antigos primário e ginásio; e a generalização do ensino profissionalizante no nível médio ou 2.º grau.

10. Promulgada em 11/8/71.

Para Germano (1994), os objetivos básicos dessa lei teriam sido absorver temporariamente a força de trabalho supérflua, ao expandir a faixa etária de escolaridade obrigatória e conseqüentemente regular o mercado de trabalho. Além disso, atenderia também a uma demanda social, à proporção que se elevavam os requisitos necessários de mão-de-obra, enquanto buscava dar legitimidade ao Estado junto à população. Na conjuntura em questão, esta lei também significava a ampliação de oportunidades de acesso à escola e, ao eliminar os exames de admissão ao ginásio, facilitava o fluxo escolar, na medida em que tentava diminuir as taxas de evasão e repetência.

De maneira geral, a década de 70 pode ser caracterizada pela massificação de informações e de padrões de comportamento e consumo. A industrialização e a urbanização se expandiram, bem como a migração para os pólos industriais. No plano mundial, essa década foi marcada pelo crescimento da opinião pública contra governos ditatoriais, corrida armamentista e quaisquer tipos de discriminação; as relações entre EUA e URSS tornaram-se mais amenas; houve um aumento da concorrência e dos conflitos sociais nos países desenvolvidos. Na América Latina, ocorreu a implantação de várias ditaduras: no Chile, Bolívia, Peru, Argentina e Uruguai; ditaduras estas que ao final da década foram se tornando insustentáveis.

O governo Ernesto Geisel (1974-79) iniciou-se quando a euforia do milagre declinava, e uma crise mundial começava a se manifestar. Tal crise teve seu início na retração do fornecimento de petróleo pelos países da OPEP – Organização dos Países Exportadores de Petróleo, o que elevou o preço do produto, atingindo sobretudo os países bastante dependentes dele, como o Brasil. Aliados a esta crise, fatores como a imensa dívida externa, a diminuição das taxas de crescimento econômico, a inflação crescente, o arrocho salarial e o aumento do custo de vida vinham a agravar ainda mais o quadro interno do país. Esta crise, que se tornou séria a partir de 1976, teve seu auge na recessão de 1981 a 1983.

Além de abalar a área econômica, a crise também teve influência no campo político. O governo Geisel iniciou um período de abertura política "lenta, gradual e segura", combinando a repressão com uma progressiva institucionalização do regime. Porém

> [...] é razoável sustentar que o governo Geisel não tenha sido o governo da "abertura política", mas o governo da *política de abertura*. Seu objetivo mais geral era promover uma *reconversão liberal*, tutelada desde cima, da ditadura militar, e não propriamente um "retorno à democracia". Do ponto de vista estratégico, tratava-se de buscar formas conservadoras que garantissem uma taxa mínima de legitimidade do poder estatal independentemente do apoio conquistado mediante taxas recordes de crescimento econômico. (Codato, 1997, p. 75, grifos do original.)

A partir de 1978, começaram a se alastrar as greves encabeçadas pelo movimento sindical, em especial da região Sudeste, que concentrava quase 70% dos operários do país. Este processo teve sua continuidade no governo de João Baptista Figueiredo (1979-85). Em 1979, o movimento grevista se expandiu para outros Estados, envolvendo milhões de trabalhadores das mais diversas áreas.

Sallum Jr. (1996) ressalta que para Figueiredo e seu ministro do Gabinete Civil, o general Golbery do Couto e Silva,

> [...] havia que aprofundar as reformas reduzindo a rigidez do sistema político – o caráter plebiscitário das eleições e a polarização rígida governo/antigoverno que marcava o sistema partidário – pois calculavam que essa rigidez, criada pelo próprio regime, trabalhava agora contra eles, tirando-lhes aos poucos o comando sobre o processo de liberalização. (P. 28.)

Em 1979 ocorreu a reforma partidária – dentro da estratégia acima exposta –, quando os partidos se redefiniram e alguns de oposição foram legalizados. Esta reorganização partidária permitiu que nas eleições diretas para governador, em

15 de novembro de 1982, vários candidatos de oposição fossem eleitos, o que deu início a um processo de articulação para a realização de eleições diretas para presidente. A partir do final de 1983, e em especial de janeiro a abril de 1984, a campanha Diretas Já se fortaleceu e mobilizou a população, em manifestações que reuniram milhares de pessoas[11].

[...] a grandiosidade da Campanha das Diretas sinaliza claramente que o regime autoritário tornara-se anacrônico, um invólucro político muito estreito para conter, sem ruptura, as tensões entre as diversas facções da aliança desenvolvimentista e a força democratizante da sociedade.

Entretanto, o desenrolar da Campanha das Diretas, mesmo evidenciando o anacronismo do regime, mostrou também que o impulso para superá-lo era limitado e que sua base de apoio político não se desagregara por completo. (Sallum Jr., 1996, p. 101.)

Porém, em abril de 1984, na votação da Emenda Dante de Oliveira (que previa o restabelecimento de eleições diretas para presidente da República) pelo Congresso Nacional, não foram obtidos os 2/3 dos votos necessários à sua aprovação. Diante da decepção, começou-se a cogitar a mobilização em torno da Emenda Figueiredo, que propunha eleições diretas para 1988, e que era vista como um empecilho colocado somente para dificultar a aprovação das eleições diretas. Os partidos passaram, então, a se mobilizar para as eleições indiretas de 1985: Paulo Maluf foi o candidato indicado pelo PDS, enquanto Tancredo Neves foi indicado pelo PMDB. Tancredo Neves iniciou sua campanha com comícios, e aos poucos se destacou com uma imagem de "salvador", que a população buscava, talvez invocando a lembrança de Getúlio Vargas. Em 15 de janeiro de 1985, o Colégio Eleitoral elegeu Tancredo para presidente. Sua vitória no Colégio

---

11. O maior comício da campanha aconteceu no vale do Anhangabaú, em São Paulo, com 1,7 milhão de pessoas (Rodrigues, 1994, p. 18).

Eleitoral, sobre Maluf, "pareceu a superação feliz, pacífica e consensual – tão ao jeito brasileiro, se diria até, das dificuldades políticas que assoberbavam o país" (Sallum Jr., 1996, p. 108).

Porém a alegria duraria pouco. Em 15 de março de 1985, horas antes de sua posse, Tancredo Neves foi internado com grave problema de saúde. José Sarney, o vice-presidente, foi empossado, e a morte de Tancredo Neves foi anunciada em 21 de abril, frustrando as expectativas da nação e iniciando a crise de legitimidade que envolveu o governo Sarney (1985-90). Ele abriu seu mandato com algumas importantes emendas à Constituição, que estabeleciam eleições diretas para presidente e prefeitos; eleições diretas nos municípios considerados áreas de segurança nacional; liberdade de organização dos partidos e extinção da fidelidade partidária. Em 15 de novembro de 1986 foi eleita a Assembléia Nacional Constituinte, e a partir daí as esperanças da população voltaram-se para a nova Constituição, que, promulgada em 5 de outubro de 1988, trouxe inovações, como a restrição ao poder das Forças Armadas, a ampliação das liberdades individuais, algumas melhoras no campo trabalhista, a proibição da censura, o direito de greve e a não-interferência do Estado nas organizações sindicais[12].

Na área econômica, Sarney herdou a maior dívida externa do mundo, cerca de US$ 115 bilhões, além de uma situação econômica interna bastante complexa. Iniciou-se neste governo a era dos planos: Cruzado (1986), Bresser (1987) e Verão (1989), todos com o principal objetivo de combater a inflação e estabilizar a economia.

No aspecto educacional destaca-se que a partir da Lei 5.692/71 houve uma ampliação de oportunidades de acesso à escola, que, em números, teve como resultado a expansão da matrícula no 1º grau – de 18.573.193, em 1973, para 25.587.815, em 1985 (números absolutos da matrícula inicial – aumento referente a 40%). A taxa de atendimento es-

---

12. Rodrigues (1994).

colar da população de 7 a 14 anos passou de 76,2% em 1973 para 85% em 1985. Esta ampliação fez com que se agravassem problemas crônicos da Educação, como por exemplo o seu caráter quantitativo, através da diminuição da jornada escolar e do aumento de turnos, além da queda na qualidade do ensino. O número de "professores leigos" (sem formação adequada) aumentou 5,4% de 1973 a 1983. Os salários e as condições de trabalho dos professores sofreram deterioração, e as escolas se degradaram. A taxa de repetência na 1ª série do 1º grau passou de 27,2%, em 1973, para 34,2%, em 1983.

> Com efeito, isso nos permite observar que: a) a oferta de escolaridade obrigatória se restringiu às três primeiras séries do 1º grau, que em 1984 concentraram 59,9% das matrículas [...]; b) a denominada taxa de eficiência (número de aprovados dividido pela matrícula inicial) do ensino de 1º grau decresceu ao longo do período, passando de 75,4% em 1973 para 62,6% em 1983; c) a universalização na faixa etária de 7 a 14 anos está longe de ser conseguida, conforme prevê a legislação; d) a taxa de analfabetismo, portanto, permanecia extremamente alta em 1985, 20,7% do total da população de 15 anos e mais. (Germano, 1994, p. 170.)

Na Constituição de 1988, a Educação aparece em seu artigo 205 como "visando ao pleno desenvolvimento da pessoa, seu preparo para o exercício da cidadania e sua qualificação para o trabalho", como direito de todos e dever do Estado e da família, e deve ser promovida e incentivada com a colaboração da sociedade. A Constituição ainda determina a obrigatoriedade do ensino fundamental, sem relacioná-lo a uma idade específica, e estabelece a vinculação orçamentária à Educação e também um currículo mínimo, a fim de assegurar uma formação básica comum, considerando, porém, as especificidades culturais regionais.

De maneira geral, contudo, o governo Sarney não inovou na Educação do país, voltando-se prioritariamente para as dificuldades econômicas do período. Nas eleições municipais de novembro de 1988, a maioria das grandes cidades do país elegeu candidatos de partidos de oposição, o que evidenciava o descontentamento da população.

Nas eleições diretas para presidente, em 15 de novembro de 1989, com uma grande quantidade de candidatos, entre eles alguns que haviam se oposto ao regime militar e outros que haviam construído suas carreiras políticas a serviço da ditadura, Fernando Collor de Mello e Luiz Inácio Lula da Silva foram para o segundo turno. Apesar do apoio do PCB, PMDB, PDT e PSDB a Lula, Collor foi eleito. Seu discurso em favor dos descamisados, aproximando-se do estilo populista, aliado a uma fala liberal e a uma imagem modernizadora, havia vencido as eleições.

No dia seguinte à sua posse, Collor anunciou um plano econômico – o Collor I – que provocou "violento impacto social, com o seqüestro e congelamento dos ativos financeiros, além de radical aperto monetário" (Mendonça & Fontes, 1996, p. 84). Segundo estas autoras, as principais tendências do plano econômico de Collor foram:

> a) desindexação geral entre preços e salários, passando a relação capital–trabalho a ser equacionada pela "livre negociação"; b) um programa de maciças privatizações de empresas estatais [...]; c) manutenção da moratória do serviço da dívida externa, oferecendo como contrapartida a abertura da economia ao capital externo; d) reforma administrativa e do Estado, com o fito de "enxugar" o funcionalismo público; e, por último, e) o fim dos subsídios fiscais.

Após o impacto inicial, aos poucos este plano faliu, resultando em um aprofundamento da crise econômica e da crise do Estado, além de agravar a crise social. Em janeiro de 1991, foi lançado o Plano Collor II, que voltou a priorizar o ajuste de contas públicas, a contenção da inflação e a aceleração do processo de abertura econômica, não obtendo, porém, os resultados almejados.

Na área educacional, esse governo tinha dois projetos principais: o Programa Nacional de Alfabetização e Cidadania, lançado em 1990 com o objetivo de reduzir em 70% o número de analfabetos até 1995; e o Programa Minha Gente, que, com a construção e instalação dos CIACs – Centros Integrados de Apoio à Criança, visava ao atendimento integral e multidisciplinar aos alunos. Ambos foram muito criticados quanto às suas prioridades e à inadequação na utilização e distribuição de recursos, bem como quanto ao desvio destes, e foram abandonados aos poucos.

Em dezembro de 1992, Collor foi obrigado a abandonar a direção do país devido às acusações graves de corrupção que lhe foram feitas, e que levaram o Congresso – fundamentado em provas do uso indevido dos recursos públicos pela equipe presidencial – a aprovar seu *impeachment*[13]. Porém ele não foi derrubado apenas por um amplo movimento popular, mas também por impor "[à] elite dividida o pacote mal-embrulhado de um novo projeto de abertura e liberalização" (Nobre & Freire, 1998, p. 143).

Após o *impeachment*, Itamar Franco assumiu o governo interinamente. Seu governo, de maneira geral, foi caracterizado por uma imagem oposta à do presidente anterior. Fiori (1996) ressalta que o programa de reformas iniciado no governo Collor continuou inalterado nos primeiros meses do novo governo, sendo até agilizado:

> É interessante destacar que em poucos meses do governo Itamar Franco o programa de reformas andou a uma velocidade maior: foi feita uma reforma tributária emergencial [...]; negociações em torno do pagamento das dívidas vencidas de estados e municípios; foi aprovada lei desregulamentando a atividade dos portos; também foi aprovada pelo Congresso a lei que reorganiza o setor elétrico [...]; não foi alterado o cronograma da abertura comercial; [...] o governo manifestou-se favorável à continuação do programa de privatizações; [...] foram retomados os contatos com o FMI para a renegociação da dívida externa. (P. 155.)

---

13. Werebe (1997).

Na área educacional, em 1993 foi elaborado pelo governo federal o Plano Decenal de Educação para Todos, com metas a serem atingidas até 2003, como parte do compromisso assumido na Conferência de Educação para Todos, realizada em 1990 na Tailândia[14]. Para recuperar a Educação básica, o Brasil comprometeu-se a: incentivar uma maior profissionalização do magistério; aumentar a autonomia da escola; aumentar os recursos, melhorar sua distribuição e eliminar o desperdício; possibilitar a 94% das crianças em idade escolar o acesso à escola (na época, o índice era de 86%); e diminuir os índices de repetência, especialmente na 1.ª e na 5.ª série.

Em julho de 1994 foi lançado o Plano Real, que promoveu uma intensa intervenção regulatória na economia e acabou por conter os índices de inflação. Esse plano se destacou por buscar a estabilização sem medidas tradicionais como o congelamento de preços e salários. Para Nobre & Freire (1998), "o controle da inflação foi a princípio o mecanismo eficiente e duradouro para obter amplo, difuso e desorganizado apoio popular" (p. 126).

Nas eleições gerais de outubro de 1994 foi eleito para presidente Fernando Henrique Cardoso, principal articulador do Plano Real, ao qual dá continuidade, além de propor a realização de uma série de reformas constitucionais (administrativa, fiscal, previdenciária) e a eliminação de monopólios estatais.

No plano econômico e internacional, o quadro começou a se modificar com a política de abertura comercial e da estabilização monetária iniciada nos anos 90 e, em especial, com o Plano Real: as medidas adotadas com base neste plano visavam conter os gastos públicos, acelerar o processo de privatização de estatais, controlar a demanda por meio

---

14. Esta conferência foi promovida pela Organização das Nações Unidas para a Educação, a Ciência e a Cultura (Unesco), pelo Fundo das Nações Unidas para a Infância (Unicef), pelo Programa das Nações Unidas para o Desenvolvimento (PNUD) e pelo Banco Mundial.

da elevação dos juros e pressionar diretamente os preços pela facilitação das importações. A repercussão destes elementos gerou uma fase de ganho de credibilidade internacional e também nacional, devido à estabilidade monetária. No plano social, na "metade do mandato de FHC, a taxa de pobreza no Brasil era uma das mais baixas nos últimos quarenta anos, embora a distribuição da riqueza continuasse terrivelmente desigual" (Nobre & Freire, 1998, p. 136).

Em 1997, a economia brasileira foi afetada pela crise mundial desencadeada pela queda das Bolsas de Valores dos países do Sudeste Asiático. Os efeitos desta crise ameaçavam a estabilidade da economia brasileira, e o governo aumentou os juros e lançou um pacote fiscal, visando minimizar estes efeitos, o que levou a um grande descontentamento popular, em razão dos reflexos deste pacote no plano social e no aumento do desemprego.

Nobre & Freire (1998) afirmam que o

> [...] projeto do governo FHC é uma resposta à crise de hegemonia que se sucedeu ao fim da ditadura militar em que se procura *simultaneamente* criar condições de gerenciamento político num ambiente de hegemonia instável e estabelecer as condições iniciais da implantação de um novo modelo de integração à economia mundial (p. 147, grifos do original),

e lhe fazem severas críticas. Avaliando os ministérios deste governo, ressaltam que o Ministério da Educação foi considerado essencial, talvez porque fosse pensado como articulado a uma política de desenvolvimento e a políticas sociais compensatórias futuras.

No que se refere à Educação, em dezembro de 1996 foi criado o Fundo de Desenvolvimento do Ensino Fundamental e de Valorização do Magistério – Fundef, que entrou efetivamente em vigor a partir de 1998. O Fundão, como foi e ainda é chamado, reúne 15% dos impostos arrecadados pelos Estados e municípios e os redistribui mensalmente de acordo com o número de alunos matriculados na rede pública de ensino fundamental, assegurando um valor mínimo anual por aluno, o que constitui assim uma tentativa de corrigir distorções orçamentárias na área educacional.

Também em dezembro de 1996 foi aprovada a Lei de Diretrizes e Bases da Educação Nacional – LDB[15], após oito anos de tramitação. A Educação formal ficou assim dividida: ensino básico (antiga pré-escola), fundamental (1.ª a 8.ª série), médio (antigo 2.º grau), profissionalizante e superior. As principais mudanças quanto ao ensino fundamental foram: critérios mais flexíveis na avaliação do aproveitamento escolar; instrumentos para combater a repetência e a defasagem escolar; aumento da carga horária de 667 para 800 horas anuais de aula; descentralização e maior flexibilização pedagógica.

A LDB também determinou a criação dos Parâmetros Curriculares Nacionais – PCNs. No que se refere às quatro primeiras séries do ensino fundamental, os PCNs foram distribuídos para as escolas a partir de outubro de 1997 e orientavam basicamente para uma abordagem que relacionasse o dia-a-dia da criança com os conteúdos das disciplinas, as quais passaram a abranger assuntos como ética, meio ambiente, orientação sexual e pluralidade cultural. A citação abaixo reúne e sintetiza os principais obstáculos à sua elaboração e às possibilidades de aplicação empírica nas escolas, diante dos problemas estruturais do sistema educacional:

> [...] nossas escolas públicas são locais de trabalho não padronizados, não unificados, não delimitados e ainda insuficientemente pesquisados. Seus trabalhadores são apenas relativamente especializados, freqüentemente improvisados, precariamente formados na grande maioria dos casos e dificilmente agrupados, por todas as razões anteriores. Ainda que desagradáveis, são inevitáveis as perguntas finais: como elaborar e desenvolver um projeto pedagógico em seu interior? (Silva Jr., 1998, p. 91.)

Ao permitir que as séries da educação fundamental fossem agrupadas em ciclos, dentro dos quais a aprovação é

---

15. Note-se como o Fundef e as diretrizes da LDB avançam nas diretrizes do Plano Decenal, citado anteriormente.

automática – o chamado regime de progressão continuada –, a nova lei dispensava os tradicionais meios de avaliação e reprovação, recomendando que o desempenho global do aluno fosse considerado ao longo do ano. A recuperação deveria ser feita conforme as dificuldades fossem surgindo, com aulas de recuperação também fora do período letivo. As classes de aceleração da aprendizagem também foram autorizadas, permitindo que alunos com mais de duas repetências cursassem duas séries em um único ano letivo, a fim de corrigir o fluxo escolar.

As maiores críticas em relação a essas inovações dizem respeito à questão da qualidade da aprendizagem, uma vez que se questiona a aprovação automática sem que o aluno tenha as condições necessárias para a etapa ou série seguinte. Em linhas gerais, essas são algumas das principais inovações trazidas pela LDB ao ensino fundamental. Há diversas posições e críticas quanto ao seu papel na Educação do país.

Demo (1997), voltando-se para a questão de seu conteúdo, afirma:

> A LDB não é propriamente inovadora, se entendemos por inovação a superação pelo menos parcial, mas sempre *radical*, do paradigma educacional vigente, ou ainda se a entendemos como estratégia de renovação dos principais eixos norteadores. Contém, porém, dispositivos inovadores e sobretudo *flexibilizadores*, permitindo avançar em certos rumos. (P. 12, grifos do original.)

Por sua vez, Silva (1998) ressalta a necessidade de não somente se avaliar a LDB e seu conteúdo, mas também considerar o contexto histórico desde o início das discussões a seu respeito, no governo Sarney, passando pelos governos Collor e Itamar, até sua aprovação no governo Fernando Henrique Cardoso[16]:

---

16. Tanuri (1998) destaca também a tramitação do projeto de lei oriundo da Câmara dos Deputados (n.º 1.258, de 1988) e do substitutivo Darcy Ribeiro, bem como suas implicações na versão final, aprovada em 1996.

Inaugurado como expressão da vontade coletiva e marcado pela lógica do direito à educação e do dever do Estado em atendê-lo, o projeto inicial foi sendo esvaziado em função das exigências de uma nova realidade que passou a se configurar a partir da inserção mais intensa do país no livre jogo da economia de mercado cada vez mais global e, conseqüentemente, da revisão do papel do Estado em função dos parâmetros da "nova ordem mundial". (P. 31.)

Conforme ressaltado acima, para bem compreender as diretrizes políticas do país, é preciso situá-lo no contexto inclusive internacional, considerar as profundas mudanças e questionamentos estruturais que têm se desenvolvido mundialmente e a forma como estas reformulações atingem o Brasil.

A influência externa na política do Brasil e de outros países em desenvolvimento pode ser ilustrada pela ação de dois órgãos internacionais: a CEPAL – Comissão Econômica para a América Latina e Caribe[17], e o Banco Mundial[18]. Ambos possuem sua influência específica, porém Zibas (1997) distingue duas vertentes de atuação distintas: a do Banco Mundial, "que absolutiza o mercado como agente de regulação social, atribuindo ao Estado uma atuação com-

---

17. A CEPAL é um órgão da ONU, criado em 1948, que se propõe a estabelecer debates e diretrizes para o crescimento econômico.
18. O Banco Mundial foi criado em 1944, visando inicialmente ao estabelecimento de uma nova ordem internacional no pós-guerra. Aos poucos, diante da Guerra Fria, surgiu a preocupação de integrar países em desenvolvimento ao mundo ocidental, fortalecendo a aliança não-comunista. Diante desta nova função, é principalmente a partir do início da década de 50 que o Banco Mundial se volta para o financiamento dos países em desenvolvimento, com programas de ajuda e concessão de empréstimos. Destaca-se, no decorrer da história do Banco Mundial, o grande peso dos Estados Unidos em sua gestão, uma vez que o poder de decisão é proporcional à participação financeira. Atualmente o Banco Mundial é composto por um conjunto de instituições lideradas pelo BIRD (Banco Internacional de Reconstrução e Desenvolvimento). É importante destacar o caráter estratégico do Banco Mundial na reestruturação dos países em desenvolvimento, diante do processo mundial de globalização. Para maiores informações sobre esta instituição, ver: De Tommasi, Warde & Haddad (1996); "Especial globalização e políticas educacionais na América Latina", *Cadernos de Pesquisa*, nº 100, 1997; e Lauglo (1997).

pensatória apenas nos casos de extrema desigualdade", e a da CEPAL, que, "embora também proponha uma reestruturação do Estado, reserva a ele um papel mais central e ampliado como elemento compensatório das diferenças sociais" (p. 59). Há algumas convergências nas políticas destes órgãos, como a descentralização das políticas sociais e a preocupação em obter maior eficiência no gasto social.

> [...] a doutrina cepalina institucionalizou-se no Brasil, não apenas pelas orientações e políticas no sentido fora-para-dentro, mas reproduziu aqui locais de debate e difusão de suas idéias. É o caso do Instituto Superior de Estudos Brasileiros (ISEB), criado em 1955 [...] que tinha como objetivo elaborar uma teoria de desenvolvimento nacional. (Gonçalves, 1997, p. 52.)

Quanto à ação do Banco Mundial, segundo Soares (1996), o primeiro empréstimo ao Brasil, de US$ 75 milhões, ocorreu em 1949, e foi seguido de outros, interrompidos nos períodos de 1955 a 1957 e de 1960 a 1964, devido, respectivamente, à política nacionalista de Vargas e aos desequilíbrios na balança de pagamento, e ao rompimento do governo JK com o FMI, confirmado posteriormente no governo João Goulart. Com o início do governo militar, os empréstimos foram retomados e ampliados, visando sempre a diferentes prioridades, de acordo com o momento: de 1947 a 1965, voltaram-se aos setores de infra-estrutura; de 1966 a 1975, houve uma certa diversificação nos setores, e o financiamento da indústria se destacou; de 1976 a 1983, houve maior aplicação de recursos na área agrícola, mantendo-se ainda os investimentos na indústria e infra-estrutura, e também na área social, como na Educação; de 1987 a 1990, mantêm-se as mesmas prioridades; e, de 1991 a 1994, a prioridade é alterada: os recursos diminuem para a agricultura, em benefício da área social, como o investimento em água encanada, esgoto e Educação.

Durante o período de expansão da economia, que perdurou até o final dos anos 70, o Banco Mundial promoveu a "modernização" do campo e financiou um conjunto de grandes projetos industriais e de infra-estrutura no país, que contribuíram para o fortalecimento de um modelo de desenvolvimento concentrador de renda e danoso ao meio ambiente. Nos anos 80, com a emergência da crise de endividamento, o Banco Mundial e o FMI começaram a impor programas de estabilização e ajuste da economia brasileira. Não só passaram a intervir diretamente na formulação da política econômica interna, como a influenciar crescentemente a própria legislação brasileira. (Soares, 1996, p. 17.)

Após 1994, o pacote de reformas do Banco Mundial para a América Latina destacou diretrizes como: aprofundamento dos processos de abertura comercial; desregulamentação e privatização; aumento da poupança interna, por meio de reforma fiscal (redução do gasto público, reforma tributária) e estímulo à poupança privada; reforma (privatização) do sistema de previdência; estímulo ao investimento privado em infra-estrutura; flexibilização do mercado de trabalho (redução dos encargos previdenciários e alteração da legislação trabalhista); reforma no sistema educacional; implementação de programas sociais focalizados na oferta de serviços públicos para os grupos mais pobres; e reforma institucional e reestruturação do Estado.

Na área econômica, as medidas propostas visaram, sobretudo, expandir o processo de abertura e privatização para novos setores, como serviços e investimentos, e estimular a competitividade e as exportações, mediante a redução de custos de produção e a melhoria da infra-estrutura, para evitar problemas de balanço de pagamentos. No setor social, o Banco Mundial enfatizou especialmente a Educação, "vista não apenas como instrumento de redução da pobreza, mas principalmente como fator essencial para a formação de 'capital humano' adequado aos requisitos do novo padrão de acumulação" (Soares, 1996, p. 30).

É preciso ressaltar que não é objetivo desta pesquisa analisar as políticas do Banco Mundial e da CEPAL, e sua influência sobre a política nacional, porém ignorá-las é reduzir a complexidade e abrangência da questão educacional e de todos os fatores que interagem com ela e com as mudanças que vêm ocorrendo no país e no mundo. Daí a necessidade de apresentá-las, inclusive no que se refere às diretrizes educacionais do país.

Principais problemas da Educação

Conforme destacado anteriormente, a influência do Banco Mundial[19] é um dos fatores a serem considerados na análise da questão educacional do país. O diagnóstico desta instituição sobre o sistema de Educação brasileiro ressalta que seu maior problema é a baixa qualidade, que leva aos altos índices de repetência e evasão. Esta baixa qualidade e ineficiência teriam como principais causadores a falta de material pedagógico e livros didáticos; a "cultura da reprovação", por parte dos professores; a superposição entre os diferentes níveis de governo, ou seja, uma má capacidade de gestão; e gastos inadequados ou ineficientes.

A proposta do Banco Mundial é aperfeiçoar a qualidade e eficiência do ensino, através especialmente da melhoria da capacidade de aprendizagem do aluno, da redução das taxas de repetência e do aumento das despesas por aluno. Estes elementos definem as prioridades que devem ser trabalhadas nos projetos propostos ao Banco Mundial para financiamento. Para esta instituição, os fatores-chave para o sucesso de projetos no setor educacional são:

> 1. Desenho de projetos simples e sólidos, com extensão e objetivos modestos, com flexibilidade suficiente para atender a mudanças circunstanciais e que concentrem os recursos em insumos-chave de ensino-aprendizagem. (...)
> 2. Equilíbrio entre reformas políticas e investimentos. (...)

---

19. Lembrar-se do Plano Decenal de 1993, citado anteriormente (p. 18), como exemplo das diretrizes propostas.

3. Provisão adequada de insumos educacionais. (...)
4. Estabelecimento de sistemas de programação, monitoramento e avaliação.
5. Gerenciamento competente do projeto.
6. (...) melhoria do desempenho do Banco na supervisão do projeto (...) e a participação comunitária. (De Tommasi, 1996, pp. 200-1.)

Tais fatores são bastante destacados como necessários para o melhor acompanhamento do desenvolvimento dos projetos e aumento de suas perspectivas de sucesso, uma vez que o Brasil é um dos países com mais alta taxa de insucessos dos projetos financiados pelo BIRD[20] – 44%.

Ressalte-se que todo o processo de mudanças políticas exposto anteriormente, envolvendo a questão do papel e da reforma do Estado, bem como a influência de instituições internacionais de financiamento, acaba por afetar os diversos setores atendidos pelo Estado, entre os quais a Educação.

Podem-se destacar alguns dos fatores que interferem negativamente na questão educacional, e que têm raízes históricas:
– baixa qualidade;
– evasão e repetência;
– analfabetismo;
– formação inadequada de professores;
– baixa capacidade de gestão política;
– currículo inadequado; e
– financiamento da Educação.

Todos esses itens interligam-se, o que reflete a complexidade da questão educacional. A seguir, alguns deles serão mais aprofundados.

---

20. Banco Internacional para Reconstrução e Desenvolvimento – é o banco que lidera o conjunto de instituições que compõem o Banco Mundial (Soares, 1996, p. 34).

A formação dos professores

Esta questão é bastante destacada nas análises sobre a Educação no país[21], e realmente sua baixa qualidade e a desvinculação entre a teoria presente na formação e as práticas escolares (devido, entre outros fatores, ao currículo de formação inadequado) são um problema.

Tal problema tem raízes históricas. As escolas normais, destinadas à formação do professor primário, foram criadas ainda no período do Império, porém, devido à descentralização, variavam muito em estrutura e funcionamento, de uma região para a outra. Na Primeira República, houve iniciativas favoráveis à interferência da União na esfera do ensino normal, a fim de uniformizar esta formação de professores; posteriormente, durante o Estado Novo, medidas centralizadoras foram tomadas, visando a este objetivo e tendo em vista a necessidade de ampliação do quadro de professores.

Destacam-se, neste contexto, as profundas transformações políticas, econômicas e sociais que ocorreram no país a partir de 1930, com mudanças no perfil da sociedade brasileira, tais como a expansão dos núcleos urbanos e da indústria e a conseqüente necessidade de mão-de-obra mais qualificada. Segundo Pimenta (1988), "após 46 e até o golpe de 64, período de abertura política com eleições diretas, a resposta política à ampliação de escolas sempre esteve presente, na medida em que, enquanto anseio popular, constitui-se em fator de voto" (p. 39).

O papel dos intelectuais neste período foi importante na luta por esta expansão, sobretudo no que se refere ao ensino público e gratuito para todos. Em decorrência dessa abertura quantitativa, surgiu a necessidade de formação de professores e, conseqüentemente, a necessidade de expansão também da escola normal.

---

21. Ver Werebe (1970 e 1997), Cunha (1995), Peres (1988) e Pimenta (1988).

O caráter elitista da Escola Normal e dos Institutos Educacionais pode ser atestado já em 1963 quando Luiz Pereira afirmava que "quase metade dos atuais professores primários brasileiros não se diplomou pelas escolas normais". Isto revela, de um lado, que o interesse da normalista não estava associado ao desempenho da profissão e, de outro, o fato de que à expansão quantitativa das Escolas Normais não correspondia a regulamentação profissional da professora, favorecendo o preenchimento político-eleitoreiro dos cargos [...]. A formação dos professores primários continuou sendo realizada pelas Escolas Normais e Institutos de Educação. [...]
A Lei n.º 5.692/71 deu um "novo aspecto formal-legal aos cursos de formação de professores, sem alterar-lhes substancialmente o conteúdo, isto é, sem direcioná-los para as reais necessidades de se formar um professor que seja capaz de ensinar, de modo que os alunos das camadas mais pobres que têm tido acesso (ainda parcial) à escola aprendam. (Pimenta, 1988, pp. 40-2.)

Werebe (1997) destaca ainda, como extensões do problema de formação de docentes, os seguintes fatores: o baixo salário dos professores das séries iniciais; as condições precárias de trabalho na escola; o fato de que a grande maioria dos cursos de Pedagogia pertence a escolas privadas, com grande número de cursos noturnos e poucas exigências quanto ao corpo docente, com a conseqüente baixa qualidade do ensino; e o desprestígio do curso de Pedagogia, o que o torna atrativo para pessoas que geralmente não têm outras perspectivas profissionais (com freqüência provindas de escolas públicas de baixa qualidade).

Segundo reportagem da *Folha de S.Paulo*[22], "mais de 225 mil dos 1,07 milhão dos docentes que atuam nas pré-escolas, classes de alfabetização e entre 1.ª e 4.ª séries do ensino fundamental são considerados leigos: 21% dos docentes nessas séries não têm a formação mínima requerida por

---

22. *Folha de S.Paulo*, 11/2/98, Cotidiano, p. 8: "País tem 21% de professores sem formação mínima".

lei". São 776,5 mil professores que atuam da 1.ª à 4.ª série no Brasil, e destes, 15,3% não são considerados qualificados.
Por exemplo, no Estado de São Paulo, os 81.289 docentes da 1.ª à 4.ª série, da rede estadual, apresentavam a seguinte formação, tendo como base o ano de 1996:

QUADRO 1 – FORMAÇÃO DOS DOCENTES DE 1ª A 4ª SÉRIE – SESP – 1996

1º Grau		2º Grau		3º Grau			Total
Incompleto	Completo	Incompleto	Completo	Licenciatura completa	Completo sem licenciatura, com magistério	Completo sem licenciatura, sem magistério	
0	669	51.394	1.106	6.049	1.861	187	61.266

Fonte: Censo MEC – data-base 27/3/96.

Tem-se, com base neste quadro e no que se refere à rede estadual, que a escolaridade de 0,83% dos docentes citados encontra-se na faixa do 1º grau, a de 64,59% no 2º grau e a de 34,58% no 3º grau, o que não deixa de ser um quadro preocupante quanto à qualidade do ensino, uma vez que a maioria destes docentes não teve formação adequada para a função que ocupa.

Analfabetismo

Segundo Werebe (1997), os principais programas desenvolvidos no país para combater este problema foram:
– a Campanha Nacional de Erradicação do Analfabetismo (CNEA), criada em 1958, e que visava combater o analfabetismo de adolescentes e adultos, enfatizando a importância da escolaridade primária e a necessidade de permanência das crianças na escola, a fim de não engrossarem os índices futuros de analfabetismo. Este programa foi extinto em 1963 devido à falta de recursos.

– o Mobral (Movimento Brasileiro de Alfabetização), instituído pelo governo militar, na década de 70, e que representou, segundo a autora, um malogro, "seja em suas intenções eleitoreiras, seja na intenção de promover a alfabetização das grandes massas de iletrados do país" (p. 229). É destacado também o grande volume de recursos despendidos e o elevado número de funcionários envolvidos. Em 1985, o programa passou a denominar-se Educar, e foi extinto em 1990. No início da década de 80, o MEC continuou a desenvolver projetos neste sentido, que não tiveram continuidade, e por isso contribuíram para a pulverização de recursos da União.

Segundo o artigo 60 das Disposições Transitórias da Constituição de 1988, o analfabetismo deveria acabar, no Brasil, em 1998. Não sendo possível cumprir esta meta, ela foi extinta em 1996.

O quadro abaixo mostra a situação do analfabetismo no país nas últimas décadas:

QUADRO 2 – ANALFABETISMO NO BRASIL – PESSOAS DE 15 ANOS OU MAIS[23]

Ano	1940	1950	1960	1970	1980	1990	1995	1996
%	56	50,5	39,6	33,6	25,5	18,5	15,6	14,1

Fonte: Elaborado a partir do Censo Demográfico/IBGE – vários anos.

A queda do índice de analfabetismo no país ocorre num ritmo lento por duas razões principais: o envelhecimento da população e a ampliação gradual da taxa de escolarização da população. Boa parte do percentual de analfabetos refere-se a pessoas mais idosas, reflexo do sistema

---

23. Segundo estimativa da *Folha de S.Paulo*, em reportagem de 1º/2/98, projetando-se os índices, teríamos o analfabetismo erradicado do país por volta de 2020.

escolar deficiente de décadas passadas, gerações estas que vão sendo substituídas. Por outro lado, na população mais jovem está aumentando o percentual de alfabetização.

Ao mesmo tempo há outro problema, vinculado diretamente à queda da qualidade do ensino: o analfabetismo dentro da sala de aula. Se em tese toda criança deveria estar alfabetizada aos 7 anos, quando concluísse a 1ª série do 1º grau, na prática isto não ocorre.

QUADRO 3 – ANALFABETISMO DENTRO DA SALA DE AULA* – BRASIL – 1996

Idade	Percentual
7 anos	5,8 %
8 e 9 anos	8,6 %
10 e 11 anos	3,6 %
12 anos	0,9 %

Fonte: PNAD (Pesquisa Nacional de Amostra por Domicílio), 1996.
* Taxa de alunos incapazes de ler e escrever.

Pode haver uma vinculação entre a formação inadequada, ou mesmo a falta de formação dos professores, e a questão da alfabetização, uma vez que estes índices referem-se aos alunos que estão freqüentando a escola. É evidente que, juntamente com o problema da formação dos professores, há outros que também influem na aprendizagem dos alunos, conforme indicado anteriormente.

O combate ao analfabetismo tem gerado discussões diversas, suscitadas, por exemplo, pela questão da idade dos analfabetos, a maioria deles mais idosa: desenvolvem-se programas para alfabetizá-los ou investe-se mais na expansão e melhoria do ensino básico, a fim de melhorar o futuro? Esse segundo caminho tem sido o mais priorizado nas últimas duas décadas.

Evasão e repetência

A evasão e a repetência escolares são consideradas um dos principais problemas do ensino brasileiro, e freqüentemente são atribuídas, em parte, à deficiência dos professores, acusados de adotarem, em sala de aula, uma cultura de reprovação.

No Brasil[24], as médias de reprovação e evasão, em 1996, eram de 15% e 16% respectivamente, referentes aos estudantes de 1.ª a 8.ª série. Na região Sudeste, as médias eram de 12% e 13%. Estes números levam à discussão da chamada pedagogia da repetência, na escola pública, em que a regra seria a reprovação dos alunos. Conforme visto anteriormente, o Banco Mundial indica alguns dos principais fatores que contribuem para o problema.

No Estado de São Paulo, o problema quantitativo vem diminuindo, como pode ser verificado no gráfico 1.

As taxas de aprovação vêm passando por uma fase de crescimento, imediatamente proporcional e paralelamente à diminuição das taxas de evasão e reprovação. As políticas estabelecidas, que colaboraram para este resultado, serão analisadas posteriormente.

Financiamento da Educação

A quantidade de recursos públicos obrigatoriamente destinada à Educação é definida na Constituição Federal, nas Constituições estaduais e em leis municipais. Pela Constituição de 1988, Estados e municípios devem investir, no mínimo, 25% da arrecadação fiscal no ensino. A União, 18%. Porém esta vinculação não garantia que estes recursos chegariam às escolas de ensino fundamental, uma vez que parte deles era aplicada em outras obras, sem que houvesse realmente uma vinculação ou necessidade educacional. Em razão deste problema, foi criada uma emenda

---

24. Conforme dados destacados na Introdução.

GRÁFICO 1 – ENSINO FUNDAMENTAL NO ESTADO DE SÃO PAULO – TAXAS DE APROVAÇÃO, REPROVAÇÃO E EVASÃO – EM %

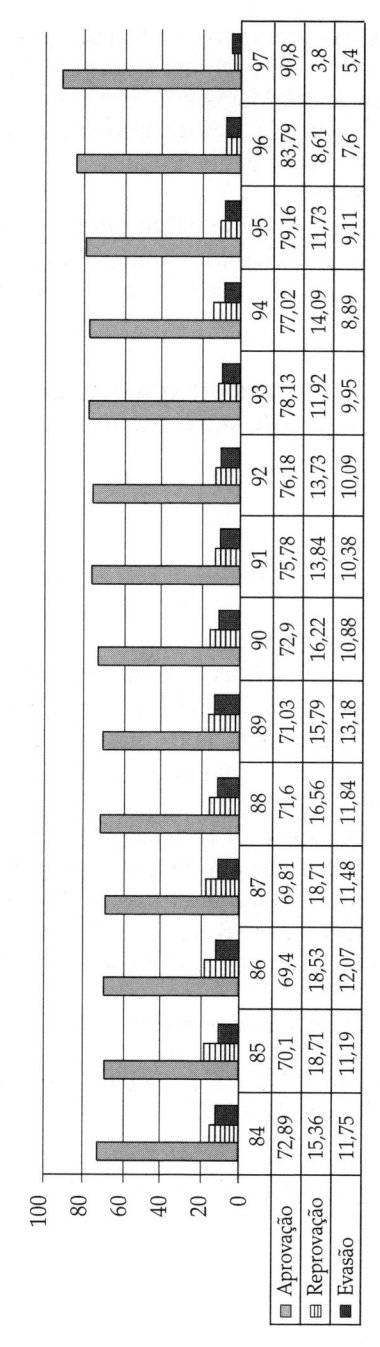

	84	85	86	87	88	89	90	91	92	93	94	95	96	97
Aprovação	72,89	70,1	69,4	69,81	71,6	71,03	72,9	75,78	76,18	78,13	77,02	79,16	83,79	90,8
Reprovação	15,36	18,71	18,53	18,71	16,56	15,79	16,22	13,84	13,73	11,92	14,09	11,73	8,61	3,8
Evasão	11,75	11,19	12,07	11,48	11,84	13,18	10,88	10,38	10,09	9,95	8,89	9,11	7,6	5,4

Fonte: CIE/SP.

constitucional dando origem ao Fundef – Fundo de Manutenção e de Desenvolvimento do Ensino Fundamental e de Valorização do Magistério. Em síntese, no que se refere a verbas, ele vincula 15% da arrecadação fiscal dos Estados e municípios ao ensino fundamental, o que é chamado subvinculação.

Há ainda o financiamento internacional para a Educação no país. O Banco Mundial, por exemplo, entre 1987 e 1994, teve a seguinte participação na Educação nacional:

QUADRO 4 – PARTICIPAÇÃO DO BANCO MUNDIAL NA EDUCAÇÃO DO BRASIL – 1987-94

Ano	1987	1991	1993	1994
US$ milhões	74	95	12	52
%	6	41	26	40

Fonte: Elaborado com base em relatórios do Banco Mundial (Soares, 1996, p. 40).

Estes investimentos, que correspondem a porcentagens significativas para o desenvolvimento de projetos educacionais no país, são feitos após uma avaliação das propostas, que devem ser apresentadas de acordo com as diretrizes do Banco Mundial.

Como exemplo, a Educação no Estado de São Paulo: pode-se perceber a importância desta participação internacional e a presença das diretrizes do Banco Mundial no projeto referente ao Ciclo Básico, conforme os dados abaixo. Os valores apresentados estão expressos em milhões de dólares.

Projeto Inovações no Ensino Básico de São Paulo[25]

COMPONENTE A: fortalecimento da jornada única/ Ciclo Básico – US$ 459,82

25. Início das negociações: 1987; aprovação: junho de 1991; primeiro depósito: junho de 1992.

– construção escolar – US$ 343,22
– programa de capacitação de professores – US$ 17,44
– brinquedos educativos, livros didáticos e materiais pedagógicos em geral – US$ 80,41
– melhoria da merenda escolar – US$ 18,73

COMPONENTE B: expansão do atendimento ao pré-escolar de baixa renda – US$ 70,35

COMPONENTE C: saúde escolar – US$ 31,98

COMPONENTE D: avaliação e disseminação – US$ 3,62

COMPONENTE E: reforço institucional – US$ 7,98

GERENCIAMENTO DO PROJETO – US$ 1,74

Proposta de formulação do projeto (maio 1995)
Total: US$ 525,5
BIRD: US$ 245
Estado: US$ 247,7
Municípios: US$ 32,8
– Fortalecimento institucional – US$ 52,9
– Reorganização do modelo pedagógico (capacitação e material pedagógico) – US$ 105,9
– Reorganização e infra-estrutura – US$ 290,4
– Administração e gerenciamento do projeto – US$ 4,8
– Saúde escolar (a cargo da Secretaria de Saúde) – US$ 30,8. (De Tommasi, 1996, p. 223.)

A Educação no Estado de São Paulo

O Estado de São Paulo, no que se refere à Educação, apresenta uma grande expansão no número de matrículas no ensino fundamental, iniciada notadamente a partir da década de 50. Este aumento estava atrelado ao fenômeno da urbanização, bastante forte no Estado, e que continuou a se expandir durante todo o período militar. O processo de urbanização do Estado continua, conforme quadro abaixo, diretamente vinculado à questão da infra-estrutura oferecida à população, na qual está incluída a escola.

QUADRO 5 – TAXA DE URBANIZAÇÃO DA POPULAÇÃO RESIDENTE NO ESTADO DE SÃO PAULO

Ano	1960	1970	1980	1991	1998
%	62,61	80,33	88,64	92,80	93,11

Fonte: Elaborado a partir do Censo Demográfico/IBGE – vários anos.

As principais tendências e realizações das gestões do Estado de São Paulo, quanto à Educação, foram as seguintes no decorrer de sua história:

> Entre 1930 e 1967, consolidou-se o arcabouço que vem sustentando todas as ações estatais no setor: criação da Secretaria da Educação e da Saúde Pública (1931) e da Secretaria da Educação (1947); consolidação das Leis do Ensino (1947); criação do Fundo Estadual de Construções Escolares (1957); criação do Conselho Estadual de Educação (1963). Esse processo de consolidação foi acompanhado de progressiva expansão da atuação do Estado na oferta de matrículas, num ambiente marcado pelo gradativo avanço da centralização federal, principalmente a partir de 1964, tanto dos recursos financeiros quanto de normatização e estabelecimento de diretrizes. (Perez, 1994, p. 32.)

A partir de 1967, tem-se em São Paulo a gestão Abreu Sodré (1967-70). Essa gestão caracterizou-se pela Reforma Administrativa do Serviço Público Estadual, visando à modernização administrativa e operacional do serviço público. A Educação se encontra, nesta perspectiva, vinculada ao desenvolvimento econômico do Estado, e para ela são fixadas cinco diretrizes: programação quantitativa e expansão do ensino primário e médio, ampliação de oportunidades de convocação de educandos, expansão do ensino técnico e profissional, programação do ensino superior e estabelecimento de uma ação governamental definida no setor de treinamento empresarial. A Secretaria da Educação procurou unificar e facilitar os exames de admissão ao ginásio, implantou dois níveis no ensino primário, criou grupos escolares – ginásios (GEG), e alterou a organização do ciclo colegial, unificando os dois primeiros anos de estudos do ensino secundário e normal, a fim de atender às metas acima citadas.

De maneira geral, essa gestão procurou atuar em todos os níveis de ensino, com ênfase na universalização do ensino ginasial. Com a expansão das matrículas do ginásio, as condições de funcionamento da rede física pioraram. Porém as principais características do período foram a grande expansão do sistema e a tentativa de lançar as bases de uma Educação de massas.

A gestão seguinte é de Laudo Natel (1971-74). Foi caracterizada pela meta de interiorização do desenvolvimento, baseada na avaliação das desigualdades regionais do Estado e na necessidade de criar novos pólos de atração para a indústria. Neste contexto, a Educação é entendida como mecanismo de sustentação do desenvolvimento socioeconômico, e considerada como uma das prioridades do governo. Durante esta gestão foi aprovada a Lei 5.692/71, citada anteriormente, que direcionou a ação deste governo, e foi elaborado o Plano Estadual de Implantação da Reforma do Ensino de 1.º e 2.º graus, a fim de adaptar o ensino às novas diretrizes. Documentos da Secretaria da Educação consideravam que esta adaptação seria traumática e complexa, dada a necessidade de remanejamento de espaço, tempo e pessoal, além das grandes proporções da rede de ensino estadual. A despeito dos inúmeros estudos realizados sobre a redistribuição da rede física escolar, o Plano não foi implantado. Manteve-se ainda a divisão do ensino primário, médio e técnico, não sendo aplicada a determinação da lei.

Na gestão Paulo Egydio Martins (1975-78), as palavras-chave foram desenvolvimento e participação comunitária. Muda-se o foco, passa-se de uma visão desenvolvimentista a uma visão que prega a melhor distribuição de recursos da Educação, sobretudo para as classes marginalizadas, o que leva a políticas assistenciais, como a merenda. Em uma avaliação do ensino, realizada em 1976, denominada "Problemas emergentes do Estado de São Paulo", detectaram-se os seguintes problemas:

> [...] grande quantidade de analfabetos; a não implantação efetiva do sistema de primeiro grau, devido principalmente "a problemas situados na área administrativa" e a existência do "duplo comando" nas escolas; a baixa eficiência do Sistema; insuficiência de vagas no segundo grau e dificuldade de implantar o ensino profissionalizante [...].
> Dessa forma, para o setor Educação as prioridades foram a implantação da reforma do ensino, a ampliação da oferta de oportunidades, o combate ao mau desempenho e a organização de nova estrutura administrativa e didático-pedagógica. (Perez, 1994, p. 57.)

A meta continuou a ser a implantação da reforma no ensino, em especial a redistribuição da rede física, que não havia sido realizada. Em 1975[26] deu-se competência ao Secretário do Estado para implantar as reformas da rede escolar, o que levou a mudanças como a setorização das matrículas, modelo pedagógico que estabelecia o máximo de 35 alunos por classe, três turnos de 4 horas por escola, mínimo de 180 dias letivos e a separação do 1º e 2º graus em escolas distintas. Houve também o remanejamento de pessoal, com eliminação de cargos. Com esta reorganização, diminuiu em 22% o número de estabelecimentos escolares; e se, em 1975, das 3.816 escolas, 70% não garantiam a continuidade curricular da 1.ª à 8.ª série, em 1976 apenas 6% (205) continuavam nesta situação.

Na gestão seguinte, de Paulo Maluf (1979-82), o principal discurso era o de participação popular. Para o 1º grau, as diretrizes apresentadas por esta gestão foram: atender à demanda do ensino, especialmente nas periferias urbanas e na área rural, minimizar a repetência e a evasão e ampliar

---

26. 30/12/95, Decreto 7.400 e resoluções seguintes.

programas assistenciais. A carência cultural e a inserção precoce no mercado de trabalho constituíram o móbil das ações básicas traçadas para esta gestão. Entre suas ações, o Programa de Antecipação da Escolaridade Obrigatória foi implantado em 1980 e interrompido em 1983, com a mudança de governo. Em linhas gerais, esta gestão caracterizou-se por programas restritos a parcelas da população e a problemas específicos, de caráter imediatista e limitado, o que gerou acusações de clientelismo.

A gestão de Franco Montoro (1983-86) apresentou como proposta três princípios básicos: estímulo à participação popular, descentralização do processo decisório e criação de empregos. Quanto à Educação, a avaliação realizada diagnosticou no 1º grau baixa qualidade do ensino, altas taxas de evasão, insuficiência de remuneração e péssimas condições de trabalho dos professores, bem como falta de programas de reciclagem do magistério, mau aproveitamento das instalações e desarmonia entre escola e comunidade.

Na prática, uma das principais realizações desse governo, em relação às quatro primeiras séries do 1º grau, foi a implantação do Ciclo Básico de Alfabetização (CB). Após debates com professores, administradores educacionais e especialistas, o CB foi instituído por decreto do governador[27], porque não seria aprovado pela maioria dos professores devido à impossibilidade de reprovação do aluno na 1ª série[28], e trouxe várias mudanças: para viabilizar a implantação do CB, as escolas da rede estadual ganharam margens mais amplas de competência na definição curricular; os professores alfabetizadores tiveram a jornada de trabalho aumentada em 2 horas, remuneradas, para reuniões semanais; a dimensão máxima das turmas foi limitada a 35 alunos, com a possibilidade de recuperação paralela, com duração de até 8 horas por semana, além do período regular; a merenda foi reforçada; houve um treinamento dos

---

27. Decreto SP 21.833, de 28/12/93.
28. Segundo Cunha (1995).

professores por intermédio de multimídia; o material didático destacou-se pela alta qualidade, e as bibliotecas foram ampliadas.

Um dos principais motivos alegados para a resistência dos professores ao CB foi que ele levaria ao rebaixamento da qualidade do ensino. Porém os primeiros resultados foram favoráveis, com um aumento de índice de aprovação da 2.ª para a 3.ª série de 55% para 65%.

Outro projeto implementado nesse governo foi o Profic – Programa de Formação Integral da Criança, caracterizado em especial pela permanência da criança na escola em tempo integral. Tendo como justificativa os problemas estruturais que atingem as crianças brasileiras, o programa visava protegê-las da violência a que ficariam expostas fora da escola. Apesar de receber diversas críticas relativas a seu caráter de redoma e à falta de projeto pedagógico, o Profic foi desativado somente no governo Quércia.

A reforma curricular foi outra realização, especialmente com a demarcação de três momentos da escola básica: o Ciclo Básico, reunindo as antigas 1.ª e 2.ª séries; o Ciclo Intermediário – 3.ª à 5.ª série; e o Ciclo Final – 6.ª à 8.ª série. Esta redefinição visava reverter a tendência de reprovação na 5.ª série.

> No campo da política educacional, suas principais diretrizes foram: descentralização das funções; formulação de programas com o objetivo de iniciar o processo de regionalização/municipalização do ensino pré-escolar e de 1.º grau; participação da comunidade (criação dos Conselhos Municipais de Educação); reestruturação da Companhia de Construções Escolares – CONESP; descentralização da merenda escolar; regionalização dos concursos para o magistério; revalorização do professor e recuperação salarial do magistério. (Perez, 1994, p. 72.)

No governo seguinte, com Orestes Quércia (1987-90), o CB se consolidou, após a instituição da jornada única discente e docente[29] das escolas da rede estadual. A partir daí, os estudantes passariam a dispor de 30 aulas semanais, de 50 minutos cada, e os CBs funcionariam em dois turnos, das 7 horas às 12 horas e das 13 horas às 18 horas, com três refeições em cada turno. Os professores, por sua vez, receberiam o pagamento por 40 horas, das quais 26 para atividades em sala de aula, 6 para trabalhos pedagógicos e 8 para atividades em horário e local de sua escolha; também foi criada a função do professor-coordenador.

Apesar das oscilações das políticas educacionais no período de 1983 a 1987, São Paulo apresentou pequenas mudanças nos resultados obtidos, mas foram mudanças consistentes. O número de escolas e de alunos aumentou cerca de 1/3, principalmente nas redes municipais, em razão do estímulo do governo estadual, que passou a transferir recursos para as prefeituras com este objetivo[30].

Outra realização desse governo foi a organização das Oficinas Pedagógicas, a partir de 1987, que visavam dar suporte e infra-estrutura, dentro de algumas limitações, às reformas que estavam sendo implementadas. As Oficinas Pedagógicas promoviam encontros e cursos de capacitação, intercâmbio e possibilidade de discussão entre os docentes, orientação técnica e didática e facilitavam o acesso dos professores a materiais pedagógicos.

Com relação à descentralização, essa gestão propôs várias experiências. Em 1987, foi instituído o Programa de Municipalização e Descentralização do Pessoal de Apoio Administrativo das Escolas da Rede Pública Estadual – PROMDEPAR (Decreto n.º 27.265 de 5/8/1987). A forma de preenchimento, nomeação de funcionários estatutários, foi reforçada com a celebração de convênios com as Prefeituras e APMs, para que elas garantissem a existência de pessoal de apoio para as unidades escolares com a agilidade necessária. Contudo, o valor

---

29. Decreto SP 28.170, de 21/1/88.
30. Segundo Cunha (1995).

das remunerações era muito baixo e as escolas tinham dificuldade em manter os funcionários [...].

O Programa de Municipalização do Ensino Oficial do Estado de São Paulo foi lançado, em 1989, em meio a grande polêmica. A grande novidade foi propor a municipalização do ensino fundamental [...]. Em 1990, no final da gestão Quércia, foi assinado o Decreto n.º 32.392 que autorizou o Secretário da Educação a celebrar Termo de Cooperação Intergovernamental com Municípios do Estado de São Paulo – TCI. Aqui novamente a finalidade é a descentralização e a expansão/melhoria do ensino fundamental. A forma de convênio e o caráter voluntário de entrada no programa permaneceram, mas o objetivo modificou-se: a escola, construída em terreno municipal, com recursos estaduais, será administrada pelo Município. Isto significa que cabe ao município "criar, instalar e colocar em funcionamento a(s) escola(s) objeto deste termo que passará(ão) a fazer parte integrante da Rede Municipal de Ensino, ao qual compete alocar recursos humanos e materiais". (Perez, 1994, pp. 92-5.)

No governo Luís Antonio Fleury Filho (1991-94), constatou-se que a evasão e a repetência continuavam a ser um grave problema na rede estadual. Esta gestão propunha grandes ganhos na qualidade do serviço educacional, baseados em mudanças na escola e em sua organização. É então elaborado o projeto Escola Padrão, que previa a reforma do prédio da escola, a reformulação de sua organização interna, o funcionamento em três turnos, reforço em equipamentos e alterações na administração de recursos humanos, em especial no que se referia à remuneração: os professores que optassem pela dedicação exclusiva receberiam 30% de acréscimo em seus salários. Entretanto, esta proposta englobava um pequeno número de escolas e previa a incorporação gradativa das demais. Acabado esse governo, o referido projeto não se viabilizou, uma vez que não foi estendido a toda a rede e os índices de evasão e de repetência das escolas padrão não haviam diminuído em relação às demais escolas.

A primeira gestão de Mário Covas (1995-98) teve como proposta básica a reorganização da rede pública de escolas do Estado de São Paulo. Alguns dos passos iniciais foram:

cadastramento dos alunos nas escolas, em 1995, para diagnosticar o número real de alunos, vagas e escolas, e a fim de obter subsídios, dados reais para racionalizar os gastos da Secretaria da Educação – SE; extinção do projeto Escola Padrão, com a assunção, porém, de alguns de seus objetivos; extinção das Divisões Regionais de Ensino, para diminuir a burocracia entre a SE e as escolas.

Após esta fase inicial, o Programa de Reorganização do Ensino Público de 1º e 2º graus do Estado de São Paulo[31] implantou uma série de medidas: separação do ensino do 1º grau do de 2º grau, havendo também no ensino de 1º grau a separação dos alunos do primário (1ª a 4ª série) dos do ginásio (5ª a 8ª série), visando sobretudo diminuir as dificuldades internas da escola, diante de alunos de idades muito diversas, e melhorar as escolas, na medida em que poderiam ser adaptadas a um tipo específico de alunos, conforme sua idade e suas necessidades, tanto no aspecto físico quanto no pedagógico; reformas e ampliações nas escolas; envio de materiais diversos, como livros, televisores, videocassetes e antenas parabólicas; cursos de capacitação, ministrados nas Delegacias de Ensino; manutenção da função de coordenador pedagógico, agora mediante concurso público; manutenção das HTPs (horas de trabalho pedagógico) e de projetos de reforço e recuperação dos alunos.

Algumas das principais reclamações dos professores e da Apeoesp: baixos salários; condições precárias de trabalho; infra-estrutura deficiente; aumento de distância entre o local de residência e o de trabalho; redução do número de aulas, devido à superlotação das classes (de 35 a 45 alunos). As reclamações dos pais diziam respeito à distância da escola ou escolas, conforme a idade, número de filhos e cidade[32].

De maneira bastante sucinta, pode-se ter uma idéia da evolução do atendimento educacional no Estado de São Paulo, que tem como característica marcante a predomi-

---

31. Decreto 40.473, de 21/11/96.
32. Nas cidades de pequeno e médio porte esse problema não se destacou tanto quanto nas grandes cidades.

nância da rede estadual no ensino fundamental e médio. No caso de 1.ª a 4.ª série, isso pode ser mais bem visualizado no quadro abaixo:

QUADRO 6 – DISTRIBUIÇÃO DAS MATRÍCULAS DE 1.ª A 4.ª SÉRIE POR DEPENDÊNCIA ADMINISTRATIVA – ESTADO DE SÃO PAULO – EM %

Ano	Estadual	Municipal	Particular
1960	83	11	6
1970	81	10	9
1980	78	12	10
1990	78	10	12
1997	65	23	12

Fonte: SE/CIE; SEADE.

Analisando-se o quadro acima verifica-se a tendência de expansão da rede municipal, que se valeu de diversos estímulos do governo estadual, conforme visto anteriormente.

A legislação educacional (1984-97)

A partir de uma classificação temática da legislação federal referente à Educação, pode-se notar a ênfase crescente, apesar de irregular, no aspecto da descentralização e administração pública. Essa ênfase apresenta seus picos notadamente nos anos de 1989 e 1990, após a promulgação da nova Constituição, e em 1993 e 1996, momentos de discussão e da aprovação da nova Lei de Diretrizes e Bases da Educação Nacional. Coincidem também com as mudanças de governo, a partir das eleições presidenciais de 1984, 1989 e 1994, como pode ser observado no gráfico abaixo[33].

33. Este gráfico tem por objetivo expor, em porcentagem, as ênfases temáticas da legislação federal referente à Educação no período em questão. Ressalte-se que a

GRÁFICO 2 – LEGISLAÇÃO FEDERAL REFERENTE À EDUCAÇÃO – 1984-96 – EM %

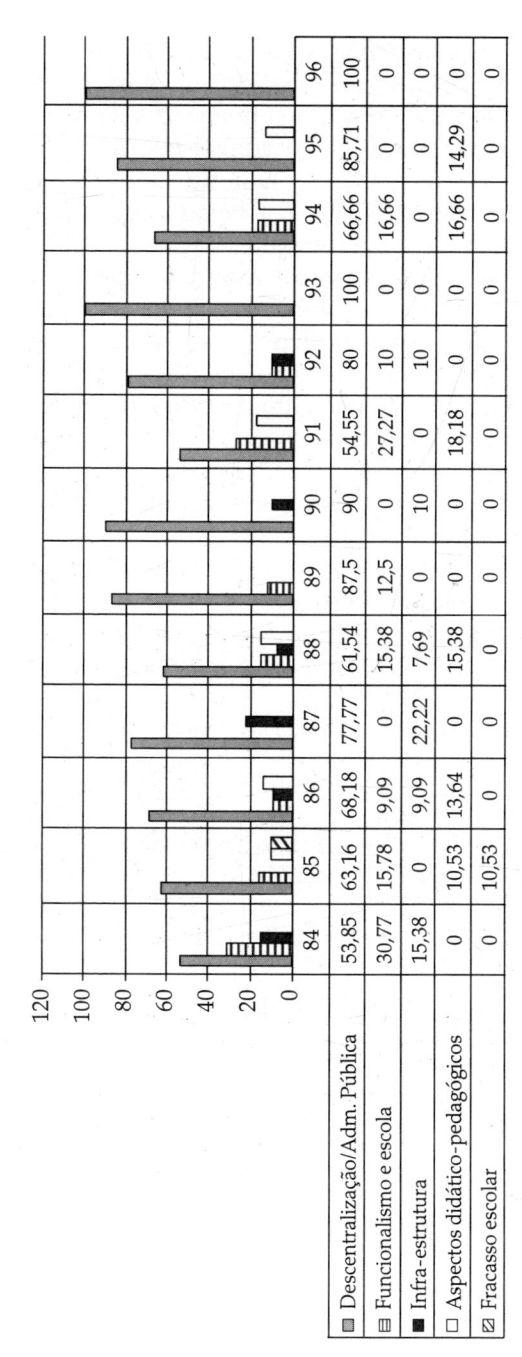

	84	85	86	87	88	89	90	91	92	93	94	95	96
Descentralização/Adm. Pública	53,85	63,16	68,18	77,77	61,54	87,5	90	54,55	80	100	66,66	85,71	100
Funcionalismo e escola	30,77	15,78	9,09	0	15,38	12,5	0	27,27	10	0	16,66	0	0
Infra-estrutura	15,38	0	9,09	22,22	7,69	0	10	0	10	0	0	0	0
Aspectos didático-pedagógicos	0	10,53	13,64	0	15,38	0	0	18,18	0	0	16,66	14,29	0
Fracasso escolar	0	10,53	0	0	0	0	0	0	0	0	0	0	0

Fonte: *Elaborado a partir da publicação da SE/CENP: Legislação de ensino de 1º e 2º graus – vários volumes.*

Os demais temas, como infra-estrutura e funcionalismo, apresentam altos e baixos similares, com crescimento imediatamente oposto aos momentos de maior destaque do tema descentralização e administração pública. Esta oposição e as irregularidades não são anormais, uma vez que cada governo adota medidas específicas, em diferentes momentos de sua administração.

O tema referente aos aspectos didático-pedagógicos aparece menos vezes, uma vez que, a partir das diretrizes constitucionais e da LDB, eles se tornam uma atribuição dos Estados, que têm autonomia em relação a essa questão.

O fracasso escolar é pouco destacado no que se refere às questões específicas de evasão, repetência, recuperação e avaliação da aprendizagem. Porém ele é abordado indiretamente, por outras diretrizes da Educação, contidas nos demais temas[34].

Por sua vez, a nova Constituição e a Lei de Diretrizes e Bases (LDB) privilegiam e incentivam o processo descentralizador, em vários momentos de suas redações. Por exemplo, na Constituição (Brasil, 1988), os seguintes artigos[35]:

> Art. 23. É competência comum da União, dos Estados, do Distrito Federal e dos Municípios:
> [...] V – proporcionar os meios de acesso à cultura, à educação e à ciência;
> [...] Parágrafo único. Lei complementar fixará normas para a cooperação entre a União e os Estados, o Distrito Federal e os Municípios, tendo em vista o equilíbrio do desenvolvimento e do bem-estar em âmbito nacional.

---

legislação de um ano não implica a substituição da legislação anterior, que permanece vigente, a menos que seja revogada. Esta observação deve também ser aplicada ao gráfico 3 (p. 50).

34. A metodologia adotada para a classificação da legislação determina a vinculação a somente um tema. Por exemplo: a LDB foi classificada no tema descentralização e administração pública, uma vez que contém as diretrizes gerais para a Educação Nacional, apesar de possuir referências também ao fracasso escolar e aos outros temas abordados.

35. Ver também artigos 30 e 205 a 210.

Art. 211. A União, os Estados, o Distrito Federal e os Municípios organizarão em regime de colaboração seus sistemas de ensino.

§ 1º A União organizará e financiará o sistema federal de ensino e o dos Territórios, e prestará assistência técnica e financeira aos Estados, ao Distrito Federal e aos Municípios para o desenvolvimento de seus sistemas de ensino e o atendimento prioritário à escolaridade obrigatória.

§ 2º Os Municípios atuarão prioritariamente no ensino fundamental e pré-escolar.

Art. 214. A lei estabelecerá o plano nacional de educação, de duração plurianual, visando à articulação e ao desenvolvimento do ensino em seus diversos níveis e à integração das ações do Poder Público que conduzam à:
I – erradicação do analfabetismo;
II – universalização do atendimento escolar;
III – melhoria da qualidade do ensino;
IV – formação para o trabalho;
V – promoção humanística, científica e tecnológica do País.

Estes artigos caracterizam a posição federal, a fim de orientar a descentralização, ao dar a norma geral, mas oferecendo aos Estados e municípios liberdade para organizar seus sistemas educacionais internos. Neste sentido, a LDB (Brasil, 1996) continua com o direcionamento dado pela Constituição. Vários artigos[36] desta lei exemplificam este posicionamento:

Art. 8º A União, os Estados, o Distrito Federal e os Municípios organizarão, em regime de colaboração, os respectivos sistemas de ensino.

---

36. Ver também os artigos 9 a 15 e 18, que se referem às atribuições da União, dos Estados e dos municípios; o capítulo 2, Da Educação Básica, artigos 22 a 28, que remetem, em vários pontos, a seu caráter regulador geral e abrem espaço para uma relativa autonomia local quanto à organização do sistema de ensino, classificação dos alunos, avaliação, recuperação e conteúdos curriculares. Quanto aos recursos financeiros, os artigos 68 a 77 regulamentam sua aplicação e prestação de contas.

§ 1º Caberá à União a coordenação da política nacional de educação, articulando os diferentes níveis e sistemas e exercendo função normativa, redistributiva e supletiva em relação às demais instâncias educacionais.

§ 2º Os sistemas de ensino terão liberdade de organização nos termos desta Lei.

Art. 23. A educação básica poderá organizar-se em séries anuais, períodos semestrais, ciclos, alternância regular de períodos de estudos, grupos não-seriados, com base na idade, na competência e em outros critérios, ou por forma diversa de organização, sempre que o interesse do processo de aprendizagem assim o recomendar.

§ 1º A escola poderá reclassificar os alunos, inclusive quando se tratar de transferências entre estabelecimentos situados no País e no exterior, tendo como base as normas curriculares gerais.

Art. 74. A União, em colaboração com os Estados, o Distrito Federal e os Municípios, estabelecerá padrão mínimo de oportunidades educacionais para o ensino fundamental, baseado no cálculo do custo mínimo por aluno, capaz de assegurar ensino de qualidade.

Essa tendência não é específica do Brasil. Segundo Casassus (1990), vem ocorrendo um processo de descentralização e desconcentração educacional na América Latina, em especial a partir da década de 80, vista como momento crucial de crise. Para este autor,

[...] a política educacional do Estado centralizado, na América Latina, teve resultados positivos, na medida em que permitiu a incorporação massiva da população aos serviços educacionais. Com efeito, já em 1950 a taxa bruta de escolarização no nível primário na região situava-se em torno de 48%. Para 1987, do total de 27 países sobre os quais a Unesco dispõe de estatísticas oficiais, 24 declararam ter uma taxa bruta de escolarização (no primário) de 95% ou mais. Isto quer dizer que, apesar da chamada "explosão demográfica" verificada no período, e apesar da crise financeira que afeta a região desde o início dos anos 80, a oferta educacional administrada centralmente aumentou em proporções tais que se pode dizer que, salvo exceções, todos os países da região estão em condições de acolher as crianças que desejem ingressar no sistema educacional.

Que os sistemas educacionais tenham conseguido desenvolver uma capacidade suficiente para acolher todas as crianças constitui uma conquista histórica, cuja importância deve ser assinalada. E, apesar disso, tende a generalizar-se o sentimento de insatisfação quanto ao modelo seguido até agora, na medida em que se revela limitado para enfrentar as novas e crescentes exigências que se formulam na área da educação. (P. 15.)

As fontes de insatisfação que o autor apresenta são:
– as relacionadas ao efeito democratizante que se espera das políticas educacionais: neste caso, a expansão quantitativa é comprovada, mas a crítica é em relação às desigualdades sociais, que a escola não consegue diminuir, devido à desigualdade qualitativa apresentada;
– a crise no financiamento da Educação, que foi abalado durante a década de 80 e que leva a não suprir a demanda educacional, especialmente no que se refere à qualidade; e
– a ineficiência na capacidade de gestão por parte do sistema burocrático, destacando-se três aspectos: o tamanho do sistema educacional, a concentração do poder político e a multiplicidade de suas estruturas.

Conforme citado anteriormente, o Banco Mundial diagnosticou um quadro preocupante, referente à Educação nacional, e sugeriu[37] uma reforma educacional necessária e urgente, a risco de, se adiada, trazer sérios custos econômicos, sociais e políticos. As principais diretrizes apontadas são[38]: a priorização da Educação básica; a melhoria da qualidade (e da eficiência) da Educação como eixo da reforma educativa; a prioridade aos aspectos financeiros e administrativos da reforma educativa; a descentralização e a pro-

---

37. Apresenta diretrizes aos países em desenvolvimento em geral, entre os quais o Brasil.
38. Ver Torres (1996).

moção de instituições escolares autônomas e responsáveis por seus resultados; a convocação para uma maior participação dos pais e da comunidade nos assuntos escolares; o impulso do setor privado e dos organismos não-governamentais (ONGs) como agentes ativos no terreno educativo, tanto nas decisões como na implementação delas; a mobilização e a alocação de recursos adicionais para a Educação de 1.º grau; um enfoque setorial; e a definição de políticas e prioridades baseadas na análise econômica.

Como se pode observar, os artigos anteriormente citados, tanto da Constituição como da LDB, apresentam diretrizes semelhantes às sugeridas pelo Banco Mundial.

A classificação temática da legislação estadual levou, em um primeiro momento, a um quadro geral, que revela algumas tendências de enfoque da legislação[39], no período abrangido pela pesquisa, a partir das quais pode-se perceber assuntos que são abordados em praticamente todo o período, e outros que são priorizados em algumas fases específicas. Os resultados dessa classificação podem ser ilustrados pelo gráfico 3.

Pode-se perceber que a ênfase maior sempre esteve na questão da infra-estrutura, mas que, aos poucos, a atenção desigual dada aos temas foi se amenizando, havendo uma distribuição mais igualitária em sua abordagem. As questões didático-pedagógicas e de fracasso escolar não aparecem quantitativa e freqüentemente na legislação, apesar de o fracasso escolar ser indiretamente abordado em todos os outros temas. Por sua vez, o tema descentralização/administração pública aumenta sua importância, na proporção direta da diminuição da preocupação ou do maior equilíbrio com o tema infra-estrutura, seguindo a tendência[40] observada na legislação federal a partir da nova Constituição e da LDB. Sob este tema, estão agrupadas questões referen-

---

39. O quadro geral e um maior detalhamento sobre cada tema e sua distribuição no período podem ser visualizados no anexo (p. 203).

40. Não se pretende afirmar que esta é uma tendência presente nos demais Estados do país, uma vez que a pesquisa não possui esta abrangência.

GRÁFICO 3 – LEGISLAÇÃO EDUCACIONAL DO ESTADO DE SÃO PAULO – 1984-97 – EM %

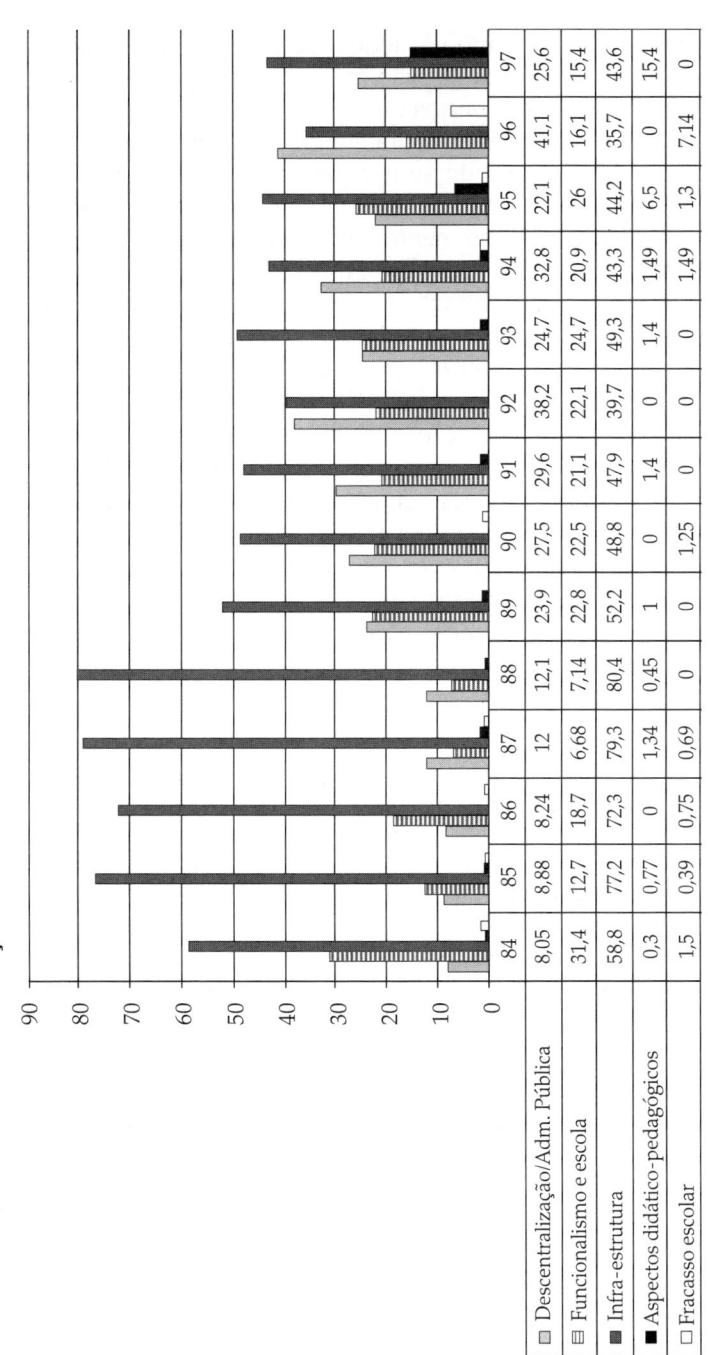

	84	85	86	87	88	89	90	91	92	93	94	95	96	97
Descentralização/Adm. Pública	8,05	8,88	8,24	12	12,1	23,9	27,5	29,6	38,2	24,7	32,8	22,1	41,1	25,6
Funcionalismo e escola	31,4	12,7	18,7	6,68	7,14	22,8	22,5	21,1	22,1	24,7	20,9	26	16,1	15,4
Infra-estrutura	58,8	77,2	72,3	79,3	80,4	52,2	48,8	47,9	39,7	49,3	43,3	44,2	35,7	43,6
Aspectos didático-pedagógicos	0,3	0,77	0	1,34	0,45	1	0	1,4	0	1,4	1,49	6,5	0	15,4
Fracasso escolar	1,5	0,39	0,75	0,69	0	0	1,25	0	0	0	1,49	1,3	7,14	0

Fonte: Elaborado a partir da publicação da SE/CENP: Legislação de ensino de 1º e 2º graus – vários volumes.

tes ao Estado como um todo, que tem função reguladora, normatizadora para a ação na rede de ensino. Estas questões envolvem aspectos que se encontram inter-relacionados, apesar de representarem focos diversos da mesma questão. Destacando-se nos períodos de transição de governo, o tema funcionalismo e funcionamento da escola é abordado constantemente no intervalo de tempo considerado, uma vez que se refere a questões de regulação interna do sistema educacional.

No gráfico 3 tem-se a legislação do Estado de São Paulo, referente à Educação, no período de 1984 a 1997. Da mesma forma que no gráfico 2, destacam-se aqui as ênfases expressas na legislação, procurando relacioná-las às tendências e à atuação dos governos do período. Embora sejam evidenciadas essas ênfases, não se ignora que elas expressam as diferentes perspectivas e tentativas de encaminhamento das questões educacionais do Estado de São Paulo, e que a legislação de determinado ano tende a complementar a dos anos anteriores, que continuam vigentes (a menos que sejam revogadas).

Observa-se, no conjunto, que no governo Franco Montoro (1983-86[41]) a ênfase é maior nas questões de funcionalismo e infra-estrutura, devido à sua política de combate a um quadro educacional caracterizado pelas péssimas condições de trabalho e péssima remuneração dos professores, pelo mau aproveitamento das instalações escolares e falta de material didático, o que agravava os já elevados índices de evasão e repetência escolar. Neste sentido, o programa de mudanças vinculadas especialmente ao Ciclo Básico envolveu vários aspectos do contexto escolar, uma vez que abrangeu questões estruturais da escola, além dos ciclos.

Ao longo do governo Orestes Quércia (1987-90), o tema descentralização foi adquirindo maior destaque, traduzido nas propostas de municipalização, com programas lança-

---

41. A pesquisa não abrange a totalidade deste governo, uma vez que o ano inicial de análise foi determinado como sendo o de 1984.

dos em 1987, 1989 e 1990, simultaneamente à transferência de verbas aos municípios, incentivando-os a aderir a tais programas. A abordagem à questão do funcionalismo sofre uma queda nos dois primeiros anos de governo, e volta a ser destacada a partir de 1989, devido em especial aos convênios municipais e à reformulação na forma de preenchimento dos cargos e de nomeação de funcionários. Nesse governo foi instituída a jornada única, que aumentou o tempo de permanência dos alunos na escola e modificou os horários de trabalho dos docentes. Foram também criadas a função de professor-coordenador nas escolas e as Oficinas Pedagógicas, o que se reflete nos índices de abordagem deste tema. A infra-estrutura sofre um declínio como prioridade (embora ainda seja o tema mais abordado em termos percentuais), diretamente oposto ao crescimento das abordagens da descentralização e funcionalismo, o que mostra a vinculação entre estes temas, uma vez que parte dos convênios municipais envolveu a transferência de verbas ao município, a partir do momento em que este assumisse como sua a responsabilidade da infra-estrutura das escolas conveniadas.

Na gestão seguinte, com o governador Luís Antonio Fleury Filho (1991-94), o grau de importância atribuído aos temas manteve-se praticamente inalterado, uma vez que esse governo caracterizou-se especialmente pelo projeto Escola Padrão, que não abrangeu a totalidade das escolas públicas, mas envolveu questões relativas a administração, funcionalismo e funcionamento da escola, infra-estrutura e didática, visando a ganhos de qualidade a partir de mudanças na escola e em sua organização interna.

No governo Mário Covas (1995-98[42]) houve uma maior ênfase na questão da descentralização, sobretudo em 1996, ano da reorganização da rede pública. No ano anterior, no início do mandato, haviam sido extintas as Delegacias Regionais, órgãos administrativos cujas funções foram repassadas às Delegacias de Ensino[43]. Outra característica marcan-

---

42. Na presente pesquisa este mandato é analisado até 1997.
43. Agora chamadas Diretorias Regionais de Ensino. Aqui serão indicadas como DE.

te deste governo foi o repasse de verbas às DE e escolas. Esta reorganização implicou o funcionalismo, uma vez que, com exceção dos funcionários administrativos, grande parte do corpo docente foi também "reorganizada". A ênfase na questão da infra-estrutura reflete o grande investimento em materiais diversos, a fim de equipar a escola, tanto no aspecto administrativo quanto no didático-pedagógico. Este governo foi o que mais importância deu a este tema e ao do fracasso escolar, pela orientação pedagógica e pela implantação de mecanismos como o reforço paralelo, as classes de aceleração, os ciclos, a partir das diretrizes presentes na LDB. Como foi indicado anteriormente, o fracasso escolar é "combatido" direta e indiretamente, ou seja, mesmo quando a legislação não se refira especificamente a ele, mas a aspectos que contribuíam com os índices de evasão e de repetência.

Com base nessa visualização da legislação e de suas tendências em cada governo, é possível perceber, no período abordado como um todo, a ênfase dada a questões levantadas pelo Banco Mundial, e que acaba por se refletir no nível estadual mediante diferentes políticas, que abordam de maneiras diversas a questão educacional, visando minimizar os índices de evasão e de repetência escolar. Essas diferentes políticas geralmente se caracterizam por uma descontinuidade de normas e diretrizes efetivadas através da extinção de projetos do governo anterior; de remanejamento de características consideradas positivas destes projetos; e de novas diretrizes e políticas de acordo com o entendimento da nova equipe de governo[44].

No período abrangido pela pesquisa, o Ciclo Básico de Alfabetização é uma exceção por ter sido mantido nos quatro governos. Esta permanência, diante da descontinuidade

---

44. A substituição da equipe administrativa da Secretaria da Educação a cada novo governo constitui um fator de peso na referida descontinuidade, uma vez que praticamente é preciso recomeçar o direcionamento da Educação no Estado, a cada quatro anos. Com a reeleição do presidente Fernando Henrique Cardoso e do governador do Estado de São Paulo, Mário Covas, talvez seja possível desenvolver uma análise, posteriormente, sobre a real extensão deste novo elemento e sobre o impacto que a descontinuidade anterior realmente tinha na SE, nos níveis federal e estadual.

de outros projetos no mesmo período, reforça a idéia de direcionamento das políticas a partir das diretrizes propostas pelo Banco Mundial, uma vez que a diminuição quantitativa da evasão e da repetência é uma de suas prioridades e que o CB atende a esta diretriz, na medida em que a avaliação por ciclos reduz – e até anula, em alguns casos – estes índices.

Neste capítulo pretendeu-se expor, em linhas gerais, a contextualização do período abrangido pela pesquisa e do período anterior a ele, tanto no que se refere à história do país – no âmbito político, econômico e educacional – e do Estado de São Paulo como às tendências apresentadas pela legislação educacional. Estas informações são necessárias para a compreensão das condições históricas em que se desenvolveram e articularam os discursos dos sujeitos sociais, cujos perfis serão delineados no próximo capítulo.

Capítulo 2 **Discursos sobre a Educação**

> *A história oral não é necessariamente um instrumento de mudança; isso depende do espírito com que seja utilizada. Não obstante, a história oral pode certamente ser um meio de transformar tanto o conteúdo quanto a finalidade da história. Pode ser utilizada para alterar o enfoque da própria história e revelar novos campos de investigação; pode derrubar barreiras que existam entre professores e alunos, entre gerações, entre instituições educacionais e o mundo exterior; e na produção da história (...) pode devolver às pessoas que fizeram e vivenciaram a história um lugar fundamental, mediante suas próprias palavras.*
>
> PAUL THOMPSON

Este capítulo tem como objetivo expor o perfil dos grupos entrevistados, quanto a suas características sociais, econômicas e culturais, e a visão que possuem acerca da escola pública. A cada grupo, serão apresentados seu perfil e suas perspectivas a partir dos temas abordados nas entrevistas[1] e questionários.

Conforme já ressaltado na Introdução, para a análise das informações obtidas parte-se do pressuposto de que cada indivíduo possui sua própria memória, sua maneira específica de compreender o mundo, mas que são indissociáveis da memória coletiva, com características mais ou menos homogêneas, comuns a determinado grupo, em dado momento.

Para analisar os discursos dos grupos, é necessário conhecer seu perfil, que delineia a memória e as percepções, as quais poderiam não ser compreendidas se consideradas

---

1. Os trechos das entrevistas, transcritos neste trabalho, foram escolhidos, em geral, pela síntese das idéias do grupo.

sob uma perspectiva que não aquela dos indivíduos que as elaboraram. A proposta aqui não é, portanto, justificar os discursos ou criticá-los. É compreendê-los a partir dos campos em que são elaborados e utilizados.

Entrevistas: critérios e realização

Para a realização das entrevistas, os procedimentos foram elaborados a partir das indicações de Thompson (1992), Alberti (1989), Richardson (1985) e Selltiz (1987)[2], quanto à ética, cuidados na elaboração, realização, gravação, transcrição, arquivamento e organização do material.

Em vez de utilizar os recursos estatísticos quanto à escolha das amostras de escolas a serem visitadas, optou-se por visitar todas as escolas estaduais da DE de Assis que atendem alunos de 1.ª a 4.ª série. Assim, foram visitadas 33 escolas, com o objetivo de entrevistar um representante de cada grupo – diretor, professor, pai de aluno – em cada escola[3], o que se conseguiu parcialmente, mas mesmo assim a quantidade de entrevistas é suficiente diante da proposta da pesquisa.

Foram realizadas no total 98 entrevistas, assim distribuídas:

– 3 delegados de ensino: todos do período delimitado pela pesquisa;

– 31 diretores: duas diretoras não aceitaram ser entrevistadas, alegando falta de tempo e excesso de trabalho;

– 33 professores; e

– 31 pais de alunos: foram entrevistados pais de alunos que estudam de 1.ª a 4.ª série, também na proporção de um por escola, sendo 24 pais indicados pelos diretores e 7 escolhidos aleatoriamente entre os nomes encaminhados por escolas ao Conselho Tutelar.

---

2. Também Moraes (1994) e Queiroz (1987).
3. Devido às séries-alvo da pesquisa (1.ª a 4.ª), optou-se por não criar um grupo de alunos a serem entrevistados. Suas idades seriam um obstáculo, e, além disso, considerou-se a limitação temporal para a realização das entrevistas, o que não permitiria expandir mais os grupos entrevistados.

Ressalte-se que, embora todas as entrevistas tenham sido analisadas, não foi possível citá-las todas nas transcrições. Em cada grupo foram identificadas perspectivas em comum, que foram ilustradas com um exemplo, uma citação de uma das opções disponíveis, em geral a que sintetizava melhor tais idéias. Outras foram citadas por sua originalidade ou discrepância do senso comum em relação ao grupo a que pertencem.

As entrevistas foram temáticas[4], realizadas valendo-se de dois roteiros gerais[5] elaborados a partir do objetivo da pesquisa, a fim de que as informações obtidas pudessem ser sistematizadas e garantissem a unidade de todas as entrevistas. Os entrevistados também responderam a um questionário complementar às questões abordadas nas entrevistas.

As professoras

Foram entrevistadas 31 professoras, que também responderam a um questionário, contendo questões mais específicas sobre dados pessoais e Educação. A idade média das entrevistadas era de 42 anos[6], e 81% possuíam casa própria, onde moravam entre 3 e 4 pessoas (em 68% dos casos), 74% eram casadas, 87% com formação universitária, 13% com o 2º grau completo, e 3% estavam cursando uma pós-graduação. O rendimento médio mensal familiar era de 3 a 6 salários mínimos[7] para 23%; de 6 a 10 para 32%; e acima de 10 em 45% dos casos. A média de tempo de car-

---

4. Segundo Alberti (1989): "seu depoimento é solicitado na medida em que possa contribuir para o estudo de determinado tema, e assim as perguntas que lhe serão dirigidas terão o objetivo de esclarecer e conhecer a atuação, as idéias e a experiência do entrevistado enquanto marcadas por seu envolvimento no tema" (p. 61).

5. Ver Alberti (1989, p. 65) e Richardson (1985, p. 61).

6. A mais velha tinha 53 anos, e a mais nova, 27.

7. No período de realização das entrevistas, o salário mínimo vigente era de R$ 120,00, equivalente a US$ 120,00 – naquele momento, o Plano Real ainda mantinha a relação 1/1.

reira docente era de 20 anos, havendo casos de início desde 1968 até 1990[8].

Esses dados trazem uma série de informações sobre o perfil deste grupo, que acaba por influir na visão que ele (o grupo) tem da escola. O fato de a totalidade da amostra ser feminina demonstra uma característica predominante do magistério, em especial nas classes iniciais do 1.º grau, com raízes históricas no Estado de São Paulo e no país, e que envolve a questão da formação dos professores nas escolas normais, conforme visto no capítulo anterior.

As altas médias de idade e de tempo de carreira delineiam um perfil reforçado por alguns fatores, em especial a expansão do ensino no Estado a partir do final da década de 70, que passou a exigir um número crescente de professores. Outro fato que reforçou essa tendência na amostra foi que, ao pedir aos diretores que indicassem algum(a) professor(a) para ser entrevistado(a), geralmente as docentes mais "antigas" na escola, em quem os diretores confiavam e cuja experiência exaltavam, eram as escolhidas[9]. Além disso, tais docentes, já com anos acumulados na profissão, tendem a estabilizar-se diante das poucas alternativas do mercado de trabalho e porque estão visando à aposentadoria.

Sobre a carreira, há várias citações que remetem à vocação e a uma imagem idealizada da profissão, mas que também destacam decepções, sobretudo quanto à falta de autoridade do professor em relação aos alunos e quanto à questão salarial:

> [...] apesar de tudo eu ainda gosto, porque a gente vê o professor vendendo salgados, que não faz parte da carreira, fazendo outras coisas, e isso desestimula, a gente vê que entra com um ideal, mas depois que entra vê que não é aquilo, que esse ideal é muito difícil, é muito cheio de espinhos, difícil de colocar em prática. Eu gosto muito de dar aula, mas o meu

---

8. Conforme o relato de algumas professoras, a carreira foi interrompida, geralmente devido a questões familiares, e posteriormente retomada.

9. Este fato será retomado no tópico referente aos diretores.

ideal de quando eu comecei eram só rosas, não enxergava os espinhos. (Professora 1.)

[...] eu estou desanimada com a minha carreira, é uma coisa que eu não gosto tanto hoje. Antes a escola era tudo mesmo, gostava demais, hoje já tem uma diferença muito grande na indisciplina, antes você trabalhava, explicava, a criança tentava aprender, mesmo. Era uma arma para você, hoje não, você fala, tem que aprender e [eles dizem]: Ah, professora, não repete mais mesmo... E não precisa ser de 4.ª ou ginásio para falar isso não, na 2.ª série eles falam para a gente. (Professora 14.)

A disciplina, a maldita legislação, direitos das crianças, porque só têm direitos. Outro dia, eu perdi a paciência com um aluno, e perdi mesmo, sabe, e o que aconteceu? A mãe veio aí e ameaçou a tirar [ele da escola], a mãe vai na polícia, e o que aconteceu? Aí o negócio ia virar para mim. Eles não querem saber se o aluno xingou, se o aluno brigou, só direitos sem dever; o pior de tudo o que está acontecendo é paralelo a essa legislação, direito, tudo, tudo é a favor pra eles e o professor não tem direito de nada; eles não mostram o dever, só os direitos. (Professora 2.)

Vocação e decepção não aparecem como contradições, nem se anulam mutuamente, mesclam-se na fala deste grupo, remetendo a um passado no qual a escola e as condições de trabalho e remuneração eram consideradas melhores, os alunos mais disciplinados e interessados, e a profissão mais valorizada. O papel dos professores, sua importância para a sociedade são ressaltados, mas aparentemente não há propostas concretas ou outros elementos que corroborem este ideal. Neste momento, percebe-se um grande conflito, diante de uma identidade profissional perdida.

Na descrição da trajetória da carreira, são bastante enfatizadas as dificuldades superadas, especialmente no início da carreira, como a ida a escolas rurais e classes multisseriadas:

Comecei em 70, trabalhei três anos como substituta efetiva; naquela época a gente era obrigada a ir para a escola todos os dias, e permanecia na escola trabalhando, fazendo o que tinha de serviço, só que a gente não era remunerado, esse serviço. Então você ganhava o dia que você dava aula, o dia que faltava professor você dava aula e ganhava aquele dia. Nessa época, a gente não tinha direito a licença, tinha o limite de faltas, então vinha assim, era bem difícil. A gente trabalhava a maior parte do tempo de graça. (Professora 6.)

Minha carreira foi bastante difícil no início. Eu comecei em 1975; me formei em 1970 e comecei a trabalhar em 1975, e, como todo professor que começa, ele vai ser aproveitado lá na zona rural, então eu já comecei a minha carreira achando assim, a escola, uma coisa bastante difícil de ser levada, pelo fato da gente estar assim trabalhando com classes multisseriadas. Então eu peguei aquela época de estar trabalhando com as crianças multisseriadas, então a gente dava aula de 1.ª a 4.ª série dentro de uma só sala, com uma só lousa. O início da carreira foi bastante conturbado, problemático, a gente, professor sempre ganhou mal. A gente ia com ônibus de prefeitura, a gente ajudava a empurrar nos dias de chuva. E, lá na escola, a gente era tudo, era diretora, era servente, inspetora de aluno, merendeira, era tudo, mas foi um início difícil, mas foi bom. (Professora 8.)

Na distinção entre os bons e os maus professores, a questão da vocação é constantemente citada, sendo esta a principal característica atribuída aos bons professores, ao passo que os maus seriam aqueles que estão na profissão somente por não terem outra alternativa, por interesse na estabilidade, porém sem se dedicar a ela.

[...] existem professores e "professores", professor que está ali porque acha que o salário no interior é razoável, porque não tem outra opção. Tem professor que tem idealismo, então muda a escola, pensa em fazer alguma coisa; agora, tem aquele um que, vendo que o problema tá nele, sai fora. (Professora 21.)

Sobre a situação socioeconômica, a maioria das entrevistadas indicou possuir casa própria, curso superior e renda familiar de 6 a mais de 10 salários mínimos, caracterizando um perfil de classe média, com valores e perspectivas semelhantes, a partir dos quais entendem e observam o mundo. Estas percepções permeiam sua vida e, de certa forma, limitam o entendimento de posições diferentes das suas, originárias de realidades sociais, econômicas e culturais diferentes, como por exemplo as de parte da clientela das escolas públicas, mais carente.

A qualidade do ensino na escola pública foi classificada como boa por 44% das professoras, razoável por 41% e ruim por 15% delas. As perspectivas quanto à qualidade do ensino foram indicadas da seguinte maneira: tende a melhorar (com 48% das respostas), deve manter-se como está (32%) e deve piorar (20%). Estes índices refletem uma perspectiva otimista, pois daquelas que indicaram a tendência à melhora, 93% tinham avaliado a qualidade do ensino como boa ou razoável (40% e 53% delas, respectivamente). Situação semelhante ocorre na indicação da tendência à qualidade do ensino manter-se como está: 90% das professoras que votaram dessa forma haviam classificado a qualidade do ensino como boa ou razoável (60% e 30% delas, respectivamente)[10]. Porém, a perspectiva otimista evidenciada por esses índices não ocorre nas falas das entrevistadas, cujo conteúdo traz posicionamento diferente e até mesmo oposto ao indicado no questionário.

A percepção, pelas professoras, das principais mudanças ocorridas na escola, referentes ao período da pesquisa, pode ser ilustrada pelas seguintes falas:

> [...] hoje, não digo que seja daquela professora, eu não sou a favor da época de antigamente dos castigos em cima do milho, isso é um absurdo. Mas a escola hoje não tem autoridade pra tomar uma atitude, porque os direitos das crianças, o governo em si, a mídia se preocupa muito com os direitos

---

10. A tendência à piora da qualidade do ensino teve a indicação de 50% das professoras que a haviam classificado como ruim.

das crianças e nunca com o dever. Eu acho que as crianças têm que estar cientes também do dever, não só dos direitos. Eu sou a favor dos direitos, mas dever, também; as crianças teriam que estar a par dos deveres. (Professora 1.)

Com a introdução do CB eu acho que é decadência mesmo da escola primária, porque não é por causa da passagem automática, não; a responsabilidade do professor de 1ª série caiu um pouco, porque antes [o aluno] viria para uma série real, então a responsabilidade do professor de 1ª era muito grande, ele tinha que mandar um aluno sabendo ler, escrever e fazendo as quatro operações, e hoje ele já sabe que a 2ª série é a mesma que a 1ª, então eu achei que o professor bobeou ali na 1ª série e nós estamos recebendo alunos de 3ª e 4ª série quase analfabetos, porque ele já vinha assim para a 3ª, porque o conteúdo era muito longo, é a série mais difícil que tem no primário, muita novidade, então a criança tinha que vir mais amadurecida e não tá vindo, chega na 4ª daquele jeito e acaba indo para a 5ª totalmente despreparada; então eu achei que não foi bom essa passagem automática da 1ª para a 2ª série. (Professora 17.)

A mudança positiva mais comentada foi a da postura pedagógica, a partir do construtivismo, que tornou a escola menos seletiva, oferecendo oportunidades para uma clientela que, pelo método tradicional, seria excluída.

A mudança na educação, a principal delas é fazer com que o professor trabalhe realmente com a realidade do aluno, o que não acontecia antigamente. O professor, antigamente, era dono da situação, ele é que dirigia; agora não, já é diferente, parte do aluno, e é aquele "auê", a classe toda se movimenta e isso é bom, porque numa sala de aula ninguém sabe mais do que ninguém. Numa sala de aula, cada um tem a sua vivência, você apenas coordena o trabalho; eu acho melhor agora porque aquele professor estático, parado, que eu tive, com vara de bambu que alcançava o último aluno, não pode mais existir. Eu acho essa mudança da participação e interação do aluno muito mais proveitosa, dá impressão que a classe está numa bagunça total, todo o mundo quer falar ao mesmo tempo, mas na realidade eles sabem tanto quanto o professor [...]. Eles apenas não sabem regras, etc. Eu acho essa mudança muito boa, ainda que tenha professores que estão encontrando barreiras, mas agora quase todos os antigos estão aposentados, e os jovens estão aí... (Professora 7.)

Quando solicitado que indicassem os fatores que justificariam e colaborariam para a concretização da perspectiva apontada[11], verificou-se que os que indicaram "melhorar" alegam que isto se deve ao perfil dos professores (60%), à avaliação do aprendizado e ao funcionamento e relações internas na escola (ambos com 47%). As alternativas correspondem à certeza, presente nas entrevistas, de que, apesar das condições de trabalho serem consideradas difíceis em alguns aspectos, a maioria dos docentes trabalha com amor e dedicação, envolvendo-se emocionalmente com os alunos e suas dificuldades e assumindo funções que excedem o ensinar.

Acho assim, uma das nossas prioridades é formar o cidadão crítico, um ser crítico, uma pessoa crítica que possa estar pensando, um ser pensante. Só que a escola tem várias funções, que são dadas pra gente, são jogadas para a escola, que não é função da escola. Hoje a gente vê a escola assim, nós somos babás, somos enfermeiras, somos até médicas, somos tudo o que a escola não é, entendeu? Então está sendo jogado pra gente uma porção de coisas que a gente não tem condições de encarar. Às vezes a gente deixa a parte pedagógica, que seria formar, informar, trazendo para a criança, acrescentando, porque ninguém chega na escola sem saber nada. O importante é isso, a gente só vai modificando aquilo que a criança já sabe. A escola deveria ser assim, a família, existe uma janela, a escola é a janela. O professor, a figura do professor é aquele que está mostrando além da janela, mos-

---

11. Nesta questão, solicitou-se que fossem apontados os três fatores mais significativos para a perspectiva indicada, daí as porcentagens ultrapassarem 100%. Isto também é válido para as demais categorias de entrevistados.

trando para a criança o mundo, aquilo que ela tem que fazer, exercer a sua cidadania, o seu poder de mudança. Porque o ser humano tem esse poder nas mãos, de estar mudando, transformando, de estar conduzindo as situações. A função da escola, para mim, seria essa. (Professora 8.)

Elas observam o que avaliam como afrouxamento das exigências em relação à qualidade do aprendizado, ao conteúdo ensinado e à avaliação do aluno, quando a nota e o comportamento serviam como incentivadores coercitivos para um bom aproveitamento, e a avaliação mais rigorosa da aprendizagem é apontada como necessária para a melhora da qualidade. As boas relações internas na escola, entre diretores, funcionários administrativos e professores, são vistas como fator de sucesso, já que, segundo as falas, é um dos elementos essenciais para a boa qualidade da escola e para o desenvolvimento do trabalho do docente[12].

Para aquelas que disseram que a qualidade do ensino "tende a piorar", a razão assinalada com maior freqüência foi a atuação administrativa do governo/SE (83%), seguida de longe pelo aumento do número de vagas, fatores externos à escola e perfil dos professores (com 33% cada). As três primeiras alternativas justificam-se em parte pela perspectiva acima citada, aliada à certeza da queda da qualidade de ensino, e também à expansão quantitativa da escola pública, que teria implicado a queda da qualidade. Já o item referente aos próprios professores corresponde à questão salarial e aos problemas que a escola enfrenta, que também seriam desmotivadores[13] para o bom desempenho dos do-

---

12. Das escolas visitadas, somente em uma verificou-se grande animosidade mútua entre a direção e os professores. Em uma outra escola, enquanto a direção apresentou um quadro de excelentes relações, a professora entrevistada demonstrou até mesmo receio em comentar a característica autoritária da direção e da coordenação.

13. Esta afirmação, nas entrevistas, em geral foi seguida de um comentário no sentido de que, embora houvesse problemas, a dedicação aos alunos era a mesma, apesar das limitações dos docentes quanto a preparo, recursos e conhecimento para lidar com as dificuldades e material para trabalhar.

centes. Há também a crítica à formação deficiente e/ou à inexperiência dos docentes, em especial dos mais novos.

> Quando eles entram na sala de aula, eles vão encontrar o quê? Professor desmotivado, professor mal pago, mal assalariado, que vão aparecendo e a gente não deve misturar as coisas. Infelizmente o ser humano não sabe superar este tipo de coisa. Se ele está mal, ele passa essa negatividade para a criança, ele passa mesmo. (Professora 8.)

As docentes que indicaram a perspectiva de que a qualidade da escola "tende a se manter" justificam-na sobretudo com a atuação administrativa do governo/SE (70%)[14], com o perfil dos alunos (60%), com o papel do ensino ante a sociedade (50%) e com fatores externos à escola (50%), em uma referência clara às mudanças educacionais que retiram a autoridade do docente; ao perfil dos alunos, desinteressados e indisciplinados; à desvalorização do ensino, percebida pela falta de colaboração da maioria dos pais e da comunidade; e aos fatores externos, em especial questões sociais e desestruturação familiar.

> Está havendo uma falta de respeito muito grande. Ah, bom, se você é autoritária, você consegue uma certa disciplina, que eles te respeitem e tal. Agora, se você é uma pessoa que não consegue trabalhar isso, está difícil. Qualquer atividade que você vai realizar no pátio, não consegue que eles fiquem quietos [...]. Eles são muito indisciplinados e não têm muita educação, não respeitam um ao outro, é muito difícil. [...] O que eu venho percebendo é uma reclamação geral com relação à disciplina. É o problema maior que a gente tem enfrentado, a disciplina e a falta de interesse, aquele aluno que aproveita muito pouco, não presta atenção, e depois o rendimento não é satisfatório. (Professora 12.)

---

14. Este item será abordado na avaliação dos governos do período, feita pelas entrevistadas.

Apesar de a maioria das professoras indicar estes elementos como problemas, também diz não ter grandes dificuldades na sala de aula, pelo menos não com a maioria dos alunos. Segundo a mesma professora:

> Eu me considero uma pessoa privilegiada, porque eu não tenho tido problema em relação ao aluno, só que eles me chamam às vezes de sargento. Também não acho que isso seja legal, você estar controlando e tal, e não apresento problema, mas também não sei se seria o ideal. (Professora 12.)

Em relação ao perfil dos alunos no período, há também aquelas que consideram algumas melhoras, apesar de não descartarem os problemas acima citados:

> As crianças de hoje são bem mais ativas que as outras, elas não são mais passivas. Eu gosto muito de dar aula questionando, eu gosto de fazer pingue-pongue com as crianças, sabe? Então eu dou aula nesse sentido, eu fico mesmo cutucando, então você percebe que eles têm muito mais informação, é a televisão, rádio, os meios de comunicação, muito mais informação, são muito mais ativas, são até exageradamente ativas; às vezes você fica até meio doidinha com eles. Eu acho importante, são críticos, então a gente trabalha muito esse lado crítico da criança, sabe? É a postura da gente aqui na escola, a gente cobra muito, a criança é bem mais crítica do que era, principalmente quando ela vê seu trabalho, no magistério. Nossa, é uma coisa gritante. Você percebe também pontos negativos, isso deles serem mais críticos, de serem mais ativos, de terem mais informações, são pontos positivos mesmo. (Professora 6.)

No que se refere à participação dos pais e da comunidade, há opiniões divergentes, conforme a localização da escola e o nível socioeconômico da clientela atendida. Porém há um consenso, ilustrado pelo seguinte trecho:

> [...] aqueles [pais] que mais precisam, são os que menos comparecem, os que mais precisam conversar, são os que menos comparecem. Aqueles que têm o filho belezinha, adoram re-

ceber elogios, ah, o seu filho é uma gracinha. E aquele que tem mais problema, esse é mais difícil de vir. Ele não quer ouvir alguma coisa que desagrada, que desarvora. (Professora 6.)

A maioria das falas denota que a participação dos pais é limitada ao comparecimento nas reuniões, e praticamente inexiste em outras atividades da escola, a não ser em festas, por exemplo. Em alguns casos, a família é percebida como fator de desestímulo para a criança na escola, o que está vinculado aos "fatores externos" indicados. Segundo essa perspectiva, quanto mais carente a clientela, maiores a desestruturação familiar e o desestímulo, o que se relaciona também ao fracasso escolar.

Os principais fatores indicados como responsáveis pelos índices de evasão e repetência foram: desvalorização da Educação pela sociedade (71%); fatores externos à escola (58%) e políticas educacionais inadequadas (55%). Reflete-se aqui a tendência em atribuir a elementos externos à escola as dificuldades que se refletem nela, uma vez que outras alternativas, que se referiam ao interior da escola, foram menos indicadas. Por exemplo: perfil do aluno (19%); dificuldades no funcionamento e relacionamento interno da escola (13%); infra-estrutura deficiente da escola (13%); currículo e material didático inadequado (10%); perfil do professor (6%) e péssimas condições de trabalho na escola (3%).

Os fatores indicados como importantes para a diminuição dos índices de evasão e repetência foram: melhoria das condições socioeconômicas do aluno e de sua família (71%); políticas educacionais mais adequadas (61%) e melhor formação dos professores (45%). Conforme enfatizado nas entrevistas, esses índices teriam como principais causadores ou agravantes a desestruturação familiar e fatores externos à escola, referentes à questão social, como desemprego na família, necessidade de o aluno trabalhar e ausência dos pais que trabalham fora. Neste sentido, as docentes apresentam um descontentamento com as políticas educacionais implantadas que visam reter os referidos índices, porque consideram o problema de uma perspectiva preponderantemente econômica e quantitativa, priorizando estes aspectos em detrimento da qualidade[15].

A citação da alternativa sobre a formação dos professores sugere dois tipos de raciocínio, já que a aparente contradição entre a questão anterior, quando uma minoria indicou o perfil dos professores como problema, e esta, que sugere uma melhor formação como importante para diminuir os índices de evasão e repetência, leva a duas formas de entendimento, presentes nas entrevistas: a crítica de algumas docentes à qualidade de formação do magistério e à falta de experiência das professoras mais novas; e a necessidade, constantemente ressaltada, de cursos para que a nova linha pedagógica construtivista pudesse ser melhor aplicada em sala de aula, e para que as professoras fossem orientadas sobre como lidar com alunos-problema, como pode ser percebido nas falas abaixo:

> [...] quando você fala fracasso escolar, nós, professores, ficamos um pouquinho desiludidos, porque a culpa sempre é do professor. A culpa nunca é da sociedade desorganizada, lar desfeito, governos; é que massacram, nunca é da secretária, o problema sempre cai no professor. Então, o fracasso escolar, eu nego ele, o fracasso não só, quando fala fracasso escolar, eu falo, fracasso do Estado. Eu acho que todos têm uma parcela de culpa, quando a criança passa por esse fracasso. Então, o seguinte: quando a criança vem, ela vem com uma perspectiva de que vai encontrar aqui alguma coisa diferente da casa dela, cheia de problemas, de lutas, dificuldades, pais, de problemas familiares; então vem para a escola esperando encontrar na escola algo assim, espetacular. [...] E a criança, por essas mudanças do CB, eu estou analisando quando estudei, em mil novecentos e bolinha, eu já tenho 50 anos... Lá no passado, quando eu entrei na escola, eu fazia a 1.ª série; [se] eu sabia, eu passava para a 2.ª série, se eu não sabia, ficava retida. Então essa minha retenção naquela época não me

---

15. Apesar de projetos do governo Mário Covas, como reforço paralelo e classes de aceleração, terem sido citados e elogiados.

feria tanto como agora, que a criança foi empurrada de uma série para uma série subseqüente sem saber nada... Então, se uma criança passa para uma série subseqüente sem saber nada, ela fica num cantinho da sala, aí começa o fracasso dela: meu Deus, eu não aprendo... Aí o professor, nós temos professores e "professores", ou um outro professor fala assim: não vai mesmo; fala assim: não aprende mesmo, você é burro, você é orelhudo; aí chega em casa, os pais falam: você é burro mesmo, você não sabe. Então a criança vai colhendo todas essas informações e fala: puxa, eu sou uma fracassada. E aí a escola fica cheia de fracassos, em todas as séries tem sempre alguém no cantinho. Isso para falar da minha escola; no geral, toda escola que você visitar tem uma criança no cantinho. O que está acontecendo com aquela criança? Ela não faz, ela não sabe, ela não quer. Então o fracasso escolar é uma coisa muito... é terrível. Eu acho uma coisa terrível, só que não é problema só do professor, como todo o mundo acha. Ele vem de uma série de fracassos lá de casa, vem do próprio sistema. O pai mal pago, desempregado, bebe, bate. Já vem de uma desestrutura muito grande, do lar, vem pra escola e aqui continua o ciclo... A criança, quem sabe, gostaria de sair de lá e ao chegar aqui ser vitoriosa. Acho que todo o mundo veio para ser isso mesmo. Chegam aqui, as coisas são iguais, não como a gente gostaria que fosse, eles ficam encostadinhos ali, então o fracasso começa. Mas não é só responsabilidade do professor, acho que tem que somar as responsabilidades. (Professora 8.)

Dentro da sociedade, eu acho que está misturando, hoje em dia o que eu digo sempre; eu fui esses dias na minha oficina pedagógica, que a gente sempre tem um curso de capacitação, a sala de aceleração, e eu achei muito engraçado que, aí, colocaram o papel do professor, o papel da família, tudo, e a gente foi escrevendo qual seria o papel do professor, e eu acho que o papel do professor é aquele em sentido de cultura, e não no sentido de educação; e olha aí, pensa direito, eu acho que a gente tem que fazer tudo isso, a gente tem que ser psicólogo dentro da sala, o médico, porque hoje a criança está com 40° de febre... É, está invertido, está jogando muito em cima da escola, muito. A função da escola, hoje, teve que abrir um leque tão grande, e a gente está cuidando de tudo, não é essa função [...]. Olha, principalmente na realidade desta escola aqui, são crianças bem carentes, quer dizer, a gente tem o problema externo muito grande, e está como se a gente, o professor, tivesse que resolver tudo isso, sabe? E na realidade não é, eu acho que a gente, enquanto você está cuidando de problemas assim, que não são da sua área, você está perdendo muito do que você poderia fazer. Eu acho que a função da Educação, não sei, não é essa de você ser o pai do aluno, a mãe do aluno, não, e estão querendo que a gente seja isso, porque aí disseram nessa reunião: o papel da família, mas a família está perdida, a família não sabe para onde vai, a escola deveria orientar; mas, peraí, a gente também não é, nós também estamos perdidos, se você for ver assim, se a gente faz parte da sociedade, nós também estamos perdidos; então não sei, acho que esta função da escola em si, o que eu acho realmente é que não está feito na realidade, a gente está pulando um monte de coisa para cuidar de outros aspectos [...] e também não tem como a gente não se envolver, principalmente no P1, que fica com uma criança todo dia, o ano inteiro, a gente acaba se envolvendo, não tem como não se envolver, só se a gente for uma casca muito dura. (Professora 10.)

No que se refere à legislação, 81% das docentes indicaram que esta se aplica apenas parcialmente à realidade escolar. Nas entrevistas há diversos comentários quanto a uma resistência dos docentes a novas propostas, sobretudo devido à descontinuidade das políticas educacionais, o que desgasta o docente e o torna desconfiado e negativamente predisposto; à forma com que são estabelecidas, de maneira impositiva, sem discussão[16]; e à falta de preparação e orientação do professor para implantar as mudanças na prática. Parte deste descrédito deve-se a que 61% acreditam que os fatores que mais interferem na legislação educacional são políticos, ao passo que 23% indicaram a alternativa fatores econômicos. Somados, tem-se que 84% das docentes en-

---

16. Conforme algumas falas, quando há consulta aos docentes, ela se dá *pro forma*, uma vez que suas sugestões não são acatadas.

trevistadas indicam fatores externos à escola como principais definidores desta legislação, em detrimento de aspectos técnicos (que foi a resposta de 6% das entrevistadas). Para as professoras, os aspectos econômicos referem-se em especial à questão salarial, aliada à grande quantidade de alunos por sala de aula e às políticas que visam diminuir índices de evasão e repetência com o único fim de minimizar as despesas por aluno, uma vez que cada aluno que repete ou que se evade e volta à escola significa maior gasto, além de inchar as séries iniciais e prejudicar o atendimento à demanda por vagas nessas séries.

Para discutir, vêm, tem um espaço para discussão. Só que na hora de aplicar é o que eles querem, o que se discutiu cai tudo, é o que eles querem. Esse novo plano de carreira, mesmo: houve muitas controvérsias, no final é o que eles quiseram. Nós tivemos dois dias para estudar a legislação, nós estudamos a Lei Darcy Ribeiro. Mas veio pronta, só para a gente se inteirar. Esse plano de carreira nós tivemos um dia, que foi por uma teleconferência, tivemos o período para discussão, mas no final foi o que já estava pronto na Secretaria. (Professora 1.)

[...] o que eu percebo é que a gente tem muita informação teórica, e que é importante. Lógico, primeiro você tem que estar baseado, bem informado, e como funciona esse processo todo, para depois você estar desenvolvendo, mas eu acho que a gente fica ainda muito em cima de muita leitura, mas o professor não tem prática nenhuma. A prática ele vai adquirindo, às vezes ele é resistente às mudanças e tal, porque ele não viu um trabalho que funcionou. Então eu acho essa coisa prática mesmo, de estar desenvolvendo coisa prática, faz parte também a parte teórica, lógico. Primeiro você faz uma boa leitura e tal, esse fechar da coisa, prática que a gente nunca tem, só tem a teoria, a prática já é da gente. Então, se você está errando, continua. (Professora 12.)

Uma coisa é você estar atrás de uma mesa, pensando e arquitetando planos para outros executarem. Então, o maior problema nosso é pessoas que estão lá, não vou dizer que é a nossa secretária da educação, que é o nosso governador, e que as pessoas que trabalham com ele, os assessores direta ou indiretamente lá, não sabem o que é a Educação. Mas você há de concordar comigo, que você estar atrás de uma mesa é diferente de você estar depois em uma mesa no meio das crianças. O que tem acontecido é que eles lá em cima, eles pensam muito, eles arquitetam muito, eles agem muito lá, mas quando chega na sala de aula não é a mesma coisa, então vem tudo prontinho lá de cima. Eles idealizam, eles julgam que é melhor o que vai fazer e jogam na mão do professor, e o professor segura. Então essa hierarquia está sendo bastante massacrante. Chega aqui, por exemplo, à nossa diretora, algumas coisas de lá, que ela não pode perguntar o que é, ela simplesmente tem que jogar em cima de quem? Em cima do professor. Coitado do professor. O professor pega aquilo, ele tem que executar aquilo, e, sempre que vem lá de cima, eles mandam: a criança está precisando. Eu acho assim, que, se invertessem os papéis, se a gente pudesse estar subindo lá, fazendo parte dessa hierarquia, eu acho que a Educação melhoraria. (Professora 8.)

No que se refere aos governos abrangidos no período da pesquisa, foi solicitado que cada um fosse avaliado, sob diferentes aspectos, atribuindo-se notas de 1 a 5, sendo 1 = péssimo; 2 = ruim; 3 = razoável; 4 = bom; e 5 = ótimo. Esta avaliação, feita pelas professoras, definiu as seguintes médias de pontos aos governos: Montoro – 3,18; Quércia – 2,51; Fleury – 2,29; e Covas – 2,81, confirmando as falas das entrevistas, que indicam o período Montoro como o de valorização da Educação, especialmente do magistério, seguido de Quércia e Fleury, como um período de dificuldade, e de Covas, com melhoras em alguns aspectos.

Os quadros abaixo permitem visualizar a atribuição de pontos à atuação de cada governo.

O governo Montoro teve a avaliação mais positiva em seu conjunto, com a grande maioria indicando notas entre 3 e 4, ou seja, razoável e bom. Essa pontuação confirma as falas das entrevistadas, que vêem neste governo o último período de incentivo e valorização do magistério, seja pelo Estatuto do Magistério, discutido e definido neste período, seja pela valorização salarial. Nas entrevistas, são destacados também outros aspectos, como o envio de livros didáticos para enriquecimento das bibliotecas das escolas.

QUADRO 7 – AVALIAÇÃO DO GOVERNO FRANCO MONTORO PELAS PROFESSORAS

Item	Média de pontos atribuídos
Infra-estrutura da escola	3,30
Funcionalismo (carreira e salários)	**3,43**
Funcionalismo (condições de trabalho)	**3,39**
Currículo	**3,60**
Carga horária	**3,43**
Material didático-pedagógico	2,56
Assistência ao aluno (merenda, material...)	**3,17**
Combate ao fracasso escolar	2,60

As médias destacadas indicam os aspectos em que este governo foi classificado como melhor entre os quatro analisados. Nas entrevistas, fica clara a comparação deste governo com o de seu antecessor, Paulo Maluf, considerado péssimo em relação à Educação e ao magistério, e com o de seu sucessor, Orestes Quércia, que também apresenta uma imagem menos positiva, como pode ser observado no quadro abaixo:

QUADRO 8 – AVALIAÇÃO DO GOVERNO ORESTES QUÉRCIA PELAS PROFESSORAS

Item	Média de pontos atribuídos
Infra-estrutura da escola	2,56
Funcionalismo (carreira e salários)	2,08
Funcionalismo (condições de trabalho)	2,28
Currículo	2,87
Carga horária	3,12
Material didático-pedagógico	2,52
Assistência ao aluno (merenda, material...)	2,56
Combate ao fracasso escolar	2,12

A pontuação atribuída fica entre 2 e 3, ou seja, ruim e razoável. Este governo não foi muito detalhado nas entrevistas. A grande maioria das falas o relaciona diretamente ao governo seguinte, Fleury, como um período ruim para a Educação ou alega não se lembrar de nada relevante, além de seu descompromisso com a questão educacional. Se comparado ao governo Montoro, toda sua pontuação lhe é inferior. O item material didático-pedagógico apresenta média de pontuação aproximada à de Franco Montoro – 2,52, embora não seja destacado nas entrevistas como algo positivo neste período.

O governo Fleury apresenta uma tendência negativa em relação ao anterior. Apesar de a média também ficar entre 2 e 3 (ruim e razoável), ele obteve, na notação individual, quantidade de nota 1, ou seja, péssimo. Todas as suas médias são inferiores às do governo anterior, com exceção do item material didático-pedagógico, que aparece com nota idêntica à do governo Quércia. No caso do governo Fleury, algumas falas indicam pequena melhora de infra-estrutura e material didático-pedagógico, quando se referem às escolas padrão, que receberam maior incentivo nestes aspectos. Porém a avaliação negativa predomina, uma vez que há críticas no sentido da diferenciação e dos privilégios a poucas escolas e professores, enquanto o restante da rede de ensino teria sido abandonado.

QUADRO 9 – AVALIAÇÃO DO GOVERNO LUÍS ANTONIO FLEURY FILHO PELAS PROFESSORAS

Item	Média de pontos atribuídos
Infra-estrutura da escola	2,48
Funcionalismo (carreira e salários)	2,00
Funcionalismo (condições de trabalho)	2,24
Currículo	2,56
Carga horária	1,92
Material didático-pedagógico	2,52
Assistência ao aluno (merenda, material...)	2,52
Combate ao fracasso escolar	2,08

O governo seguinte, de Mário Covas, apresenta uma avaliação mais positiva em alguns aspectos educacionais:

QUADRO 10 – AVALIAÇÃO DO GOVERNO MÁRIO COVAS PELAS PROFESSORAS

Item	Média de pontos atribuídos
Infra-estrutura da escola	**3,37**
Funcionalismo (carreira e salários)	2,10
Funcionalismo (condições de trabalho)	1,68
Currículo	3,20
Carga horária	2,65
Material didático-pedagógico	**3,62**
Assistência ao aluno (merenda, material...)	3,10
Combate ao fracasso escolar	**2,82**

Este período apresenta-se como o mais polêmico, no qual as avaliações vão desde perspectivas mais otimistas até mais pessimistas. Destacam-se os itens infra-estrutura, material didático-pedagógico e combate ao fracasso escolar, com média de pontos mais elevada que a do governo Montoro. Quanto aos dois primeiros itens destacados, a grande maioria das entrevistas revela uma melhora significativa, depois de governos considerados ruins em relação à Educação. A informatização das secretarias, as verbas distribuídas por meio da DE às escolas, a grande quantidade de material disponível são bastante ressaltadas. Quanto ao combate ao fracasso escolar, a afirmação mais freqüente foi a de que os índices diminuíram, mas questiona-se a forma como isso foi feito.

A grande crítica feita a esse governo concerne à questão salarial[17]. Porém um dado interessante é que esta questão

---

17. As entrevistas foram realizadas em 1998, portanto antes da greve dos professores, no Estado de São Paulo, ocorrida no primeiro semestre de 2000.

é vista, segundo algumas entrevistadas, como prejudicial aos docentes mais antigos, em final de carreira, e benéfica aos mais novos, devido ao plano de carreira.

A posição geral dos professores em relação a esses governos pode ser captada na fala de uma professora, que sintetiza a posição da maioria:

> Franco Montoro, na minha opinião, foi o melhor governador que tivemos até agora. Na época do Montoro as coisas eram diferentes, as escolas eram abarrotadas. Essa escola, na época do Montoro, chegou a ter, vamos dizer assim, cinco serventes, hoje nós temos um, então esse um tem que fazer o trabalho de cinco. A gente tinha mais funcionário, material escolar, as crianças, a escola era vista com outros olhos pelo governador Montoro. A gente morre de saudade dele. Depois dele, veio o Quércia. Quércia foi o ministro da nossa bancada, já veio assim com uma política diferente, veio de sola mesmo em cima da escola, e conseguiu estragar; aquilo que o Montoro fez ele desfez, começou a desfazer. Depois dele veio o Fleury, que aí fez com que tudo o que o Quércia quis se concretizasse. Ele foi tirando do professor, tirando, tirando... Salário do professor, então, ficou achatado, ninguém ouve falar de aumento; desde então, nós não temos mais aumento. Do Fleury para cá, ou Fleury mesmo, ele foi até bastante agressivo com o professor, ele não ouvia o professor, ele não ouvia nossas entidades, ele não ouvia a Apeoesp, a CPP, ele não ouvia ninguém. Então ele foi governador absoluto, então ele conseguiu concretizar aquilo que o Quércia tinha começado. Agora com o Covas, nós não temos nem palavras pra dizer o que esse homem tem feito para nós, porque nós não temos aumento de salário, há dois anos que nós não vemos uma mudança em termos salariais. Apesar de que ele fez uma propaganda política muito bem-feita, e depõe até contra a gente, porque nós trabalhamos e falamos até para os nossos pais, e para os pais dos nossos alunos, que a gente ganha pouco, que a gente ganha mal, e ele fala na televisão uma outra coisa. E os pais até ficam sem saber, porque a política é assim, ele procura mostrar que ele está fazendo o melhor. Eu não posso dizer que o atual governador, o Covas, ele não esteja tentando fazer alguma coisa pela es-

cola pública, não posso dizer isso, não. Em termos de salário, nós sabemos que não, achatou, fez mil promessas. Mas, na parte pedagógica, ele tem uma secretária, Rose, e essa secretária tem feito bastante inovações dentro da escola pública, ou pelo menos ela tem tentado, está trazendo algumas coisas diferentes para nós. Vamos dizer que nós temos agora a TV Escola, que é um auxílio para o professor, temos a classe de aceleração, que é um projeto, é a menina-dos-olhos dele, é um projeto maravilhoso, é maravilhoso este trabalho, é dele, um projeto maravilhoso. Nós só queremos saber se vai dar certo, são projetos bons que ele tem colocado, mas só vendo a parte pedagógica. Mas ele não nos vê como pessoas, nos vê como números perdidos no espaço. Ele tem feito coisas de estar dispensando, e nós nunca tivemos isso no Estado. Agora essas avaliações, até avaliando o professor, que no meu parecer não é o mais correto. É claro, se eu for uma boa funcionária, trabalhar direitinho, a minha diretora vai me ver assim, do jeito que os olhos da minha diretora enxergarem, é a minha avaliação. Isso depõe também, porque às vezes, nem sempre que você é avaliada, você está sendo avaliada corretamente. É muito difícil, eu acho, avaliar as pessoas corretamente. Então numa coisa a pessoa é boa, noutra coisa ela peca. Eu acho a avaliação muito difícil. É assim a política dele. Mas ele tem feito sim, não vou dizer que não. Ele tem tentado, projetos até bons. A gente está ali, tentando trabalhar com esses projetos. E nessa parte, que nós estamos agora, cooperadores, que trabalham, nós estamos tendo bastante abertura para os professores se reciclarem. Coisa que nos governos anteriores... No Montoro não. No Montoro a gente teve projetos, projetos chamados projetos Ipê, e que nos fez ver muita coisa, ajudou bastante, mesmo mostrando a realidade de outros Estados, a gente pôde colher um pouco. Agora, nesse atual governo, a gente tem sim, muita coisa para estar se reciclando, a gente tem mais livros, a gente tem bibliotecas abarrotadas, a gente tem vídeos na escola, coisas novas, nós temos computadores; não são todas as escolas mas em algumas já, eu creio que ele está tentando. Não posso dizer que ele está sendo o pior, não, [mas] ainda a escola precisa de muito mais. Eu acho que a parte humana da escola não está sendo vista, a parte humana, que somos nós, professores. Porque jogar os projetos na nossa mão, tudo bem, reciclar é muito bom, eu tenho feito três, quatro dias de especialização, eu tenho essa oportunidade. É uma oportunidade para uma minoria. Na escola, tinha que ser os professores todos, teria que demonstrar quadro, e isso não acontece. Pra mim o melhor foi o Montoro. E agora a tentativa do Covas de estar fazendo alguma coisa. (Professora 8.)

O resultado da avaliação de alguns aspectos educacionais quanto ao período da pesquisa como um todo foi, no geral, positivo no que se refere a questões estruturais da escola, e negativo quanto aos salários e ao perfil do aluno.

QUADRO 11 – AVALIAÇÃO DE ASPECTOS EDUCACIONAIS PELAS PROFESSORAS – 1984-97 – EM %

Item	Melhorou	Igual	Piorou
Infra-estrutura física da escola	**86**	11	3
Funcionalismo (carreira e salários)	15	36	**49**
Funcionalismo (condições de trabalho)	27	**43**	30
Currículo	31	**59**	10
Carga horária	**45**	17	38
Material didático-pedagógico	**70**	20	10
Assistência ao aluno (merenda, material...)	**53**	40	7
Combate ao fracasso escolar	**46**	13	40
Perfil do aluno	20	30	**50**
Perfil do professor	**35**	35	30

Outros aspectos do discurso docente, observados nas entrevistas, foram os seguintes:
– a desestruturação familiar aparece como um dos complicadores mais citados do desenvolvimento do trabalho do docente, uma vez que se destaca a necessidade de apoio, incentivo e orientação da família às crianças, a fim de que possa haver um trabalho conjunto em sua educação, na escola e no lar;

– a questão social está vinculada ao item anterior, uma vez que o desemprego, as dificuldades econômicas, a ausência dos pais em razão do trabalho, a pobreza que atinge parte da clientela da escola pública[18] acabam por refletir sobre a escola, na carência dos alunos e na evasão, quando estes saem da escola para trabalhar;

– outro elemento ressaltado é o Estatuto da Criança e do Adolescente, que ampliou e explicitou a noção de direito da criança, mas que levou, segundo as entrevistas, a um esquecimento dos deveres que estas mesmas crianças deveriam ter em relação à escola;

– quanto à questão do fracasso escolar, destaca-se que, diante do argumento da Secretaria da Educação de que a qualidade está sendo avaliada, algumas professoras comentaram que na verdade é o professor quem está sendo avaliado pelo desempenho dos alunos no Saresp[19], uma vez que, diante de um fraco desempenho, a cobrança da escola recai sobre os professores;

– apesar da avaliação negativa em relação aos alunos, em que são citados seu desinteresse e agressividade, destacam-se, por outro lado, os comentários de que isso ocorre, na maioria das vezes, com poucos alunos, mas que estes bastam para agitar a classe e dificultar o ensino. Algumas professoras ressaltam que os alunos estão mais ativos. Conforme a posição pessoal do docente, isso é entendido como melhora no perfil do aluno, já que ele teria se tornado mais participativo e crítico; ou como piora, uma vez que o grande número de alunos por classe, com esta característica, dificulta o trabalho do docente, e que esta maior atividade não está necessariamente vinculada a interesse e aproveitamento; e

– a maior parte das entrevistadas destacou que não consegue se desligar das preocupações com a escola, mesmo quando saem dela, e que tal situação acaba por interferir no

---

18. Conforme a localização e o tamanho da escola, este problema é maior.
19. Sistema de Avaliação da Aprendizagem do Estado de São Paulo.

relacionamento familiar, uma vez que seus assuntos, preocupações e falta de tempo levam a cobranças por parte de sua família.

Os diretores

Foram entrevistados 8 diretores e 23 diretoras[20]. A idade média dos entrevistados era de 47 anos[21], e 86% indicaram possuir casa própria. Moravam na casa entre 3 e 5 pessoas (em 79% dos casos), o estado civil predominante era o de casados (79%), e a renda mensal familiar da maioria (69%) era superior a 10 salários mínimos. Quanto à escolaridade, 100% possuíam 3.º grau, sendo que 3% eram pós-graduados. A média de tempo de carreira destes profissionais era de 21,4 anos[22].

Os homens deste grupo, apesar de ainda serem minoria, eram professores que lecionavam, antes de assumirem a direção da escola, da 5.ª série do 1.º grau em diante, com uma única exceção[23]. Quanto às diretoras, havia tanto aquelas que vieram de situação parecida com a dos diretores, como aquelas que lecionavam de 1.ª a 4.ª série.

As demais informações – quanto à idade, anos de carreira, estado civil, renda familiar e grau de instrução – são semelhantes às das professoras. Esta similitude justifica, em parte, a escolha que os diretores faziam, quando era solicitado que indicassem um(a) professor(a) para ser entrevistado(a): as professoras com perfil e idéias parecidos com os do diretor seriam então mais confiáveis, mais coerentes e menos discrepantes, ou seja, até mesmo mais afinadas com o diretor, por não gerarem conflitos.

20. A fim de facilitar a inteligibilidade do texto, este grupo será designado pela generalização "diretores".
21. A mais velha tinha 61 anos, e a mais nova, 39.
22. Há inícios de carreira desde 1968 até 1987, sendo que alguns casos com interrupção e retorno.
23. O diretor n.º 7 foi professor de 1.ª a 4.ª série.

É evidente que há perspectivas diferentes, pelo próprio campo de atuação distinto e pela função que os grupos ocupam na escola, gerando portanto ênfases e percepções distintas, mas também pontos em comum. Posteriormente, ao serem abordadas as perspectivas dos grupos quanto aos temas discutidos, essas semelhanças e diferenças aparecerão com maior clareza.

Diferentemente das professoras, a maioria dos diretores, quando solicitados que falassem de suas carreiras, se limitaram a datas, cargos e escolas, em um relato mais objetivo e menos sentimental[24]. Porém há também relatos que destacam a carreira como vocação, como doação, e esses fatores como condição necessária para o bom trabalho na escola.

> Eu tenho uma carreira já de 25 anos na área de Educação, é uma coisa que eu gosto de fazer, independente de dinheiro, porque, se você for pensar em dinheiro, você deixa de trabalhar, passa para outra coisa. Eu comecei como professora, então eu sempre gostei disso que eu estou fazendo, principalmente a parte administrativa, a direção da escola; faz 12 anos que trabalho nessa parte. (Diretor 2.)

> O caso é religião, como falava antigamente, não é sacerdócio, não; a parte humana, se não tiver nessa clientelinha especial dessa escola, se não for bem acentuada, você consegue pouco das crianças. Às vezes tem dia que vem aqui, que você conversa, que você acaricia, tem o contato físico na cabecinha da criança, ela muda de atitude, é tão simples. Se você for considerar a orientação profissional, ele não precisaria fazer isso, se ele for só um administrador; agora aqui a gente precisa fazer isso, e faz com gosto. (Diretor 9.)

Uma das falas ilustra o conflito entre a idealização do educador e sua importância e a decepção com a desvalorização da profissão:

---

24. Ressalte-se aqui a excelente memória, o detalhamento que os entrevistados fizeram desses dados.

> [...] eu até digo para minha família: "Não entra no magistério, não vai ganhar nem para estudar os filhos", eu tiro por mim, que, se eu não tivesse um marido que tem um ordenado razoável, jamais teria conseguido estudar meus filhos. Mal vai ter um carro para trabalhar, e com muita dificuldade uma casa para morar; então a carreira na Educação aqui no Brasil é desestimulante. Você quer o sucesso dos filhos, você vai querer que eles sejam professor!? [...] Ao mesmo tempo que a gente fala assim, pensa assim, a gente precisa de gente para tudo; se não tiver os educadores, como é que vai ser a oportunidade do mundo? Porque o educador é a luz dos nossos olhos, porque sem o professor o que nós seríamos hoje?! Tudo o que nós devemos hoje, nós devemos ao professor. (Diretor 4.)

É importante lembrar que todo diretor foi professor, mas que as novas atribuições que lhe são confiadas levam-no necessariamente a manter uma visão mais abrangente da escola, diferentemente do docente, que, se também procura compreender o todo, volta-se mais, em suas falas, para o interesse da sala de aula e para as relações que se desenvolvem na escola, em uma análise menos técnica e mais subjetiva das questões abordadas.

No período compreendido pela pesquisa, são destacadas diversas mudanças na escola, com aspectos positivos e negativos para a Educação. Algumas delas podem ser verificadas nas falas abaixo:

– democratização:

> [...] na minha opinião o governo quis democratizar a Educação, conseguiu democratizar, hoje todos têm acesso à Educação. Antigamente, quem não tinha dinheiro não tinha condições de estudar. Estava despreocupado, já ia trabalhar e tudo bem, ninguém dava valor para isso. (Diretor 6.)

> Enquanto no ensino, na prática pedagógica, a aprendizagem, a gente sabe que começou ocorrer também a deterioração da aprendizagem, porque essa abertura do processo democrático permitiu o nível maior de crianças na escola, na qual essas crianças não tinham os pré-requisitos essenciais para o processo de alfabetização. (Diretor 1.)

– enfoque pedagógico/ciclo básico:

Em 1984 tivemos o CB. Tivemos muito estudo, reuniões, a gente não entendia o que era esse CB, é promoção automática? E virou aquela conversa, aquela polêmica, mas, depois de bastante curso e treinamento, todo mundo começou entender que o CB era um espaço de tempo a mais para que essa criança pudesse dominar os requisitos básicos para ir para a etapa seguinte, e aí começou o reforço também, que foi de uma ajuda, porque o reforço é ótimo, como auxilia o desenvolvimento da criança na classe, a gente sente falta quando não está tendo o reforço, a recuperação paralela. Depois, em 1988, a jornada única aumentou uma hora de aula por período, achei que foi um avanço, agora vieram a progressão continuada e agora os ciclos; eu acho que está caminhando para melhor, porque desde que o professor tenha ciência de que não é porque é ciclo, que é progressão continuada, que ele vai deixar correr o barco, ele tem que ter uma meta, um objetivo, e cumprir dentro daquela etapa [...]. (Diretor 21.)

[...] então o ciclo básico; 1.ª série, a promoção é automática, se a criança se alfabetizou ou não se alfabetizou, isso não importa, ela vai pro CBC, como eles falam, que seria o ciclo básico em continuidade, porque as coisas estão definidas assim, e as crianças vão pra 2.ª série, vão pro final do ano, vão pra 3.ª; e a gente tem casos, eu tenho visto crianças na 4.ª série, com o pezinho já indo pra 5.ª série, com o problema seriíssimo, sem alfabetização. Isso eu acho, eu não sei, eles estão tendo reforço, nós estamos com classe de reforço aqui, [...] porque criança de 3.ª série, 4.ª série que não lê, que não escreve, e como é que fica isso? Sem dúvida, a qualidade de 84 pra cá, eu posso dizer pra você, vem vindo num declínio doloroso, enquanto se fazem campanhas, e o governo faz mil alardes da melhoria da qualidade, acho que o que nós estamos sentindo, nós que estamos engajados na Educação, o que se tem sentido: a qualidade está sendo evaporada. (Diretor 8.)

Bom, o CB foi implantado, só que não deram nenhum respaldo. Simplesmente juntaram a 1.ª e a 2.ª série; não podia ser reprovado. O professor tinha que segurar e promover o aluno. Só que eles se esqueceram de uma coisa: não pode reprovar, então eles entenderam que tinha que passar sem que o aluno soubesse. Se não pode reprovar, o professor vai ter que ensinar e capacitar para que o aluno prove, seja aprovado. Só que não foi assim: "Ah, já que não posso reprovar, então passo sem ele saber", e foi batendo cabeça e cabeça, até o último governo, que começou a mandar mais verbas para as escolas e deu uma nova cara para a Educação. (Diretor 12.)

– autonomia:

Tem tanta coisa para falar, falam muito da autonomia da escola, autonomia do diretor, só que é esta autonomia entre aspas, porque, quando baixa qualquer portaria, resolução, lei, o diretor vai ter autonomia para trabalhar, a gente até fica contente; só que, quando vai no momento de agir, aí vêm regras básicas, você não pode sair daquilo ali, aí a tua autonomia foi por água abaixo, então um dos grandes problemas da Educação foi esse. Não temos autonomia para estarmos agindo dentro da realidade, dentro daquela localidade, daquele bairro, da unidade escolar; de repente, a gente constata um problema ou uma atuação diferente, e você não pode agir, não pode fazer, porque não tem autonomia; por exemplo, agora na inauguração do regimento comum das escolas, nós elaboramos a proposta pedagógica e regimento comum das escolas. Pois a Secretaria teve que mandar publicar as regras básicas para o regimento comum das escolas; o que acontece? Você não pode sair das regras básicas; cadê a sua autonomia? Acabou. Então isso é problemático, eu vejo como um problema na Educação. Mas tem outro lado também, muitas pessoas estão administrando escolas, não sabem usar autonomia; quando têm uma liberdade nas mãos que pode ser usada, não sabem usar; [...] isso também é problemático: educadores que não têm a capacidade de fazer um diagnóstico. (Diretor 4.)

– descontinuidade política:

Foi implantado o ciclo básico, que também tudo isso é governo; cada governo que entra se acha no direito de pôr uma coisa nova para tentar alguma coisa; eles não pensam, eles não estão no dia-a-dia da escola, então eu acho muito difícil para eles implantar uma coisa; jogam e nós é que temos que nos virar. Administração, os professores estão levando pancada até aprender, e, quando você está aprendendo, muda o governo, ele muda outro sistema, porque não quer dar continuidade àquele, aí vira uma bola de neve; por isso que a Educação está no que está hoje. (Diretor 5.)

– reorganização:

> Do ponto de vista administrativo foi excelente, porque ela [a escola] ficou diminuta, o número de classes foi reduzido, são 11 classes só, é um absurdo para quem trabalhou com 70, trabalhar com 11 classes nesse período, só 4 classes funcionando, na verdade não tem sala vaga porque nós trabalhamos com sala ambiente, mas eu acho desperdício você estar trabalhando com 120 alunos quando podia ser mais; foi uma reorganização, no meu ponto de vista, malfeita; para o município teria estrutura para atender outro tipo de clientela, a decisão final caiu pela 1ª à 4ª. Do ponto de vista administrativo é bom para todos os diretores, a escola que é de 1ª a 4ª ela foi boa [...]. (Diretor 19.)

A qualidade do ensino foi considerada razoável por 48% dos diretores entrevistados e boa por 44%, com tendência a melhorar (para 62%). Vinte e quatro por cento deles indicaram que a tendência é se manter como está, e 13,78% acham que tende a piorar. Para os que esperam a melhora da qualidade, os fatores que mais contribuirão para isso são: a atuação administrativa do governo/SE (citada por 61% dos diretores), o funcionamento e as relações internas na escola (61%) e o perfil dos professores (50%).

Esta perspectiva é coerente com a maioria das entrevistas, que apontam para a percepção de problemas na Educação, mas também detectam aspectos positivos, tanto na política educacional quanto na certeza do empenho da equipe escolar, em especial no que se refere aos docentes. As relações internas nas escolas, entre direção, professores e funcionários, foram consideradas boas no geral.

Normalmente, quase com segurança, todas as escolas, pelo menos aqui procuramos ter um relacionamento democrático entre todos, nós cumprimos a regra; pelo menos uma vez por bimestre temos feito uma reunião com os pais, isso é sagrado e todas as escolas cumprem, onde nós temos a obrigação de passar informação à família que está também interessada pela educação de seus filhos. As informações que temos de seus filhos dentro da escala de notas, comportamento, relacionamento. A escola procura desenvolver atividades recreativas a fim de trazer a comunidade para perto da escola; os portões da minha escola ficam abertos para a comunidade, para a utilização da quadra, uma medida democrática, de gerenciar um recurso que a comunidade tem. Quando os portões eram fechados para o uso dessa comunidade, a escola era alvo de depredação, que hoje não existe, o que representa que a comunidade, usando os recursos que a escola tem, ela ajuda a cuidar [...]. (Diretor 20.)

[...] a escola dentro do muro dela, entre funcionários, professores, diretores, nós, nós nos esforçamos ao máximo para ter um bom relacionamento aqui dentro; o diretor tem que ser o mediador, porque dentro de uma escola existem vários grupos formados por professor e funcionário; o diretor tem que ter um jogo de cintura para contrabalançar tudo isso, fazer com que a gente se una, se forme um colegiado mesmo, todo mundo trabalhe, integrando com a comunidade, pais, outras entidades de bairro; a gente procura fazer um bom trabalho, a gente consegue, sim; o relacionamento de dentro da escola, pelo menos onde eu trabalhei, onde eu fui diretor, eu consegui unir bem o pessoal dentro de uma linha, dentro de um objetivo. (Diretor 7.)

Um momento de dificuldade nas relações internas à escola foi lembrado por um diretor:

Vou tocar num assunto que cria problema de atrito dentro da escola: existe um sistema criado pela modernização do funcionalismo público, o sistema de avaliação; já foi problema anos passados com outros critérios e continua sendo agora com esse novo critério, então eu, como diretor, sou obrigado a avaliar meus funcionários e os professores, e os delegados também avaliam os seus diretores, e existe agora o secretário que tem alguns funcionários da Secretaria do Estado também com a incumbência de avaliar. Esse é o momento de atrito dentro da escola, porque, se você der 10, 100 para todos, você vai cometer uma injustiça; se você der 90, 50 para todos, também vai cometer injustiça, então você tem que avaliar. Então quando você avalia começa de 1,6 e outro vai a 10, também vai ter problemas, sempre vai ter problema: por que será que ele me deu essa nota? Por que ele me avaliou assim? Então é um momento de conflito dentro de uma escola acostumada a não ser avaliada. Eu sou a favor da avaliação, mesmo questionado. Não ter apadrinhamento, fazer avaliação corretamente, avaliação é sempre subjetiva, mas observando, por exemplo, se o professor é faltoso, e em relação a isso vai fazer sua avaliação; é como o funcionário se relaciona com os colegas, o diretor, você observa o mau humor ou alegria desse funcionário, como ele trata os alunos, resolve os conflitos dentro da sala de aula, tudo você avalia, mas é um momento privilegiado, porque cada um se enxerga de uma maneira e o avaliador da sua maneira, daquele jeito que ele viu e sentiu, e muitas vezes o observado não se vê assim, então é um momento privilegiado de confronto e mal-estar dentro da escola, isto porque não temos a cultura da avaliação. [...] avalie esse ano, o ano que vem e o outro, ele sabe que vai ser avaliado e que a nota não vai ser boa se ele não for bom... Hoje gerencio uma escola pública; se fosse uma empresa particular, eu iria escolher os meus profissionais para trabalhar comigo; o diretor não tem o direito de escolher ninguém, ele faz um concurso público, escolhe onde vai trabalhar; e quem faz o concurso e avalia não sou eu, uma equipe faz para o Estado, então eu recebo um material e tenho que trabalhar com esse material, que não é reciclável, que não vai ser recurso nenhum, então eu recebo o funcionário cru e tenho que desbastar esse funcionário, alguns você consegue fazer algum trabalho, outros não, e cria-se então muitas vezes um ambiente conturbado, porque esse funcionário não é bom; agora, numa empresa particular, ele seria demitido. (Diretor 20.)

O perfil dos professores, também indicado como um dos principais fatores para a tendência de melhora na qualidade do ensino, apresenta muitas divergências nas falas dos diretores, apesar de predominar a confiança no empenho dos docentes em sala de aula:

> [...] os professores mais novos, que são formados mais recente, eles já estão pegando as encrencas, eles conseguem trabalhar mais em cima das mudanças; o professor mais antigo, ele muda, ele está mudando, tentando entrar nas mudanças, mas com mais dificuldade. Eu consegui mudar bastante esse perfil da escola; no início, quando eu comecei a querer implantar, no ano passado, as salas ambiente, eu não consegui. Porque eu encontrei barreira por parte dos professores, eles achavam que era bobagem, e eu consegui mudar; no desempenho eu acho que não tem diferença, os professores tentam trabalhar, os que são mais novos, ou os que vêm substituir 30 dias, a trabalhar em conjunto, então eles se entendem bem; mesmo os professores mais novos, com a experiência dos mais velhos, com várias mudanças, vai mudando o professor, tentam mudar. Eu não tenho que reclamar dessa escola, desse perfil do professor, eu tenho mais professores antigos, eu trabalho com 1% de professor novo que é professor recém-formado, então os professores têm 20, 23, 24 anos [de carreira] que já estão se aposentando, mas, de uma forma ou outra, estão tentando até o perfil de acordo com a [vontade da] Secretaria da Educação. (Diretor 2.)
>
> Alguns professores ainda inexperientes, eles encontram dificuldade para salvar a situação do aluno, mas 80% dos professores têm bom relacionamento, conseguem trazer o aluno para a sala de aula, eles conseguem criar um clima favorável à adaptação do aluno. A escola tem que se adaptar ao aluno, tem professor experiente, professor bem vivido, ele consegue penetrar no universo do aluno e não exigir que o aluno penetre no universo dele; ele tem que, vamos dizer, abaixar o nível dele, ele tem que procurar conversar com a criança na linguagem desse aluno: esse é o bom professor, embora tenhamos algumas exceções, alguns professores inexperientes, alguns professores que não querem, que são refratários a qualquer tipo de mudança; eu, o mundo está mudando, temos que mudar também. [...] A gente tem percebido

que o professor mais jovem, embora inexperientes, elas estão saindo das faculdades ou dos cursos de formação em magistério já com outra cabeça, está mais..., como eu poderia dizer..., mais suscetível às mudanças. (Diretor 7.)

Para aqueles que assinalaram que a tendência é a qualidade do ensino manter-se como está, os principais fatores para isso são o papel do ensino ante a sociedade (71%), fatores externos à escola (57%) e a atuação administrativa do governo/SE (também com 57%).

Os fatores externos à escola remetem[25], nas entrevistas, às questões sociais e à família desestruturada e desinteressada do estudo dos filhos, que estaria "jogando" sobre a escola atribuições que excedem a função escolar. Esta questão está bastante vinculada ao item mais indicado, o papel do ensino ante a sociedade, uma vez que, para os entrevistados, os fatores externos refletem na valorização ou não do ensino, ou seja, as características culturais, sociais e econômicas do aluno e de sua família influenciam seu interesse e suas expectativas em relação à escola e, conseqüentemente, valorizam-na em maior ou menor grau. Pelos elementos destacados, observa-se que a percepção é de que o ensino é desvalorizado pela comunidade e pela sociedade em geral, que mostram descaso para com ele. Por sua vez, o terceiro item indicado, a atuação do governo/SE, está relacionado, nas entrevistas, aos elementos destacados nas transcrições, como as reticências e críticas ao Estatuto da Criança e do Adolescente e ao Ciclo Básico.

> [...] a escola está muito sobrecarregada. Com a atualidade socioeconômica, com o poder aquisitivo das pessoas, toda a família tem que trabalhar, tem que [...]; os problemas diários nossos, do cotidiano, são esses: o pai não tem condições de educar o filho, porque trabalha fora, a mãe trabalha fora, não tem como acompanhar essas crianças, então sobra tudo para

---

25. Remetem também à evasão e à repetência, que serão abordados posteriormente.

a escola, sobrecarrega a escola, a escola fica com a parte da Educação e da informação, e isso está prejudicando bastante. É encaminhamento que tem que fazer, sabe, eu acho que está... não desviando, porque eu acho que quem está aqui é para aprender tudo, mesmo, e, na medida do possível, tudo o que puder fazer, tem que fazer, só que às vezes pode ser que a gente esteja deixando de lado a parte principal, que é educar, de informar essa criança. (Diretor 11.)

Por fim, para os que indicaram a tendência a piorar, são a atuação administrativa do governo/SE e o perfil dos alunos (ambos citados por 75% dos entrevistados) as principais razões que colaborariam para esta tendência.

Quanto ao perfil dos alunos, além das questões sociais e familiares, os principais problemas citados são a agressividade em relação aos docentes e aos demais alunos, o desinteresse, a indisciplina e a heterogeneidade social, econômica e cultural dos alunos:

> [...] o que a gente observa é salas de aulas muito lotadas, onde o professor vem também com seus problemas particulares e é obrigado a cuidar de até 40 crianças, umas diferentes das outras, dificuldades diferentes, classes heterogêneas, dificuldades econômicas, psicológicas; esse relacionamento na maioria das vezes vai bem, o profissional que tem domínio de classes consegue uma disciplina, porque sem disciplina não se ensina; a escola tem que ser democrática, sim, mas tem que ter limites; o que não pode é deixar o aluno fazer o que quiser, quando e a hora que quiser, então existe professor que domina muito bem essa parte, então ele consegue dar sua aula perfeitamente, os alunos participam, são motivados, eles se sentem num ambiente protegido. (Diretor 20.)

> Toda sala tem dois ou três [alunos-problema]..., toda escola, até onde a gente sabe, é quase que normal. Mas tem problemas sérios, sim, de indisciplinas, de pessoas... São aqueles alunos que a família está deixando muito de lado, não está acompanhando; essa criança se sente um tanto rejeitada, o pai não se preocupa, a mãe não se preocupa, são esses

alunos que dão problema. A gente não quer só colocar que o problema está lá e que vem para a escola, pode ser até que a gente esteja enganado, mas a maioria dos problemas são esses. Geralmente a família já está desestruturada, e vem refletir aqui na escola. (Diretor 11.)

O comportamento do aluno, de 1984 para cá, o que a gente percebe em processo de abertura, democratização da escola, trouxe para a escola os educandos, na realidade também teve sua grande importância; mas os alunos parece que não têm tanto interesse atualmente para o processo de ensino na aprendizagem, não têm aquela motivação, aquele interesse pelo saber, a gente percebe que está faltando algo nos alunos. A democratização foi muito importante, mas está faltando algo para que os alunos tenham aquele interesse para aprendizagem no ensino. (Diretor 1.)

O fato de pessoas que apontaram tendências diferentes indicarem o mesmo fator – a atuação administrativa do governo – como elemento importante para as perspectivas de melhora, manutenção e piora na qualidade do ensino é significativo, e reflete as visões e percepções díspares que possuem da escola. Um elemento que em parte pode influenciar esta percepção são as diferentes realidades das escolas visitadas e sua localização e clientela, uma vez que na amostra há desde escolas que atendem 200 alunos de 1.ª a 4.ª série do ensino fundamental, até as que atendem 2.500 alunos entre os níveis fundamental, médio e supletivo. Ou seja, a localização da escola e a condição socioeconômica da clientela também podem influir nesta avaliação, uma vez que cada diretor respondeu a partir da realidade da escola em que trabalha.

Os três elementos indicados como os mais influentes na determinação dos índices de evasão e repetência são: fatores externos à escola (64%); desvalorização da Educação pela sociedade (53%); e políticas educacionais inadequadas (46%). Conforme já citado, as questões sociais e a desestruturação da família são vistas como fatores de peso, que dificultam o trabalho a ser desenvolvido nas escolas, em particular no que se refere à evasão e à repetência[26].

Devia-se a todos esses fatores, falta de verbas, o político não estava comprometido com a Educação; um professor perdido, mal remunerado, usava do instrumento de avaliação como punição, e não para realmente determinar a falha que o aluno tinha, e levar o aluno a superar aquilo. Essa má avaliação levava o aluno à repetência, e a repetência gerava a evasão. Então o nosso maior problema era esse, era combater a evasão. A evasão se deve à repetência, a repetência porque a avaliação é malfeita. Por que é malfeita? Porque o professor está descontente, porque é político e a gente proveu a escola de maiores recursos, o professor teve uma nova visão do que é avaliação, passou a avaliar do modo correto, e está evitando a repetência, está sanando a evasão, e a escola vai começar a ser bem-sucedida, porque o fracasso não vai ter mais. (Diretor 12.)

É que a criança já vem de casa desestimulada, o pai desempregado na maioria das vezes, às vezes a criança assiste a cenas de violência na casa dela e às vezes com ela, então ela já sofre tanto na pobreza que ela já tem um desestímulo, chega na sala de aula: "por que isso, pra que eu vou aprender, se eu estou de barriga vazia na minha casa?". Porque as escolas hoje dão no mínimo três refeições, e a maioria delas vem pra comer, em determinadas escolas, então, é a questão familiar. Agora nós temos esses conselhos tutelares, em toda cidade tem uma comissão formada de presidentes e outros cargos, junto com o Conselho Municipal da Educação; diminuiu muito a evasão, eu vou nas classes e os alunos faltosos encaminho pro conselho e eles vão atrás; hoje também é muito bom, porque os juízes de direito chamam os pais lá e conversam alertando que podem dar prisão aos pais que têm o filho em idade escolar e não encaminham pra escola, e isso tem ajudado muito também. A evasão aqui o ano passado

---

26. Apesar de, conforme a fala da maioria e os próprios índices, ambos os problemas já estarem minimizados, seja pela política educacional, seja pelo empenho da equipe escolar.

foi mínima mesmo, devido à atuação do conselho tutelar e dos promotores públicos que estão trabalhando juntos. Eu mesmo esse ano estou aqui há dois meses e já recebi dois ofícios de juízes pedindo números de alunos faltosos; antes a evasão era muito grande, e hoje é mínima mesmo, porque vários setores estão trabalhando em cima disso. (Diretor 16.)

O aluno mesmo diz: "Por que eu vou estudar, estudar pra quê, se nem serviço não existe, pra que eu vou me preparar para uma profissão, se eu sei que essa profissão não tem campo?". Ele percebe a indiferença total dos alunos também; a gente tem feito de tudo, a escola tem procurado motivar o seu ensino, trazer o aluno para a escola, trazer a comunidade pra escola, e para que nesse envolvimento a gente possa fazer um bom trabalho, mas está difícil. E nessa escola tem aluno só de 1ª a 4ª. (Diretor 7.)

Nesse sentido, a participação dos pais e da família na escola foi considerada de razoável a pequena, e os pais mais participativos foram identificados como aqueles cujos filhos não eram considerados alunos-problema:

[...] entre escola e pais, para os pais da nossa escola, para as crianças que têm dificuldade, nós vemos assim, claramente; são crianças de família com estrutura diferente daquela chamada padrão, ou é a avó que criou, ou é a mãe que morreu de Aids, pai que separou, vive com o pai, não vive com a mãe, ou a mãe que traiu, são os casos mais assim; as crianças que têm dificuldade na grande maioria são casos desse tipo. Nós percebemos, fizemos uma análise recente e temos esses dados de que é isso que acontece; as crianças normais, os pais se relacionam bem, vêm, participam de festas, reuniões, eles participam bem, não é aquela coisa de que o pai está dentro da escola, isso ainda é utopia, eles vêm, eles têm uma pequena participação, muito incentivados, mas a resposta ainda é muito pequena, na verdade eles não sabem o que poderiam fazer aqui dentro. É assim o nível social e escolar não muito alto, nem entendem bem o que acontece aqui dentro, quando você mostra alguma coisa, mas é assim que acontece aqui; mas devagarinho houve, este ano houve um crescimento, nós já notamos bem isso. Quando você incentiva várias vezes, acaba saindo alguma coisa, devagarinho temos conseguido a participação dos pais. (Diretor 9.)

Bom, nessa escola aqui os pais participam bastante, vêm sempre pais aqui na escola saber do aluno, mas tem pais que falam assim: a senhora educa ele lá, porque em casa não obedece. Então eles transferem muito para a gente, e a gente não pode fazer isso; da competência da gente, a gente faz, quando acontece uma coisa da criança: "ah, não vou fazer, porque não é da minha competência"; mas aí você ensina de um jeito, o pai ensina de outro, fica difícil. E os pais também não dão valor, hoje em dia. Por exemplo, os pais querem que passem de ano, vão passar todos. Antigamente falava assim: você vai repetir, hoje vai passar, mas vai repetir na vida. A gente está tocando muito nesse assunto, crianças que estão passando com um índice mínimo que tem que ter para prestar um concurso daqui pra frente, as coisas estão difíceis, imagine na idade deles... (Diretor 3.)

[...] numa reunião dessas que convocamos todos os pais para que haja esse contato, para que ele converse com todos os professores, se eu contar para você que é uma minoria que aparece nessas reuniões, e, além de ser uma minoria, uma minoria que os alunos são excelentes, que não há problemas com eles; então aqueles que nós gostaríamos que viessem, que tomassem conhecimento do que eles aprontam, do que eles fazem, esses não aparecem. Então está difícil, os professores têm vontade, olha, é um aluno faltoso, ele dorme o tempo inteiro na classe, por que será que está acontecendo isso? Nós não temos todas as informações, como é que podemos falar: "olha, não sei por que ele está dormindo?" Quem pode dizer a que horas o filho foi para casa, a que horas foi dormir, é o pai. E nós não temos, isso é uma coisa que prejudica, mais interesse, essa parceria de pais de educação, os pais parecem que não estão tão interessados, não sei se é por falta de informação, de formação, porque o que a gente vai ficando é uma clientela da escola pública, menos favorecida, mesmo, então pais que trabalham, pai e mãe trabalham o dia inteiro e não querem saber o que o filho está fazendo, o que o filho está vendo, se está fazendo, que formação meu filho está tendo; se os pais cobrassem, eu vou ver em conversa com o professor, o que ele está fazendo com o meu filho, que metodologia ele está usando, eu acho que isso até criaria um ânimo para o professor dentro da escola, mas isso não existe. E o professor está cada vez mais desestimulado, então é o que a gente tem visto. (Diretor 8.)

Quanto ao terceiro fator indicado como problema na questão da evasão e da repetência, isto é, as políticas educacionais inadequadas, isso reflete, em última instância, mais uma discordância das políticas adotadas do que uma constatação, uma vez que, no período compreendido pela pesquisa, as políticas visaram à diminuição destes índices[27]. Nesse caso, a discordância refere-se à forma, às diretrizes ou ao encaminhamento dado pela política educacional ao problema.

O fatores indicados como determinantes para diminuir esses índices foram melhoria das condições socioeconômica do aluno e de sua família (68%); políticas educacionais mais adequadas (50%); e melhor formação dos professores (46%). As observações referentes à questão socioeconômica e à política educacional já foram feitas anteriormente. O terceiro fator indicado reflete uma questão destacada nas entrevistas, que é a maior dificuldade dos docentes mais antigos em aceitar as mudanças e adaptar-se a elas, bem como o desestímulo na carreira e a falta de preparo e capacitação para aplicação prática das políticas educacionais.

Houve uma indicação de 83% dos diretores de que a legislação se aplica parcialmente ao cotidiano escolar; quanto aos fatores que interferem na definição e nos rumos da legislação educacional, as indicações dos diretores foram: elementos políticos (55%), definições técnicas (28%) e elementos econômicos (24%), o que transparece nas entrevistas, nas críticas sobretudo à descontinuidade política a cada troca de governo.

27. Não se pretende aqui discutir quais os critérios e os méritos destas políticas. Considera-se, sim, seu enfoque claro na diminuição dos índices de evasão e repetência.

Na avaliação dos governos do período delimitado pela pesquisa, a tendência geral é a aprovação do governo Montoro (média de pontos 3,38) e a reprovação dos governos Quércia (2,49) e Fleury (2,51). No governo Covas (3,24), as posições são divergentes: há desde os que apóiam suas diretrizes até aqueles que as condenam. Os resultados da notação são apresentados a seguir, nos quadros que permitem visualizar a avaliação de cada governo.

QUADRO 12 – AVALIAÇÃO DO GOVERNO FRANCO MONTORO PELOS DIRETORES

Item	Média de pontos atribuídos
Infra-estrutura da escola	3,30
Funcionalismo (carreira e salários)	**3,76**
Funcionalismo (condições de trabalho)	**3,53**
Currículo	**3,46**
Carga horária	**3,57**
Material didático-pedagógico	3,26
Assistência ao aluno (merenda, material...)	3,50
Combate ao fracasso escolar	2,73

Há, no que se refere a esse governo, uma avaliação positiva, em especial quanto à valorização do magistério. Esta visão está também presente nas entrevistas, nas quais o governador é chamado de "pai do funcionalismo", e é ressaltada a situação deplorável da Educação deixada pelo governo Paulo Maluf. Esta situação difícil leva a uma maior exaltação do empenho de Montoro para melhorar o quadro educacional, as condições de trabalho e as condições salariais do funcionalismo público.

Os dois governos seguintes não seguem tal tendência, e são considerados um período negativo para a Educação:

QUADRO 13 – AVALIAÇÃO DO GOVERNO ORESTES QUÉRCIA PELOS DIRETORES

Item	Média de pontos atribuídos
Infra-estrutura da escola	2,50
Funcionalismo (carreira e salários)	2,00
Funcionalismo (condições de trabalho)	2,21
Currículo	2,89
Carga horária	2,67
Material didático-pedagógico	2,51
Assistência ao aluno (merenda, material...)	2,81
Combate ao fracasso escolar	2,33

Em relação ao governo anterior, o governo Orestes Quércia tem a pior avaliação em todos os aspectos, notadamente no que se refere ao magistério, como por exemplo o item carreira e salários, considerado bom no governo Montoro por 62% dos diretores e que passa a ser considerado péssimo (36%) e ruim (32%). Nos aspectos estruturais, apesar da avaliação menos positiva, o governo Quércia foi classificado como razoável. Esta tendência continua no governo seguinte, conforme o quadro 14:

QUADRO 14 – AVALIAÇÃO DO GOVERNO LUÍS ANTONIO FLEURY FILHO PELOS DIRETORES

Item	Média de pontos atribuídos
Infra-estrutura da escola	2,67
Funcionalismo (carreira e salários)	2,00
Funcionalismo (condições de trabalho)	2,17
Currículo	2,78
Carga horária	2,71
Material didático-pedagógico	2,50
Assistência ao aluno (merenda, material...)	2,75
Combate ao fracasso escolar	2,51

Na avaliação do governo Fleury transparece uma crítica ao descaso com a Educação e com o magistério, e ele é classificado como ruim/razoável pela grande maioria. No governo Mário Covas são identificadas melhores perspectivas:

QUADRO 15 – AVALIAÇÃO DO GOVERNO MÁRIO COVAS PELOS DIRETORES

Item	Média de pontos atribuídos
Infra-estrutura da escola	3,68
Funcionalismo (carreira e salários)	2,00
Funcionalismo (condições de trabalho)	2,89
Currículo	3,37
Carga horária	3,31
Material didático-pedagógico	4,00
Assistência ao aluno (merenda, material...)	3,55
Combate ao fracasso escolar	3,17

Esse governo apresenta as melhores médias quanto aos itens estruturais. A ênfase nesses itens e sua aprovação são bastante citadas nas entrevistas, mesmo por diretores que discordam das diretrizes deste governo, mas que "têm que dar a mão à palmatória" diante dos investimentos realizados neste sentido.

A questão curricular recebe boa nota devido à nova abordagem pedagógica, baseada no construtivismo. A nota obtida pelo item carreira e salários continua ruim, e uma crítica feita a ele é que o novo plano de carreira beneficia somente os docentes que estão em início de carreira.

Algumas falas podem ilustrar melhor a tendência das avaliações dos governos:

> Olha, existe um conceito dentro da rede, de que o governo Montoro foi o melhor dos quatro; parece que há críticas também, mas ficou uma imagem junto ao funcionário

público, não sei se só por causa dos aumentos que havia, que isso reflete realmente na aceitação ou não de qualquer governante, mas ele realmente parece que dava mais atenção a essa classe dos professores, dos funcionários em geral. Do governo Quércia não temos boas memórias e nada a comemorar, e os posteriores também. Atualmente mais ainda em termos de salários, agora o achatamento salarial no aumento de salário nessa época pegou todo o funcionalismo público, ele como um todo, não é problema só de magistério, mas não tem sido bom para funcionários, não. Mas em termos de reformas da rede, uma tentativa de melhorar, este governo, ele tentou, agradou uns, desagradou outros, está procurando novos rumos, acertou em várias medidas; economia, de contenção de despesas, isso tem que ser uma preocupação da família, da escola, em qualquer firma, negócio que se faz tem que se pensar nessa parte, e esse governo do Covas está conseguindo a duras penas, por sacrifício de funcionários, professores, está conseguindo fazer alguma coisa nessa parte. (Diretor 20.)

[...] o Montoro valorizou o trabalho dos professores, o professor em si, andou bem a Educação naquela época. Depois veio o Quércia, arregaçou, acabou com a Educação; começou por aí, a gente até acreditava que ele ia dar um seguimento no trabalho do Montoro, ele detonou, começou vida nova, com essa implantação do ciclo básico, fez uma gestação supérflua. O Fleury, escola padrão, ele mudou, algumas escolas foram privilegiadas de ter escola padrão, ele investiu naquelas escolas e as outras abandonou, os mesmos professores que davam aula na escola padrão davam nas outras, material só para escola padrão, foi outra decadência. O Covas, eu acho que em termos ele balanceou a Educação, só que até agora ele não fez nada para os educadores; o holerite é o mesmo desde que ele entrou e não fez nada, pode falar que deu aumento, só que ninguém viu; mas, quanto a material, ele dá, ele investiu mais na parte pedagógica, inclusive nossa escola, ganhamos muro; ele manda o engenheiro ver se fez muro, ele dá, cobra e vem o engenheiro de São Paulo, da FDE. Então pelo menos ele está sendo honesto; o povo reclama do Covas porque ele não remunerou os educadores, que nós estamos até hoje com o salário achatado. Daqui para a frente ele vai ter esses reflexos de mandar, a turma fala dele na questão, ele mandou dar TV, isso ele injetou a escola, pôs material didático, tudo cheio; quem falar que não tem é mentira, que ele deu. (Diretor 5.)

Agora, quando o Montoro implantou o CB, a repetência era muito grande na 1.ª série, então ele tentou fazer com que o aluno passasse da 1.ª para a 2.ª direto. No começo foi difícil para assimilar, mas eu acho que deu certo, pelo menos naquela fase de 1.ª e 2.ª série, só que o aluno parava na 3.ª, porque o professor não está ainda preparado. Hoje, com essas mudanças que nós temos, as coisas vão além do que o professor tinha naquela época. O Quércia fez a jornada única, ele fez mais para acabar com o salário do magistério, que o Montoro foi o governador que mais pagou para a gente, nós tínhamos um salário bom. Só que havia uma divergência, só aqueles que estavam na escola padrão é que ganhavam mais. [...] Só que daí para cá, quando o Covas entrou, ele equilibrou todo o mundo. Ele acabou com a escola padrão [...]. Só que a cabeça da secretária do Covas, a Rose, ela resolveu voltar aos primórdios de quando nós estudávamos, nós tínhamos primário, ginásio, colégios, eles separaram. Eu sempre achei que esta medida era boa. (Diretor 6.)

Do governo Quércia, Fleury, não lembro quase nada; tivemos o Montoro que foi excelente pro funcionalismo, tivemos o estatuto do professor elaborado no governo Montoro, ele deu na mão do professor para ele analisar e modificar; no governo Montoro tivemos esse avanço, no Quércia e Fleury, praticamente nada nessa parte de mudanças, ficou assim mais acomodado. Agora a mudança mesmo radical foi no governo Covas, que reestruturou o ensino no Estado de São Paulo, reorganizou, e a princípio a gente ficou meio chocada com as mudanças, toda mudança gera insatisfação, mas agora com o andar da carruagem eu vi que foi excelente; se alguém ainda está achando que ela ainda não está trazendo além da reforma, mais tarde vamos ver; separaram a secretaria de 1.ª a 4.ª de 5.ª a 8.ª, eu achei excelente, nessa fase as crianças de 4.ª série aprendem coisas que ainda não estavam na faixa dele para a 5.ª e 8.ª. Essa reforma vai ainda trazer muitos bons frutos para o Estado, e a Rose é uma pessoa muito determinada, posso até não concordar com ela em tudo, mas eu dou a mão à palmatória, está fazendo um bom trabalho, e até o final do governo dela vamos melhorar muito; as escolas tiveram um avanço em termos, receberam verbas, ela equipou as escolas, aqui é uma escola de pequeno porte e tenho TV, vídeo, antenas parabólicas, microcomputador, todo esse muro e esse prédio foram feitos com verba do Estado, então a gente não pode deixar de reconhecer a capacidade da secretária, ela está no caminho certo. (Diretor 16.)

Na análise geral da escola pública no período, tem-se o quadro abaixo:

QUADRO 16 – AVALIAÇÃO DE ASPECTOS EDUCACIONAIS PELOS DIRETORES – 1984-97 – EM %

Item	Melhorou	Igual	Piorou
Infra-estrutura física da escola	**79**	14	7
Funcionalismo (carreira e salários)	17	28	**55**
Funcionalismo (condições de trabalho)	17	**48**	35
Currículo	**45**	41	14
Carga horária	**55**	17	28
Material didático-pedagógico	**90**	10	0
Assistência ao aluno (merenda, material...)	**66**	34	0
Combate ao fracasso escolar	**60**	27	13
Perfil do aluno	30	30	**40**
Perfil do professor	**38**	34	28

Esse quadro reflete as tendências presentes nas entrevistas, com melhora no aspecto estrutural da escola e piora quanto à carreira, aos salários e ao perfil do aluno. Outros aspectos presentes nas entrevistas, que podem ser destacados, são os seguintes:
– a falta de funcionários na escola – zeladores, escriturários, serventes, inspetores – é indicada como uma das dificuldades do trabalho interno, uma vez que alguém tem que realizar estas tarefas, mesmo não sendo sua atribuição; e

– uma melhor qualificação da mão-de-obra, com cursos e treinamentos voltados à realidade da escola e à orientação prática sobre cada atividade, é uma necessidade destacada para toda a equipe escolar, do diretor aos demais funcionários e docentes, a fim de possibilitar maior eficiência no desempenho de suas funções.

Delegados de ensino

Foram entrevistados os três delegados de ensino do período[28]: a do período Franco Montoro; o seguinte, do período Orestes Quércia e Luís Antonio Fleury Filho; e o atual, do governo Mário Covas. Considerando-se o pequeno número de pessoas deste grupo, ele não será analisado por estatística, mas por suas perspectivas, como delegados de ensino que foram ou são.

Os aspectos em comum, em seu perfil, são a renda média – de 6 a mais de 10 salários mínimos – e a escolaridade – de superior a pós-graduação. As especificidades ficam no estado civil – casados e viúva, e dois moram em casa própria e um em casa alugada. Em linhas gerais, porém, estas características lhes conferem um perfil de classe média, semelhante ao já apresentado pelas professoras e pelos diretores.

No que se refere à carreira, todos descreveram as várias experiências que tiveram, tanto em funções (professores e/ou diretores) como trabalhando em escolas diferentes[29], relatando os principais fatos do período em que exerceram o cargo de delegados de ensino.

As posições sobre a escola pública, na maioria dos itens, foram diferentes para cada entrevistado. Para se ter uma

---

28. Os números pelos quais os delegados de ensino são indicados nas transcrições referem-se à ordem de realização das entrevistas, e não à ordem dos governos.

29. Dois entrevistados relataram início de carreira em outra região do Estado, com a posterior transferência para a região de Assis, onde atuaram nas funções de professor e diretor de escola, antes de assumirem o cargo de delegado de ensino. O outro entrevistado atuou como professor e coordenador pedagógico na região de Assis.

idéia sobre a qualidade do ensino, as posições foram as seguintes:
– é ruim, e tende a se manter como está. Os fatores que colaboram para esta perspectiva são: perfil dos alunos, perfil dos professores e desinteresse dos pais;
– a qualidade é razoável, e tende a melhorar devido à atuação administrativa do governo e da Secretaria da Educação, ao funcionamento da escola e aos relacionamentos internos a ela, e à infra-estrutura; e
– a qualidade é razoável, e tende a piorar, e as razões indicadas para isso foram a atuação do governo e da Secretaria, o funcionamento da escola e a avaliação da aprendizagem.

Alguns dos comentários sobre essa questão foram:

> A partir do ensino fundamental e essa estrutura que eles estão dando, eu acredito que é uma forma de a criança pensar mais um pouco, e, quando ela desperta, ela desperta mesmo. Mas, em contrapartida, [...] a qualidade fica um pouco a desejar. (DE 3.)

> Embora não transpareça nessas avaliações que a gente tem no dia-a-dia, o aluno sabe muito mais; eu às vezes comparo o aluno de hoje, às vezes o pai: "É, porque meu filho não está sabendo nada na escola, porque no meu tempo eu sabia isso, sabia aquilo". Tudo bem, até saber fazer uma continha, contar, saber tabuada de cor, até porque, se ele não soubesse, ele tinha saído da escola. Ou ele aprendia isso, ou caía fora. (DE 2.)

A evasão e a repetência têm – ou tinham – como principais causas, segundo os entrevistados: desvalorização do ensino ante a sociedade, fatores externos à escola, perfil do aluno, funcionamento da escola e políticas educacionais inadequadas. Esses elementos denotam perspectivas diferentes, que ora remetem os problemas à escola, ora a fatores externos a ela, incluindo a família:

> [...] então eu acho que o aluno em casa é assim também, os pais só querem bater e ficar bravos; os pais às vezes traba-

lham, se embebedam, chegam em casa com problemas, então não há aquele amor, harmonia, e o aluno acaba se interessando por outras coisas. Agora, se ele encontra dentro da escola esse ambiente gostoso que muitas vezes não encontra dentro do lar, ele não vai abandonar a escola. Sempre culpei a família por causa disso. (DE 1.)

Eu acho que antes de 1984 a gente ainda... Até descobrir que a gente não estava mais no período fechado, que era a ditadura, até sair desse susto eu acho que demorou um pouco, e o que a gente tem que pensar é que não é pelo fato da censura, do controle, que acabava intervindo muito na sala, mas as próprias pessoas se acomodaram àquela situação e acabaram falando: "Olha, não posso fazer isso, não posso fazer aquilo", e com isso essa situação quase que se perpetuou, e acho que até hoje a gente tem reflexo disso. Em nome dessa que "não pode isso, não pode aquilo", se deixa de fazer muita coisa dentro da escola. (DE 2.)

Então, a família, a sociedade, ela procura a escola. E a partir do instante que a escola não consegue administrar isso, e o aluno ou vai repetir ou vai se evadir, eu acho que é um fracasso, eu acho que mais da escola do que fracasso escolar. O fracasso escolar, eu acho que se dá mais por conta da própria visão mesmo, como eu disse, conservadora do que seja a Educação. (DE 2.)

E eu acho que uma outra dificuldade, e essa é mais geral, é a idéia de que a Educação resolve tudo. Em nome disso, você acaba ficando naquelas coisas de superfície. Você acaba tendo que dar um atendimento de saúde, um atendimento psicológico, acaba saindo daquele fim que é o lado mesmo de cultura, de conhecimento. É claro que isso faz parte do conhecimento, mas não é esse o fim. Acho que acaba desvirtuando um pouco o caminho. E também, nessa coisa que a escola resolve tudo, que a Educação resolve tudo, acaba criando uma expectativa muito grande, e essa expectativa, em muitos momentos, como não é atendida, acaba sendo colocada como um fracasso da escola. (DE 2.)

Cada escola tem um problema. O que está acontecendo é o seguinte: a desagregação da família está influenciando muito. O pai hoje não acredita na escola [...]. (DE 3.)

> Eu acho que a sociedade está sempre com um pé atrás, e ela não apóia a escola como deveria apoiar, para educar os filhos, e ela acha que a escola tem a obrigação de fazer tudo e o pai ficar livre... (DE 3.)

A função da escola pública, conforme já foi abordado nas citações acima, é considerada distorcida, ou sobrecarregada de encargos que não lhe seriam específicos:

> [...] é aquele eterno problema, que os pais deixaram muito para a escola. (DE 1.)

> Bom, ela enfrenta o próprio estigma de que ela é... por ser pública, é pobre. Hoje eu vejo isso. Outro estigma que se colocou é que, por ser pública, ela não é boa. E eu tenho uma visão um pouco diferente. Nós temos escolas boas, escolas privadas boas, mas eu não posso afirmar que seja a maioria. E da mesma maneira é a escola pública. Então eu acho que a escola pública ainda, apesar desta questão do estigma, ela é ainda uma escola de sucesso. Porque ela trabalha com a população humilde, e de maior dificuldade possivelmente, e ela, no geral, tem dado conta disso. (DE 2.)

Ao abordar o tema da família, a questão do perfil do aluno também é destacada, em geral com a questão do Ciclo Básico, da avaliação da aprendizagem e da aprovação automática:

> Na verdade, eu acho que o aluno vai tendo tanta oportunidade, e, como tem tanta, ele sempre espera a última oportunidade [...]. A preocupação é que o aluno fique dentro da sua faixa etária, correspondente àquela série que ele deveria estar [...], [mas] não é todo o mundo que tem que chegar ao 3º colegial, não é todo o mundo que tem aquela aptidão para estudar [...]. (DE 3.)

> A escola está preocupada hoje com números, não reprova, e isso aí eu acho que desestimula um pouco. Hoje ele [o aluno] vai na escola por obrigação, porque ele tem tudo na mão. Eu vi uma reportagem do professor lá naquele sertão, dando aula, e lá todos os alunos ali, sabe, interessados. Parece que, quanto mais a pessoa tem, mais ela despreza,

está muito fácil para o aluno hoje. Para ele passar na escola, para dizer que passou? A vida vai ensinar, mas é muito duro deixar só para a vida ensinar. (DE 3.)

[...] apesar das críticas do aluno ter uma promoção automática, nisso tivemos muitas vantagens, porque o aluno sabe que não tem que voltar para a estaca zero, e pode continuar. (DE 1.)

Apesar de a gente não ter avançado muito nesta questão da melhoria, ainda, que eu acho que agora a gente estaria caminhando para isso, acho que já se conseguiu em termos numéricos um sucesso, que é um resultado muito bom para a população, já nesta questão. Se pensar que [o equivalente a] uma população de Campinas deixou de ficar fora da escola [em 1997], já é resultado muito bom. Mesmo que não haja esse ganho, em termos de cultura, de aprendizagem, significativos, mas são pessoas que aprenderam mais. Só pelo fato de ficarem dentro da escola já aprenderam mais. Seja em termos de convivência, em termos de compromisso, de responsabilidade, ele já está mexendo com as pessoas. Então, isso já é sinal de que esse projeto educacional está tendo sucesso. Tem muita coisa para fazer ainda, mas eu acho que já estamos no caminho certo. (DE 2.)

[...] a gente ainda continua com o discurso: "Olha, não dá mais pra dar aula, o aluno de hoje não quer mais nada"... e eu fico pensando que, quando eu comecei a dar aula, também já escutava isso, "o aluno de hoje não quer nada, o aluno de antes que era o bom", aquela coisa toda, "aquela época tinha isso, tinha aquilo, etc.", e claro que mudou, as pessoas mudaram, os valores mudaram, a TV está aí, mostrando o mundo inteiro, os conflitos, as idéias, as teorias, essas coisas todas, claro que mudou. Mas a escola não perdeu a importância, tanto que o aluno está lá dentro, cada dia procurando mais as escolas. (DE 2.)

[...] tem os exageros [de indisciplina], evidentemente, não quero tirar isso, mas assim como havia exagero lá atrás. Só que lá atrás você tinha a escola que expulsava e pronto, resolvia. Hoje não pode e não deve fazer isso. (DE 2.)

Especificamente no que se refere ao Ciclo Básico e à sua implantação na rede escolar, e considerando que ele foi mantido em todo o período, as reações destacadas foram as seguintes:

[sobre a reação dos professores:] Claro que há os resistentes: "A vida inteira eu fiz e deu certo, não é agora que vou mudar." Mas havia aqueles que: "Logo agora que eu vou me aposentar, vou aprender coisa assim tão interessante, quanto eu judiei dos alunos" – eles diziam – "Eu não ouvia o aluno." Porque há uma nova visão do poder, não é o professor que detém mais esse poder; quando ele ouve, reparte, e a hora que ele reparte, se for inseguro e não tiver competência, ele se perde, aí ele toma de novo na mão, e vira autoridade porque ele não sabe manusear esse novo diálogo, porque principalmente nós vivemos 20 anos num governo autoritário, e a gente ouvia a vida inteira: "Em boca calada não entra mosquito; falar é prata, calar é ouro." Então a escola do silêncio era essa de onde a gente vinha. De repente eu digo que o aluno tem que falar o que ele pensa... Era muito ameaçador... (DE 1.)

Agora, com relação a essas mudanças efetivas, nós tivemos essa implantação do CB, já foi conseqüência mesmo de resultados muito negativos que se tinha entre a 1ª e a 2ª série, quando a repetência era muito grande, e isso mostrava até que não podia ser verdade, já que a criança estava ali, os dados mostram que não tinha tanta gente assim, incapaz de aprender, então em cima disso foi montado o CB. Aí a gente tem duas visões: uma visão teórica, de pesquisa, que mostra que as crianças são capazes de aprender. E, ao lado disso, tem uma visão administrativa, que não se podia ficar também retendo tanta gente assim, e comprometendo, às vezes, a vida desses alunos. Então, juntando as duas coisas, a gente teve a criação do CB, [...] a reação da rede foi muito violenta, num primeiro instante a conversa foi essa, de que não se estava vendo o ensino, estava vendo só o lado financeiro, era para passar e acabou. Mas eu acho que isso foi, poderia chamar de um certo embrião de novos discursos junto à rede, ao lado disso foram colocadas capacitações, muita discussão dentro da escola em relação ao como fazer, e até que do trabalho em si, porque o que se tinha era uma cartilha, ensinar cartilha era o trabalho, e acabou. E isso nós sabemos que vem lá de mil novecentos e nada [...]. (DE 2.)

[...] a teoria do construtivismo começou a ser trabalhada; no início foi muito difícil, a resistência dos professores foi muito grande, para mudar. Mas, apesar de tudo, foi implantado gradativamente. (DE 3.)

Outros aspectos destacados nas falas dos delegados de ensino foram:
– questão da autoridade:

[...] nós estávamos saindo [de um período] meio difícil, nesse sentido de autoritarismo, depois foi aquele período trabalhando muito contra todos, nada de autoritarismo e tal. Porque os diretores se retraíram, tive que conversar, numa reunião: [disse] "não vamos confundir autoritarismo com autoridade, a nossa autoridade emana, autoridade tem que existir, autoritarismo é coisa diferente". (DE 1.)

[...] eu acho que é neste sentido que caminha esse projeto educacional, e acompanhando as novas mudanças da LDB, que dá até autonomia para você fazer mudanças curriculares nas próprias escolas, hoje cada escola vai poder fazer seu regimento. Eu até costumo brincar: "toma cuidado para não fazer um regimento mais conservador do que aquele que a gente já tinha", porque de vez em quando a gente fala: "não, autonomia para decidir, eu quero liberdade para decidir, não sei o quê...", mas de repente a gente se pega tentando fazer uma coisa autoritária, se defendendo em relação às mudanças sociais. E então eu acho que nós estamos num momento bom, em relação à Educação. Falta um pouco de clareza nisso tudo, até que eu não esteja condenando, às vezes, essas posições mais conservadoras, mas é falta até de costume, de se discutir e de se ver a questão social. E, bom, eu acho que nós já tivemos um relativo sucesso nessa história toda. (DE 2.)

– infra-estrutura da escola:

A escola melhorou? Melhorou, tem os seus avanços, de um lado elas foram mais bem equipadas, o que os diretores receberam de dinheiro para comprar material didático... Mas o professor, que é tudo, não está satisfeito, [nem] bem remunerado e capacitado. (DE 3.)

Tem muita coisa para fazer ainda, mas eu acho que já estamos no caminho certo. À medida que cada escola conseguir descobrir qual sua identidade. Eu sempre digo isso, acho que a escola sempre precisa ter uma identidade, agora nós estamos com todas as condições possíveis para que essa escola tenha essa identidade, e está tendo condições relativamente boas quanto à parte financeira: a escola tem dinheiro para administrar, nós temos essa parte de coordenação, temos o projeto de recuperação e reforço, enfim, uma série de ações que estão levando a isso. (DE 2.)

– autonomia:

Então a Secretaria da Educação ficou mais preocupada com a parte pedagógica, com projetos, e o funcionamento mesmo, a prática das coisas, ficou por conta de cada uma das Delegacias de Ensino. [...] uma série de responsabilidades, no sentido bom da coisa. À medida que descentraliza decisões, você dá um espaço para que cada instância pense ou procure colocar em ação aquela forma com que você vê as coisas, conforme as necessidades locais. E isso foi, então, sendo importante, porque a gente também, à medida que essa necessidade de autonomia chega aqui, a gente acaba repassando isso para as escolas. Então as escolas hoje já têm uma liberdade maior de ação, um campo maior de ação. Acho que a questão da própria legislação, ela passou a ter um caráter mais regulador. Então não tem mais um caráter impositivo, é um caráter regulador. Dentro daquela diretriz, daquela linha legal, você, cada escola, cada instância, procura aplicar aquilo, vai fazendo adaptações, e isso é muito importante [...]. Isso é muito interessante, porque você acaba realmente colocando em prática aquilo que a gente tem no discurso mas não vê ocorrer, que é uma participação democrática, mesmo, dentro das coisas. Então como destaque que eu daria hoje é que a administração educacional saiu daquela linha de determinação, de definição "do que" fazer exatamente, para uma linha assim: de direcionamento do que se deve fazer. [...] em algumas reações acaba transparecendo que as pessoas não gostam muito dessa liberdade de ação, até porque era mais cômodo você falar: "olha, não sou eu que estou fazendo assim, disseram que é para fazer assim". Então, aquela coisa do "eu" na história. Se deu certo, ótimo. Se não der, eu não tenho nada com isso. É mais ou menos isso, e infelizmente a gente vê isso ainda hoje. (DE 2.)

– professores:

Você pode perceber, às vezes, na conversa com os professores, você percebe diferenças entre uma escola ou a visão de um professor e de outros. Muitas vezes, o professor diz assim: "eu dou aula em tal escola", enquanto outro diz assim: "eu sou professor de tal escola". Então, só nessa fala, você já percebe a distinção entre o que você tem numa escola e o que tem noutra, ou tem num professor ou tem no outro. Então eu acho que na hora que todo o mundo disser assim: "eu sou professor de tal escola", ou "eu sou aluno de tal escola", ou "sou diretor de tal escola", acho que aí sim estaremos num ponto bom, eu acho, e vai fazer com que esta escola seja mesmo a escola que a gente precisa ter perante a sociedade. (DE 2).

Quanto aos governos do período, as falas dos entrevistados indicam as especificidades de cada um deles, durante o qual exercem ou exerceram o cargo de delegado de ensino, ressaltando suas realizações na questão educacional. Os destaques foram os seguintes:
– Franco Montoro: Ciclo Básico e a estrutura para implantá-lo, como os monitores; Estatuto do Magistério e, paralelamente, uma maior abertura para discussão dos problemas educacionais nas escolas; e a melhora salarial;
– Orestes Quércia: Jornada Única; FDE – Fundo de Desenvolvimento da Educação; as oficinas pedagógicas; os centros de línguas; a greve de professores; os convênios de municipalização de verbas para reforma e construção de escolas;
– Luís Antonio Fleury Filho: Escola Padrão; projeto Escola é Vida (prevenção contra drogas); e

– Mário Covas: melhoria da infra-estrutura física da escola; o projeto educacional da Secretaria da Educação; e a questão qualidade/quantidade, ou seja, expansão do número de vagas e melhoria da qualidade do ensino nas escolas. Algumas falas podem ilustrar os prós e contras da atuação dos governos acima citados:

> Logo que teve essa abertura do CB, o governo Montoro deu pra nós também muita abertura dentro da democracia [...], foi uma época muito boa, porque as escolas tiveram muito dinheiro, tiveram livros, cadernos; olha, foi muito bom o governo Montoro na parte da Educação. (DE 1.)

> E, em relação de 1984 pra cá, nós tivemos o governador Montoro, que deu assim uma participação maior, eu acho que começou aí, os professores, com uma participação maior, nas questões de Educação, a partir daí também se começou a discutir mais as necessidades da escola, e nós tivemos na época do Montoro a elaboração do novo Estatuto do Magistério, isso aí foi muito bom, porque toda a rede acabou, os professores, os funcionários, acabou participando disso, e teve então com isso, eu acho, uma visão do que poderia ser feito em termos de Educação; apesar de que, nesse estatuto, para se discutir a Educação, se pensava um pouco mais na questão de carreira, sabe, do que de carga horária. Apesar de se falar que precisamos daquilo para a melhoria do ensino, o que se tinha mesmo era uma certa melhoria em coordenação de trabalho, o que não deixa de ter como conseqüência a melhoria do ensino. (DE 2.)

> Esses dois governos, Quércia e Fleury, eram governos que não priorizavam a Educação em hipótese alguma; quer dizer, esses projetos ocorreram mais para dizer que havia alguma coisa do que necessariamente o compromisso com a Educação. (DE 2.)

> Acho que agora, nessa administração atual, é que a gente teria assim, o que eu chamaria mesmo, o que eu considero como um projeto educacional. Algumas medidas são polêmicas, são discutíveis, mas em geral existe um projeto educacional, eu acho que ele se preocupa com a infra-estrutura da es-

cola, ao lado disso também se preocupa com a questão do currículo das escolas e também assim, tentando atingir todos os setores, a estrutura física, não trabalha o currículo, você trabalha a parte pedagógica também. Então é uma tentativa, mesmo, de trabalhar a escola como um todo. (DE 2.)

[...] quando ele decidiu implantar a Jornada Única no Ciclo Básico, ele tinha estrutura, ele se preparou um ano antes; então foi feito um projeto muito bom com recurso do Banco Mundial, infelizmente esse recurso demorou um pouco para vir. O governo Quércia, no começo, quando implantou a Jornada Única, muitas metas não puderam ser cumpridas, porque dependia do recurso. (DE 3.)

A Escola Padrão: está certo, no começo foi uma discriminação dos professores, os da Escola Padrão eram mais bem remunerados, jornada melhor, mas foi um avanço, o professor tinha mais horas para se preparar... É claro que uma rede de 6 mil escolas precisa de um recurso [para expandir os benefícios], mas o pessoal não entendeu. (DE 3.)

[...] a escola não tem aquela estrutura para dar atenção à criança, e o pessoal põe a culpa nos professores; o diretor não sabe onde pega, pega aqui, pega ali, escola sem funcionários... Avanço sempre existe, mas, enquanto não valorizar o elemento humano, nós vamos ficando desse jeito. (DE 3.)

Em linhas gerais, esses foram os principais comentários dos delegados de ensino em relação à escola pública, evidentemente bastante discrepantes, de acordo com a perspectiva de cada um dos entrevistados e com o governo de que participou.

Pais de alunos

Foram realizadas 31 entrevistas com pais de alunos[30], sendo 24 indicados por diretores das escolas (PE) e 7 esco-

---

30. Os entrevistados foram: 2 pais, 26 mães, 1 avó e 2 casais. Este grupo será tratado como "pais".

lhidos aleatoriamente, entre nomes e endereços fornecidos[31] pelo Conselho Tutelar (PCT). O perfil do grupo de pais será traçado com base nestes dois subgrupos, a fim de destacar concordâncias e diferenças entre eles, diante dos diversos aspectos abordados.

O grupo PE tinha média de idade de 38 anos[32]; 86% eram casados; 72% possuíam casa própria, onde moravam em média 4 pessoas (45% dos casos); e renda mensal entre 3 e 6 salários mínimos (41%) e entre 6 e 10 (36%). O grau de instrução era assim distribuído: 3.º grau – 47%; 2.º grau – 38%; e 1.º grau – 15%.

O grupo PCT tinha média de idade de 32 anos[33]; 71% eram casados[34]; 43% possuíam casa própria e 29% residiam em casa alugada, onde moravam 5 ou mais pessoas (43% dos casos); possuíam renda mensal entre 1 e 3 salários mínimos (57%) e entre 3 e 6 (29%). O nível de instrução era limitado ao 1.º grau, sendo 70% com 1.º grau incompleto; 15% completo; e 15% cursando (supletivo).

Os perfis desses grupos apresentaram semelhanças quanto ao estado civil, mas diferenças quanto aos demais dados. Os pais indicados pela escola (PE) possuíam melhor grau de instrução e melhor poder aquisitivo, além de família menor, em um perfil que se aproxima da classe média e dos grupos de professoras e diretores. Os pais de alunos encaminhados ao Conselho Tutelar (PCT) se aproximavam do perfil de uma classe mais popular, com menor poder aquisitivo e menor grau de instrução, além de família mais numerosa. Essas diferenças sociais, econômicas e culturais se refletem em suas perspectivas para a escola pública, como poderá ser observado no decorrer da análise.

Ressalte-se que o grupo PE, sendo composto por pais e mães indicados pelos diretores, representam os pais que

---

31. O Conselho Tutelar forneceu listas de casos encaminhados a ele, de onde foram anotados diversos endereços.
32. A maior idade era de 50 anos, e a menor, de 27.
33. A maior idade era de 38 anos, e a menor, de 25.
34. Sendo uma separada e casada novamente, e outra viúva e amasiada.

de alguma forma são ligados à escola, com uma participação considerada boa por quem os indicou. Nesse sentido, mais uma vez é perceptível a aproximação dos padrões de vida e de perspectivas. Características sociais, econômicas e culturais semelhantes tendem a manter discursos mais ou menos similares.

Por outro lado, o grupo PCT corresponde a pais e mães que, de alguma forma, não mantêm aos olhos da direção da escola um acompanhamento e participação satisfatórios, uma vez que seus filhos são considerados "problemas" a ponto de terem sido encaminhados ao Conselho Tutelar, e uma vez que os problemas mais comuns enviados ao Conselho envolvem questões como: excesso de faltas (seja por influência dos pais, abandono da escola ou recusa do aluno em freqüentá-la); problemas disciplinares considerados mais sérios dentro da escola; envolvimento com drogas, prostituição ou mendicância; e maus-tratos por parte da família. Os entrevistados deste grupo, no caso deste trabalho, estavam envolvidos em problemas com faltas e indisciplina.

No que se refere à qualidade do ensino, o grupo PE classificou-a como boa (59%) a razoável (32%)[35]. Para aqueles que indicaram a tendência à melhora da qualidade (55%), os fatores que mais contribuem para isto são: perfil dos professores (42% das citações); papel do ensino na sociedade; atuação administrativa do governo/SE; infra-estrutura da escola; e assistência aos alunos (todos com 33%).

> Então, pelo menos a minha filha não tem o que falar da professora, que é muito boa, e a professora, quando ela tem que ser ruim, é porque a criança está fazendo algo de errado; tem criança que é fogo, principalmente na classe dela. E ela chega em casa e comenta o que aconteceu, há muita falta de educação de algumas crianças, eu sempre falei: "quando a professora brigar tem que ficar quieto, não pode responder que é falta de educação". (Mãe PE 2.)

---

35. Nove por cento classificou-a como ótima.

Eu fiquei surpreso, porque, quando tivemos a reunião do Conselho, percebi que os professores vêm imbuídos na vontade de ensinar os alunos, apesar da baixa remuneração. A gente percebe que eles estão interessados em ensinar o aluno. Não temos o que reclamar do corpo docente dessa escola. O papel dos pais é importante, pois só um lado tentando não terá resultado. (Pai PE 6.)

Eu converso muito com ela (professora), os dois meninos meus mais velhos também estudaram aqui, e o que eu sempre falava para eles: "A professora nunca está errada, vocês é que estão errados, porque, se a professora estudou todos esses anos para dar aula, vocês nunca têm razão, ela que tem." Eu sempre falo isso, e ela, é só de alguns alunos que ela reclama. (Mãe PE 4.)

Eu acho que hoje melhorou bem. Porque, quando o meu [filho mais velho] estudava, era muita greve, o aproveitamento deles era mínimo. Eu acho que hoje os professores estão querendo dar mais atenção para o aluno. O que falta é que é muito aluno na classe. Mas eles estão se empenhando bem mais, eu acho que sim. Eles chamam mais a mãe na escola, tem mais reuniões; se há algum problema com os filhos, eles vão em casa; se o aluno começa a faltar muito, eles procuram os pais para saber o que está acontecendo, por que o aluno não está indo na escola. E, se ele está com algum problema, eles chamam os pais. Só não vai quem não quer. (Mãe PE 9.)

Olha, o professor, até um bom tempo atrás, ele não estava muito a fim, não estava ligando, se o aluno aprendia ou deixava de aprender. Porque para ele, chegava lá, dava a matéria dele, se o aluno aprendeu, aprendeu. Se não aprendeu, problema dele. Hoje, não. Hoje eu acho que está assim [melhor]. Porque, quando a professora dá uma prova, e a maioria da classe vai mal, é porque o problema não é com os alunos, é o professor que não explicou direito. Então, eles estão buscando, realmente, que se é uma classe, se é um aluno só que vai mal, então eles procuram fazer aquele aluno estudar em casa, chamar a atenção para estudar em casa. Mas, se não é, eles procuram ver o que está acontecendo na aula dele, o que ele está deixando de fazer, para poder participar mais da aula. (Pai PE 9.)

Participo nas reuniões. A disciplina, né, a disciplina dos professores é muito fraca pros alunos, deveria ter mais rigor porque, desde que o aluno está lá, os professores são responsáveis por eles; nós, pais, que estamos em casa, não tem como, sei lá, acompanhar lá na sala de aula. Essa lei que o professor não pode castigar o aluno e deixar ele à vontade, bom, na época que eu estudei era bem diferente; essa política tá dificultando para o professor, o professor tinha que ter a liberdade de castigar, de chamar mais atenção, dele mesmo resolver, não precisar o pai ir lá. (Mãe PE 19.)

O fator "papel do ensino na sociedade", apesar de bastante indicado nas respostas ao questionário, não aparece nas entrevistas. A atuação administrativa, por sua vez, aparece em dois pólos, positivo e negativo. Ela é vista como negativa no que se refere às políticas de não-repetência e à qualidade do ensino, e positiva quanto à infra-estrutura e à assistência ao aluno. As mudanças consideradas favoráveis referem-se a materiais diversos, infra-estrutura física da escola e reorganização[36], como pode ser observado nas falas abaixo:

É, isso mudou bastante; veio TV Escola, livro didático, veio o dinheiro da despesa do material, então vem bastante dinheiro para o material escolar, eu acho que melhorou bastante. (Mãe PE 5.)

Eu acho que melhorou. Porque antigamente não tinha computador, era tudo escrito... agora, eu acho que nessa parte aí melhorou. A escola de antigamente era diferente. Agora está moderna, está bem melhor. Material: tem aluno que tem só material da escola, tem os livros... Eu lembro quando eu estudava, que eu comprava! Comprava livros! Agora não, eles têm livros de português, de matemática. Não sei se na escola eles estão estudando, mas eles têm todos os livros ali.

---

36. Apenas uma mãe PE 8 disse que via problema na reorganização, devido à distância, mas reconheceu a separação por faixa etária como positiva.

Agora, da 5.ª série em diante, eu não sei como é. Agora tem livro, ele tem 3 livros que ele traz para casa para estudar. Tem o livro de exercícios... Então eu acho que melhorou. (Mãe PE 8.)

Para a gente que trabalha na escola[37] é bom, a gente não vê aquele ponto da escola ser longe, mas para os alunos mesmo é bom, na escola a gente vê que muda muito o comportamento das crianças, porque aqui eles não estão misturados com crianças maiores. (Mãe PE 12.)

Os pais do grupo PE que acreditam na manutenção da qualidade do ensino (31%) indicam como fatores para isso (cada um com 57% de citações): o perfil dos professores, o currículo (conteúdo), o funcionamento da escola e suas relações internas (entre administração e professores, professores e alunos, e escola e pais).

Há pais que vêem algumas dificuldades e limitações no trabalho do docente, sem muitas perspectivas de solução. Essas dificuldades são destacadas especialmente em relação a professores inexperientes:

Outro problema é o professor substituto, isso atrapalha muito a criança; o professor substituto, ele não faz o mesmo trabalho do efetivo, então, se há este problema do efetivo estar doente, aí vem um e vem outro, o aluno não encara ele como professor efetivo, então ele acha que tem que bagunçar. Como aconteceu na classe da minha menina, a professora assumiu como substituta, e a outra se aposentou e ela efetivou, os alunos vêem ela como substituta e não obedecem direito, e ela mesmo já reclamou com a gente; ela é uma professora rígida e a gente percebe que ela quer ensinar para o aluno [...]. (Pai PE 6.)

Os professores na escola X, que educam também para a vida, mas, no geral, o professor está tão descontente que o negócio dele é cumprir o horário e ir embora. Agora o que vem a ser isso? Deve ser o governo que não paga bem... (Mãe PE 3.)

---

37. Esta mãe é servente em uma escola.

[...] a professora dele do ano passado, só a do ano passado, eu achei ela muito quietinha. Dava a impressão que não tinha muito treinamento. Mas essa daí, que está agora, ela está na escola faz muitos anos. (Mãe PE 8.)

O que atrapalha muito a questão da sala de aula, a disciplina, pelo que tenho observado e ouvido dos meus meninos. Assim, aquela diferença de aprendizado dentro da aula, alguns com mais facilidade, alguém com dificuldade, o professor tendo que atender todo o mundo, e outros problemas que interferem, questões de material, a questão da própria formação do professor, que ele precisa de estudo, o professor tem que ser um eterno estudioso. E ele não tem tempo, a questão salarial impede que ele compre um jornal, que ele se atualize; eu acho que ele tem que estar em constante treinamento, porque eles oferecem curso para os professores, só que o salário... Durante as férias, o professor está cansado, ele quer ter aquele convívio familiar que durante a semana toda ele não tem, então são essas dificuldades que vão interferir no trabalho dele. (Mãe PE 20.)

O currículo, o conteúdo ensinado, recebeu algumas críticas, mais relacionadas à política do Ciclo Básico, de não-repetência, do que ao que é designado como conteúdo curricular. Seguem duas falas, com posições opostas[38]:

Antes você aprendia matemática, e aprendia; hoje você passa da 1.ª à 4.ª série, o Ciclo Básico, e chega lá tem aluno que não sabe ler. E nós era a "Macaca Nada Pata Pa", a cartilha Sodré, só que aprendi a escrever direito, com letra bonita. Hoje você vê o caderno dessas crianças, não tem letra, eu estou dando caligrafia para ele; um caderno à parte, porque, se não fizer isso, ele não entende; traz texto: "o que está escrito aqui?"; "Ah, não sei." Eles mesmos não sabem, não é culpa só dos professores, é um contexto geral do mundo [...]. (Pai PE 3.)

Melhor; agora eu estou vendo pelo meu menino menor, você está vendo que ele percebe que ele está tendo uma

---

38. A mãe PE 20 foi a única que demonstrou otimismo.

base boa, sólida, e com abertura; a leitura, a matemática está sendo mais concreta, os problemas do cotidiano, então você vê que houve mudança, porque eu acompanho os cadernos e pelo que ele fala. Então, atualmente, eles estão incorporando dentro da prática pedagógica aquela pedagogia que tinha coisas boas também. Então eles estão mantendo as coisas [boas] e incorporando o novo. (Mãe PE 20.)

O funcionamento da escola e suas relações internas foram considerados bons quanto à administração, funcionários e professores, mas com alguns problemas em relação a professores e alunos. Como já foi citado, estes pais (PE) defenderam os professores e ressaltaram como problemático o perfil do aluno. No que se refere aos demais relacionamentos internos na escola, estes pais disseram o seguinte:

> Na última reunião que teve do Conselho, eu fui convidado para participar nesse provão que teve, a gente pode perceber que a relação direção e professor é muito boa, a gente percebe a preocupação dos diretores com os professores, e não é diretor mandando e professor abaixando a cabeça. Percebe-se que é o conjunto. (Pai PE 6.)

> Eu acho o relacionamento bom, porque você não vê atrito, né? A nossa diretora, aqui, ele é enérgica, realmente. Ela põe, impõe... não é que ela impõe: ela dá as regras e os professores normalmente seguem. Eu nunca soube ou nunca vi nenhum atrito com professores, nesta escola. (Mãe PE 4.)

A tendência da qualidade do ensino a piorar (apontada por 14% dos pais do grupo PE) foi justificada pelo perfil dos alunos e pela atuação do governo/SE (ambos com 67% das citações). Como desdobramento da questão do relacionamento na escola, o relacionamento entre professores e alunos é visto como difícil devido ao comportamento dos alunos[39], cujas características mais citadas são: indisciplina, agressividade e rebeldia. Nas entrevistas, nenhum pai indicou per-

---

39. Parte deste perfil é vinculada à família, como será abordado posteriormente.

ceber melhoras no perfil dos alunos em geral, apesar de alguns destacarem que não são todos os alunos que oferecem problema.

> Eu acho que a dificuldade maior é das crianças. A professora dele fala que hoje em dia está muito difícil dar aula. Muito difícil. Ela, lá na escola, como a gente, ela pede para a gente conversar muito com a criança, porque está difícil. Porque as crianças de hoje em dia, eles estão muito rebeldes, ela fala, não se interessam. Estão ali porque têm que estar, porque têm que ir para a escola, mas não se interessam pelo estudo. E a convivência com as outras crianças, eu acho muito... sei lá. A gente não, porque eu oriento muito ele, porque eu tenho muito medo, a escola, a gente não sabe o que pode encontrar, cada coisa horrível que a gente vê pela televisão... Mas eu acho que o nível dos alunos que estão na classe, é que é tudo da idade dele, né? O problema é na classe. Porque ele fala pra mim, ele chega aqui, ele fala: "Mãe...!" Porque ele é quietinho lá na classe, mas ele fala: "Mãe, tem uns que vão lá na escola, que só vai para atrapalhar." E é verdade. O que a professora pede: "conversa, orienta que a escola é lugar para estudar", a professora dele é muito boa, só que ela também fala: "Se eu não for valente aqui, vixe Maria, eu não dou aula." Então tem aqueles que vão para estudar, e tem outros que vão para atrapalhar. (Mãe PE 8.)

> O outro [problema], aqui na nossa realidade, é a disciplina dos alunos, muita violência, muito problema já é da sociedade, muitas crianças carentes, problemas que vêm de casa, vem tudo para a escola. (Mãe PE 5.)

> Olha, as dificuldades que a escola passa, é sobre a educação das crianças. As crianças enfrentam as professoras de igual para igual, não há assim aquele respeito, aquela coisa de [...] não calar o aluno, o professor falar e o aluno abaixar e não falar nada. Não é isso. É que o aluno não sabe discutir os problemas. Ele já vai para a agressividade, ele é agressivo, falta com o respeito com o professor, é isso que acontece. (Mãe PE 9.)

> Dificuldades são bastante, principalmente porque essa escola tem alunos mais pobres; então, material, os alunos, o

que eles vêem em casa, na rua, eles trazem para dentro da escola; aqui é muito assim, por exemplo: "Aí, eu tive que ir lá, quando meu tio sair da cadeia vai te matar", a violência. Eu acho que tem bastante mudança, mas não são todos, tem crianças que são muito boas, eu já não sei se é porque vem da pobreza, da miséria do tipo de vida que eles levam. [...] mudança tem, mas no sentido que mais mudou foi da violência, eles estão muito violentos. De primeiro a gente soltava para o recreio e um olhava o outro; hoje, você virou as costas, um está empurrando o outro; outro está furando com o lápis dentro da classe; eles não sabem brincar. Antigamente na hora do recreio as meninas brincavam de roda, e os meninos queriam fazer outra brincadeira, reunia meninos e meninas, brincavam de roda; hoje é só na agressividade, todas as brincadeiras, brincadeira de mocinho e bandido, é de ninja, de luta, as brincadeiras são de machucar mesmo, mesmo quem não quer machucar acaba machucando, porque é tudo na base da violência; e não é só os meninos, as meninas também, elas não sabem mais brincar, você vê todos na correria, tromba para cá e lá, é muito diferente. (Mãe PE 4.)

A contribuição da atuação do governo/SE para a tendência à piora refere-se em especial à questão da política de ciclos, da qual os pais discordaram devido à questão do aprendizado que o aluno deveria ter atingido para poder passar para a série seguinte. Os pais PE defenderam a repetência como benéfica em alguns casos, para que o aluno possa acompanhar os demais em conhecimento na série seguinte.

Como é que vai aprovar um aluno que não sabe escrever? Eu tenho uma sobrinha na 3.ª série que não sabe escrever, que foi empurrada, porque ela não sabe nem ler nem escrever. Como que fica esta situação? Como que vai ter um nível de conhecimento, se a aluna não é obrigada a ter conhecimento para passar de ano? (Mãe PE 5.)

Ele [filho] repetiu quando o irmão dele nasceu. Acho que ele sentiu tanto, mas, agora, foi bom ele ter perdido a 2.ª série, que agora ele acompanha direitinho. A 2.ª série foi horrível. Ele sentiu demais quando o irmão dele nasceu, então prejudicou muito ele. Ele perdeu a 2ª, depois fez de novo, agora ele é um dos melhores da classe. (Mãe PE 4.)

Eu sinceramente acho que tem aluno que precisa fazer a 1ª de novo, porque tem aluno que vai para a 2ª sem saber escrever o nome dele, mas não pode deixar, vai fazer o quê? Eu acho que tem criança que precisava mesmo, para aprender, porque ele está passando de um ano para o outro sem saber. (Mãe PE 15.)

A gente viu, uma época que meu filho passou da 3ª para a 4ª, eu vi que ele não deveria ter passado, ele tem problemas com a escrita, de não acompanhar a escrita, tanto que tinha dias que ele chegava em casa, ele só tinha o cabeçalho. Cheguei a vir na escola e dizer que ele não deveria passar, só que passou, hoje ele não dá mais esse tipo de problema, porque tem livro na escola, é mais fácil ele acompanhar; no primário deu trabalho, chegou a reprovar um ano por causa disso. (Mãe PE 16.)

De modo geral, apesar de identificarem problemas na escola pública, os pais PE apresentaram uma perspectiva favorável a ela. Em contrapartida, o grupo de pais do Conselho Tutelar (PCT) classificou a qualidade do ensino como razoável (71%)[40], com tendência a piorar (57%). Esse grupo indicou nos questionários uma visão mais crítica sobre a escola pública, considerando as dificuldades existentes em relação a seus filhos na escola. As causas que levaram as escolas a encaminhá-los ao Conselho Tutelar foram diversas: faltas em razão de problemas de saúde; mudança de cidade sem transferência ou que dificultou a continuidade dos estudos; recusa do aluno em ir à escola; dificuldade de relacionamento, em razão do comportamento do aluno; e dificuldade de aprendizado.

A menina [outra filha] passa direto, só o menino que está dando um pouco de trabalho, não sabe ler e escrever, não conhece nada, e não quer fazer nada. Dá para passar um menino

---

40. Vinte e nove por cento classificou-o como bom.

deste jeito? [...] então ele tem que repetir, não por querer mal o estudo dele, é que depois ele não vai saber acompanhar os estudos da 2ª [série]. [...] A professora diz que é mais psicológico, e ele está fazendo tratamento. (Mãe PCT 30.)

Essa daqui falta muito na escola porque é doente, e essa daqui porque não gosta da escola [indicando as filhas que estavam a seu lado]. (Mãe PCT 22.)

[Meu filho] não se afastou, não, ele vai todo dia, só não vai quando eles não aceitam ele lá. [...] é que ele é muito agressivo, agride os outros meninos, e nesse dia eles afastaram ele da escola, ficou quatro dias sem ir na escola, queriam que eu levasse ele para outra escola. Já que a gente tem uma coisa que não presta dentro de casa, o que faz? Você joga fora, é o que eu falei, já que ele não serve aqui, é um mau elemento, para que mandar ele para outra escola, para ficar atentando lá também? (Mãe PCT 24.)

Ele não quis estudar mais. Eu lutei, fiz de tudo, dei tanto conselho, a minha família ajudava com conselho, eu levava ele na escola de manhã cedo, na hora do recreio, às vezes eu ia ver se ele estava bem, e quando era de tarde eu ia buscar ele. Então eu fiz tudo de possível, fiz mesmo; comprei todo o material certinho, tudo; tinha vez que eu levava ele para a escola, estava bem, quando eu chegava em casa, ele estava atrás de mim. Aí eu tornava a levar ele na marra, pegava, ele ia chorando, chegava no meio do caminho, berrava, não tinha quem fizesse ele estudar. (Mãe PCT 13.)

[...] teve uma época que foi um papel parar no Conselho Tutelar por causa das faltas dele, foi onde eu liguei e conversei com a assistente e a diretora da escola, ele não tá indo por causa da bronquite, está mais com minha mãe que comigo, quando chove o ônibus não vai lá buscar, e quando fica doente eu não mando para a escola, porque não tem condição, tosse muito e tem febre, e liguei e conversei explicando que não precisava o Conselho Tutelar por causa disso e daquilo. Geralmente é por causa das crianças que fogem da escola, o meu caso não precisava ir no Conselho Tutelar; aí conversei com ela e com a diretora. Ligaram na Delegacia de Ensino, explicaram, e eu não precisei comparecer. (Mãe PCT 17.)

> [...] eu graças a Deus nunca tive problema com os meus filhos na escola; agora, essa semana que esse meu filho de 10 anos teve esse problema, até fui lá hoje, a professora falou que "não sei o que está acontecendo, como o (...) mudou de repente, eu queria só chamar você". Porque eu nem estava sabendo, porque eu só ia na reunião, ela falava tão bem dele, mas agora disse que mudou, mudou, disse que não quer fazer nada na sala de aula. (Mãe PCT 28.)

> Dificuldade, nossa, que nem eu fui daqui [Assis] para lá [Sorocaba], não consegui vaga de jeito nenhum, depois voltei para cá de novo, meu marido e cunhada foram e conversou, aí eu vi que não tinha jeito mesmo e deixei para lá, eu tive uma dificuldade porque depende assim de ir embora e arrumar escola [...]. (Mãe PCT 23.)

Quanto ao Conselho Tutelar, as reações foram diferentes, conforme o caso. Uma das mães mostrou-se bastante preocupada em relação ao que o Conselho Tutelar poderia fazer no caso dela, que se sentia impotente diante da recusa do filho em ir à escola:

> Às vezes a turma do Conselho vem aqui ou manda eu ir lá. Toda vez que eu recebi a folha para ir, ia no horário certo e tudo. Conversei com eles tudo certinho, mas é que nem eu falei, não é culpa minha, eu fiz de tudo, tudo mesmo, até comprei coisa cara que não podia para ver ele estudar; não é culpa minha, não, ele não quer estudar, não quis. É que nem eu falei para você, se eu fosse uma mãe desnaturada como tem por aí, que [o filho] estuda um mês e sai da escola, fica fumando drogas ou roubando, matando aí, eu falo mesmo, tem tantas crianças por aí que as mães não ligam... Até um dia eu falei tudo isso para as autoridades, e ainda falei para a psicóloga lá no fórum: vocês quer prender eu, podem prender. (Mãe PCT 13.)

Outros casos são menos drásticos, e os pais encaram com mais tranquilidade e até despreocupação a atuação do Conselho Tutelar:

> [...] quando eu fui na reunião, a mulher lá do Conselho conversou com ela [a filha] e falou que ia arrumar vaga para ela

[consulta médica], até hoje não falou mais nada para mim, e essa aqui [a mais velha] mata aula porque ela não gosta muito de ir, não, e agora está indo direitinho, e agora não vieram mais, não. (Mãe PCT 22.)

Agora fui chamado ao Conselho Tutelar, porque ele não fazia a lição, ele parava e não fazia mais. Aí, tinha que fazer um incentivo, porque o aprendizado tem que ser incentivado. Então chamou o Conselho Tutelar, veio, eu fui lá, agora eles estão no projeto de levar ele para o Broto Verde[41], para ele aprender a hora de brincar, estudar, de comer, até hora de lazer, fazer um trabalhinho, porque é melhor do que ficar na rua. (Pai PCT 24.)

Enquanto os pais do grupo PCT que indicaram tendência à melhora apontaram como fator principal para isso o currículo (conteúdo – 100%), os que indicaram tendência à piora consideraram que isso se devia ao perfil dos alunos e à atuação administrativa do governo/SE (ambos com 50%).

Apesar desta ênfase no currículo, apenas uma mãe manifestou-se claramente a este respeito nas entrevistas, ao considerar a qualidade do ensino como de um "... bom nível, cobrando bem da criança" (Mãe PCT 24.) Outros fatores destacados nas entrevistas, sobre melhoras na escola, foram referentes a merenda e material escolar:

Para mim está ótimo, não falta nada. Porque a relação dos professores comigo é boa; os alunos sempre tiveram a sopa, que é o principal, lanche. Ah, eu acho que não tem nada [faltando], não. (Mãe PCT 13.)

Eu acho que com isso eles dão boa ajuda, as pessoas que não têm condições, eles dão caderno, lápis, borracha, merenda quando as crianças chegam no intervalo; eu acho que nesta parte está muito bom. (Mãe PCT 17.)

---

41. Programa da prefeitura, desenvolvido no Horto Florestal, onde as crianças têm atividades ligadas à natureza, principalmente o cultivo de mudas de plantas, e acompanhamento psicológico e escolar. Esta mãe era inspetora da escola.

O perfil dos alunos, indicado como um dos fatores que colaboram para a piora da qualidade do ensino, é marcado pela agressividade, mas, segundo as entrevistas, estas características são comuns também aos demais alunos das escolas, além de seus filhos:

> [...] por causa dele ser assim, tudo jogam nele, ele não é flor que se cheire, mas também não é um dos piores, porque todas as crianças são assim; ele é normal, só que ele agride. Quando chega a agredir, é porque a [outra] criança fez alguma coisa. (Mãe PCT 24.)

> A gente que é pai, as crianças chegam na gente: "Vamos brincar, pai?" "Tá, vamos brincar de quê?" "De Power Rangers, eu te mato e você morre." Ali já é uma afirmação [da agressividade]. Outra também, brinquedo de arma de fogo, e tudo que puxe pela intuição do lado crítico, falou em arma é crítico. O que estorva muito também é a televisão, que antes não tinha esses desenhos de tantas lutas, agora cada coisa, um pior que o outro; na escola eles brincam de luta [...]. (Pai PCT 30.)

A atuação do governo, também indicada como fator negativo em relação à qualidade do ensino, refere-se ao Ciclo Básico, além da falta de funcionários e do excessivo número de alunos na sala de aula:

> Deveria ter menos crianças [na classe], poderia dar uma atenção maior, entende? Porque se ele tivesse só na escola não ia conseguir aprender nunca, se não tivesse essa moça [professora particular] para ajudar, ele nunca ia aprender, porque ela dá atenção especial só para ele; e também do governo não reter mais a criança, acho um absurdo, não tem condição de passar, deixa a criança ali; como que ele vai da 3.ª para a 4.ª [série]? (Mãe PCT 17.)

> Acho que eles deveriam dar mais atenção às crianças, nas coisas que acontecem, porque, quando você está ali e fica parada, você observa tanta coisa... Às vezes as crianças avançam um no outro, e não tem ninguém para cuidar porque lá eles entram tudo numa sala, não tem servente; quando eu ia

na escola não era assim, no recreio, na entrada, tinha. Ali não tem, depois faz aquela guerra. Você é culpada? Não é, nem sabe da história direito, chamaram até polícia para esse meu menino, já, e eu acho errado isso daí, não é verdade? A criança já é traumatizada, ao invés de ajudar ainda atrapalha. (Mãe PCT 24.)

[...] antes você tinha que estudar para passar [de série], agora aqui não, se você fizer certo ou errado, você passa. (Mãe PCT 30.)

No que se refere à evasão e à repetência, o grupo de pais indicados pela escola (PE) apontou os seguintes fatores como principais responsáveis: fatores externos à escola (50%), desvalorização da Educação perante a sociedade (41%), políticas educacionais inadequadas (41%) e perfil do aluno (36%). Exceto quanto às políticas, que foram comentadas positivamente, nas entrevistas eles se referiram basicamente à desestruturação familiar e às questões sociais:

Problemas de doenças, trabalho, a distância da escola, daqueles que moram no sítio. O que a gente nota é que o governo já está dando, e faz tempo, a condução. A gente conversa com os pais que moram no sítio, mas eles falam, não está tendo livros, cadernos, material. O aluno está tendo muita facilidade para estudar, há um tempo atrás eu via essas dificuldades, e no último caso o desinteresse, a falta de vontade de estudar. Agora não, a realidade já é mais diferente, agora eles têm tudo, até condução, mesmo aqueles que moram no Parque Universitário [um bairro afastado da cidade], para ir estudar no Francisca [escola], têm peruas, tem essa dificuldade, mas o problema agora está sendo o desinteresse da pessoa, da família, porque Educação e escola, a família tem que estar junto, devido à situação dos filhos sem pais, que moram com avós ou outras famílias, é essa a situação. (Mãe PE 14.)

Faz dois anos que eu estou nesta escola, por ser no centro, um nível de vida melhor, né? Antes eu trabalhava em escola de vila, então a gente via, talvez, o desinteresse dos pais, necessidades, saía para trabalhar, os filhos ficavam na rua, muitos iam na escola para comer. O desinteresse dos pais, talvez dos alunos, mesmo, eles não tinham obrigação de ir, eles iam quando queriam, então levava a abandonar. (Mãe PE 12[42].)

Quem freqüenta a escola pública hoje é a criança de classe média para baixo, então o perfil, hoje, da criança da escola pública, são de crianças que conhecem assuntos mais que a gente conhecia, mas são crianças também que vêm de família que não tem uma boa formação, são crianças revoltadas, são crianças problemáticas. Muitos ali são filhos de pais separados e mães solteiras, e isso influi bastante na Educação. (Pai PE 6.)

Eu acho que a criança repete muito porque falta muito; às vezes as mães até mandam na escola, mas as crianças não vão. Esses dias fui levar a minha menina no portão da escola, e a outra menina disse que ia faltar na escola; ela foi até a escola mas não entrou. Eu acho que a evasão é o principal problema, e às vezes a criança, as mães que mais precisam ir não vão, não acompanham. Eu acho que tem que dar em cima, eu acho importante porque, se o pai e a mãe não ficam em cima, o filho vai na escola mas não entra. A criança, se chegar no caso de repetir, é por falta, não vai na escola, o pai trabalha fora e não está sabendo do problema da criança. (Mãe PE 2.)

Conheço um caso, sim; com dificuldade na casa, tipo mãe largar o marido, então o dia-a-dia fez com o [...], ele abandonou a escola, tinha mil e uma opção para ir mas não ia, morava muito perto mas não ia. Mas a gente vê que fazia um pouco-caso da mãe, porque, para o meu, eu falo que ele tem que ir que é melhor para ele, se faltar quando precisar, chega no final do ano ele vai ter férias antes. A gente conhece alguns casos, mas é muito raro, e quando acontece é por uma coisa mais social. É a mudança, falta de interesse. (Mãe PE 3.)

Eu acho que são dois pontos, o desemprego e a alimentação; o pai está desempregado, então o filho acaba saindo da escola para fazer bico junto com o pai para ajudar; e o proble-

---

42. Esta mãe era inspetora da escola.

ma da repetência, às vezes, é o problema da má alimentação, pois, se ele está mal alimentado e a fome vai apertando, ele não vai prestar atenção na aula, ele vai pensar no estômago que está pedindo comida. Pra se acabar com a repetência e a evasão, primeiro temos que dar atenção e resolver esses dois problemas, e não apenas pensar no aluno. (Pai PE 6.)

A participação dos pais na escola também foi considerada problemática pelo grupo PE. Os pais que participam seriam aqueles que têm filhos não considerados problema, e, ainda assim, esta participação se restringiria, na maioria das vezes, à ida às reuniões bimestrais. Mesmo na Associação de Pais e Mestres, há pouca participação. Por sua vez, os pais de alunos-problema não comparecem nas reuniões e na escola, segundo as falas dos entrevistados:

> É porque estava trabalhando, porque não acompanha mesmo, porque fazia a reunião durante o dia, e os pais trabalham, então a diretora mudou o horário para a noite e nem assim. Aumentou a gente que vem, mas aqueles que realmente precisam não vêm. [...] Muito pouco os que valorizam, desde que eu estou aqui tem gente que acha que a professora é obrigada a educar o filho, quer dizer, o filho vem de casa sem educação, os professores vão estar aqui para educar; educação tem que vir de casa eu acho, porque, se o seu filho não tem educação dentro de casa, ele vai respeitar quem? (Mãe PE 4.)

> Eu acho que aqui os pais participam muito pouco, e eles só vêm aqui para criticar. Porque o que eles vêem na TV, o que passa na TV que não é a realidade, começando pela merenda, na TV passa um cardápio bonito, não é o que vem aqui na merenda, lógico. Então eles vêm aqui só para criticar, e, quando é chamado com aluno-problema, são poucos que aceitam o problema ou desconhecem o problema do filho. Mas participar, vir ajudar, é muito pouco. (Mãe PE 5.)

> Eu acho que é muito do pai e mãe, família, porque, se o pai e a mãe estão dentro, o filho jamais vai deixar de ir na escola, estão sempre procurando, olhando o caderninho; tem criança que não vai na escola sem que a gente venha participar

e acompanhar o interesse dos filhos na escola, não é bem a maioria, não; tem poucos que acho que participam. [...] quando tem reunião vêm uns 15, não vem nem a metade, a metade fica, sempre aqueles que precisavam, que têm um filho-problema, tal, que falta na escola, mas eles não participam; pode mandar bilhete que eles não vêm mesmo. (Mãe PE 7.)

[...] geralmente, os pais que precisam vir nunca vão às reuniões. Não sei se é porque eles sabem os problemas que os filhos estão enfrentando na escola, e eles não querem ir, porque acham que não vão conseguir, ou se é porque não ligam realmente. Não sei por quê, mas os pais que precisam ouvir que os filhos estão tendo problemas, tanto em aprender quanto na parte da disciplina, eles não aparecem em reuniões. (Mãe PE 9.)

A crítica às políticas educacionais refere-se basicamente ao Ciclo Básico, entendido como passagem automática, uma vez que, quanto à infra-estrutura da escola, as melhoras são bastante destacadas.

O que colaboraria para a diminuição dos índices de evasão e de repetência, para o grupo PE, seria a melhoria das condições socioeconômicas do aluno e de sua família (73%), a melhoria da formação dos professores (36%) e políticas educacionais mais adequadas (32%). Essa posição reflete a grande ênfase nas questões sociais, e, ao destacar a formação dos professores, aliada à política educacional, remete aos comentários, já citados, sobre o papel do professor, seu domínio e autoridade em relação à classe, e à necessidade de melhor formação dos mais novos, diante da preferência por professores mais antigos e experientes.

Para o grupo PCT, os fatores responsáveis pelos índices de evasão e de repetência são as dificuldades no funcionamento da escola e em suas relações internas e o perfil do aluno (ambos com 28,57% das citações). Esses dois fatores estão interligados; o perfil do aluno, citado anteriormente, é considerado negativo por este grupo, e contribui para a perspectiva de piora na qualidade do ensino. Por sua vez, o fator "funcionamento da escola e suas relações internas" é bastante destacado em algumas entrevistas, conforme o problema do aluno. Por exemplo, o aluno que é muito agressivo, caso em que a mãe o defende, fazendo críticas à escola:

> Eles ofendem muito as crianças; esses dias eu estava lá, vendo uma menina, eu não sei nem o que tinha acontecido, por causa de uma boneca que ela nem tinha catado, a dona [...] foi chamar ela de ladra, e deu um safanão também, então todas essas coisas a gente já viu [...]. (Mãe PCT 24.)

> [...] ela [a professora] começou a separar ele também. Se ele está na carteira, ele não é demente, doente, nada. Mas, se for ver deste lado, não pode passar ninguém, você fica isolado, você está num lugar, a pessoa fala: "não passa do lado daquele lá". Porque, se eles expulsarem ele dali, eu vou no fórum e o juiz vai enxergar que ele é criança. (Mãe PCT 24.)

> E o meu filho, eles julgam muito ele. E a criança acaba sendo assim meio estigmatizada, porque tudo é ele, nem que não é ele [...] elas falaram para mim: "Dessa vez ele teve uma chance, mas da outra vez não, porque eu coloquei ele na Delegacia de Ensino e tal." [resposta:] "Bom, a senhora que sabe, se a senhora quiser, ele vai ficar na escola; e, se não quiser, ele vai ficar em casa, mas que eu vou levar o menino perante o juiz, eu vou." "Ah, eu dou mais uma chance para ele e tal..." A gente é mãe, tem que lutar por ele, vai deixar pra rua, aí, sem estudo, sem nada? (Mãe PCT 24.)

Ainda quanto à agressividade, um pai destacou a forma como a escola lida com este problema, que ele julga incorreta. Esta fala ilustra o que é esperado da escola:

> [...] na escola eles brincam de luta, e os professores não estão nem ligando. Isso não deveria ter na escola, deveria ensinar eles, agora imagina bem, eles mandam uma cartinha para cá: "pai, seu filho está assim e tal na escola". Se eu for todo dia e ter que manter aquele percurso de hora dele de estudo, eu estar lá de braços cruzados, para ele não fazer arte, quem é que banca a família? A mãe, por exemplo, vai lá, chega em casa à tarde, vai ter um pé de guerra; chego e vejo a casa toda bagun-

çada. Outra, se eu for ter tempo para fazer isso! Não, eu estava lá cuidando da criança... Então você vai tirar seu tempo só para cuidar da criança? Aí vira confusão em família. Se a gente tem que sair daqui, para ter que corrigir o filho na escola... Você vai na auto-escola para quê? Aprender a dirigir. Então, você vai numa escola para aprender a se educar e escrever, é uma educação, não é? Não digo educar. Educação já vem do berço, a escola é um reforço para ajudar os pais. Ter mais reunião para os pais acompanharem mais os diretores e professores, e isso foi discutido na reunião, que o meu moleque estava com uns problemas lá, foi mandado umas cartas para mim, então, conforme foi passando para mim, eu dei o corretivo aqui em casa, melhorou. Então, se tivesse mais reunião, eu vou, porque o meu nome no futuro é ele [...]. (Pai PCT 24.)

Outros comentários dos pais em relação à escola, direção e professores, referem-se ao desempenho do professor na sala de aula, ao controle sobre o material escolar e às aulas de reforço:

Na 4.ª eu repeti, porque a professora passava a matéria, e eu perguntava para ela explicar, e ela falava: "lê na lousa, você não sabe ler? Não vou explicar nada, não". E depois ela falava que eu não perguntava, pra minha mãe, então eu peguei e saí também da escola. (Mãe PCT 22[43].)

O problema é que, quando acaba o material dela, às vezes não posso comprar. Ela pede algum para o professor e eles não gostam muito de dar. Eles falam que não é para dar. Até que um dia desses eu ia no Conselho, para falar, porque já veio para mim ir lá pro Conselho, sobre essa que está aqui, a [...]. Conversei quando tem reunião na escola, e eles não dão, e quando ela dá também um caderno, lápis ou borracha, ela quer outro de volta. Eu faço assim, então eu falo, então dá, ela pega o caderno, depois eu compro outro e devolvo, acho que a gente não deveria devolver o outro, porque não é o governo que dá? (Mãe PCT 22.)

---

43. Esta fala foi da filha da entrevistada, e a mãe concordou com ela.

[...] conheço pais que não podem dar um caderno, e a escola não dá, fala que não tem, se tem e não quer dar. Mudou bastante, porque antes eles davam, procurava saber qual pai que tinha condição de dar material para o filho, agora, quem comprou, comprou. Quem não comprou... (Mãe PCT 28.)

[...] ele tem, além dele ter essa professora [particular], tem aula de reforço, só que nessas aulas de reforço muitas vezes a professora não vem, falta, a maioria das vezes que ele vai não tem aula de reforço. Teria que ser uma coisa mais certa, porque as crianças que às vezes deixa de fazer alguma coisa, na casa dele, que vem para a escola de ônibus, ele fica na minha casa, se às vezes ele não quer ficar aqui, ele fica irritado porque quer voltar, e ele tem que ir lá na aula de reforço, chega lá e não tem aula; se for faltar, arranja uma substituta. [...] depois das férias não tinha professor para dar esse reforço, e eu fui lá, conversei, porque eu queria que ele participasse do reforço deles, e arrumaram professor, mas eu acho muito importante, porque o professor de reforço está acompanhando aquilo que ele está aprendendo, naquele momento, no dia-a-dia, e dá para dar mais atenção para a criança. (Mãe PCT 17.)

Apesar desses problemas, há mães do grupo PCT que indicaram possuir um bom relacionamento com os docentes:

Ele gosta muito do professor dele, por eu estar sempre lá conversando, acompanhando, ele sabe que não tem o pai perto, ele é uma criança muito carente que necessita muito de carinho, então ele sempre passa bastante carinho para ele, conversa, desde a 1.ª série, os professores sabem como ele é e eu venho acompanhando, nunca teve nenhum problema com professores. (Mãe PCT 17.)

Eu acho bom, não tenho queixa, só o menino dá um pouco de trabalho, mas é moleque, né? Não tenho queixa dos professores. (Mãe 30 PCT.)

O papel dos pais e da família também foi destacado como influente nos problemas de relacionamento na escola, no perfil dos alunos e na evasão e repetência. A participação dos pais foi considerada pequena, embora os pais entrevistados tenham afirmado que iam às reuniões ou, em outros horários, à escola, para acompanhar o estudo dos filhos:

> Eu vou. Graças a Deus, toda vez que teve reunião dos pais eu tenho ido, e a única reclamação que eu tenho é do [...], as professoras falam para incentivar ele mais para ir na escola, dão força, conselho, mas falam que ele é um bom aluno, quietinho, obediente, e na escola nunca fez bagunça. Agora, do meu filho mais velho, eu chegava lá na reunião: "A senhora é mãe do [...]?" "Sou." "A única coisa que eu tenho que falar dele são três coisas: é excelente aluno, ótimo mesmo, está de parabéns, e se a senhora tiver alguma obrigação, para fazer na casa da senhora, é só assinar o livro para dizer que compareceu na reunião, e pode ir embora para casa sossegada." Eu ficava tão feliz de ouvir essas palavras, aí assinava o livro e vinha embora para casa. (Mãe PCT 13.)

> Vou [nas reuniões], participo, largo o serviço, tudo. Nos outros dias também sempre eu vou lá, para ver como que está [...]. A maioria não vai nas reuniões de pais. (Mãe PCT 24.)

> Na escola do Estado só vão as mães que não têm problema com os filhos; as mães que o professor tem problema com o aluno não vai. Eu não sei se têm vergonha da professora reclamar do filho, o que acontece, que elas não vão. A minoria vai. (Mãe PCT 28.)

> Muito pais não [vão], são desinteressados, principalmente as crianças que os pais precisam ir não comparecem, são crianças que faltam muito e ficam na rua, problema de higiene. (Mãe PCT 17.)

> Eu também vou de vez em quando na escola, mesmo não sendo reunião, mas não precisa ser reunião para eu ser chamada lá, às vezes eu vou para conversar sobre essa ou aquela [coisa] [...]. Alguns [pais] participam, a maioria não. Tanto em reunião ou mesmo em outras coisas que a escola faz, e os pais deixam meio a desejar. (Mãe PCT 22.)

A desestruturação familiar também apareceu como preocupação, tanto no que se refere a eles próprios como em outros casos de que têm conhecimento:

Teve uma reunião aqui na escola, que eu fui, teve um caso de uma menina, que ela sai daqui de Assis e fica na rua lá em Cândido Mota, então ela falava que ia para a aula, mas matava aula. E os pais sabem que esta criança está largada lá em Cândido Mota, isso aí tá tudo no Conselho Tutelar. Chamou os pais e mestres para uma reunião, e os pais sabendo que a criança deixa a escola... Também, é um pouco de relaxo dos pais, é o pai que não quer nada. Eu não estudei muito, mas eu gostaria que os meus filhos fossem além daquilo que eu sei. Então eles deixaram, os próprios pais falaram pra mim, e perguntaram para eles: "por que o senhor não procura ir lá buscar esta criança, eles estão mendigando, está dormindo na rua, vai começar a mexer com drogas, o senhor toma uma atitude, vai pelo menos ver como estão". [resposta:] "Ah, eu trago para cá, eles voltam, eu nem ligo, deixe que fique." Aquilo chegou a magoar por dentro; então muito também vai dos pais, porque, se eles não dão o famoso puxão de orelha, ele não vai. Porque eu digo por mim: quando era criança, se os pais não arrastassem, eu não ia na escola, ficava em casa brincando o tempo todo. É igual o meu moleque: "Ah, mãe, eu não vou na escola." [resposta:] "Vai, senão eu pego a cinta." E vai correndo, bravo mas vai. (Pai PCT 30.)

No psicólogo, tirou raio X da cabeça, até o médico disse que ele vai além daquilo que ele tem que aprender, então eu acho que as coisas mais simples ele consegue memorizar, toma remédio para memória para ajudar, e o médico disse que não é nenhum problema, porque eu sou separada do primeiro marido, então ele pode sentir falta do pai, mas o psicólogo disse que não, nenhum problema assim, então eu estou com essa professora acompanhando ele, para ver até onde ele vai. (Mãe PCT 17.)

Ele já nasceu assim [agressivo], porque o meu marido bebia, era agressivo dentro de casa. Também perdi um filho, então tudo isso vem, ele assim é revoltado, agressivo, mas, se você souber conversar com ele, ele é um amor, não percebe nada nele. Está com 12, na 4.ª série, já repetiu, porque eu tirei ele lá do estudo, porque eu mudei para cá, e mais alguma coisa que ele fizer assim, está na rua. Bom, eu vou lutar para ele não ir para a rua. (Mãe PCT 24.)

Para minimizar o problema da evasão e da repetência a solução mais indicada são políticas educacionais mais adequadas (43%). Apesar dessa indicação, não houve nas entrevistas falas de como isto poderia ou deveria ocorrer, nem o que é esperado do governo.

Na avaliação geral da escola pública no período 1984-97, os resultados foram os seguintes (a partir dos quadros 17 e 18): comparando-se as avaliações, tem-se que as questões estruturais, como infra-estrutura, material didático-pedagógico, carga horária e assistência ao aluno, são vistas como melhores em relação ao início do período. Nesse sentido, há um consenso, tanto nas respostas ao questionário quanto nas entrevistas. Cabe destacar as diferentes porcentagens das respostas entre os pais PE e os pais PCT no item assistência ao aluno – 57% e 73%, respectivamente –, provavelmente devido à maior dependência que os pais do segundo grupo possuem dessa assistência. Outro consenso ocorre em relação ao perfil dos alunos, considerado pior por ambos os grupos, sobretudo no que se refere a indisciplina, agressividade e desinteresse.

Na avaliação dos pais sobre a valorização ou não da Educação pela sociedade, houve diferentes tendências. O grupo PE acredita que ela é valorizada (36%) e bastante valorizada (14%), sendo que 45% indicou sua desvalorização[44]. Por sua vez, a maioria do grupo PCT indicou a pouca valorização da Educação pela sociedade (57%), enquanto 29% apontaram sua valorização ou muita valorização (14%). Há uma razoável diferença nas respostas dos grupos, possivelmente relacionada às expectativas dos pais quanto ao futuro dos filhos e ao papel que a Educação exerce(rá) nos rumos desse futuro, ou seja, a Educação escolar influenciando mais ou menos as perspectivas acadêmicas e/ou profissionais das próximas gerações.

---

44. Nem todos os pais deste grupo responderam a essa questão, daí a soma dos índices igual a 95%.

Nos quadros abaixo, alguns pais não responderam completamente ao questionário, daí a porcentagem total ser menor que 100 em alguns dos itens. Pode-se perceber que, embora alguns pais PE não tenham respondido à totalidade das questões, a quantidade de pais PCT que alegaram não saber posicionar-se quanto aos itens solicitados foi maior. Essa diferença deve-se possivelmente ao maior distancia-

**QUADRO 17 – AVALIAÇÃO DE ASPECTOS
EDUCACIONAIS PELOS PAIS PE – 1984-97 – EM %**

Item	Melhorou	Igual	Piorou
Infra-estrutura da escola	**73**	23	4
Funcionalismo (carreira e salários)	14	18	**41**
Funcionalismo (condições de trabalho)	23	**36**	23
Currículo	**50**	9	23
Carga horária	**45**	23	14
Material didático-pedagógico	**73**	9	0
Assistência ao aluno (merenda, material...)	**73**	18	4
Combate ao fracasso escolar	**41**	18	14
Perfil do aluno	27	4	**64**
Perfil do professor	**45**	32	9

**QUADRO 18 – AVALIAÇÃO DE ASPECTOS
EDUCACIONAIS PELOS PAIS PCT – 1984-97 – EM %**

Item	Melhorou	Igual	Piorou
Infra-estrutura da escola	**57**	14	29
Funcionalismo (carreira e salários)	14	14	0
Funcionalismo (condições de trabalho)	0	14	29
Currículo	29	14	**57**
Carga horária	**43**	0	0
Material didático-pedagógico	**72**	0	0
Assistência ao aluno (merenda, material...)	**57**	29	14
Combate ao fracasso escolar	0	0	**29**
Perfil do aluno	14	0	**86**
Perfil do professor	29	14	**57**

mento do segundo grupo em relação à escola e às questões aqui abordadas, o que pode ser ilustrado pelo pequeno índice de resposta às questões sobre o funcionalismo, por exemplo, e pelos altos índices de resposta às questões relacionadas com aspectos que lhes são mais diretamente acessíveis e perceptíveis, como a assistência ao aluno, ou o perfil dos alunos e dos professores.

Quanto aos itens referentes ao funcionalismo, como carreira e salários, há discordância entre os grupos de pais[45]. O grupo PE viu pioras salariais, enquanto o PCT não viu nenhuma piora. Levando em conta a faixa salarial dos grupos, é compreensível que os pais do grupo PCT não tenham considerado os salários como piores, pois os comparam à sua própria renda. Já os pais do grupo PE, de um nível socioeconômico melhor, em geral conheciam e mantinham contato mais direto com os docentes, ouvindo seus comentários a esse respeito.

No que se refere ao combate ao fracasso escolar, há, segundo os PE, a perspectiva de melhora. Os PCT indicaram piora. Conforme já foi destacado, a evasão e a repetência têm efetivamente diminuído, mas os grupos apresentaram fatores diferentes como causa deste problema. O grupo PE destacou fatores externos à escola, enquanto o grupo PCT indicou fatores internos.

Finalmente, o perfil dos professores foi considerado melhor pelos PE, e pior pelos PCT. Considerando que a dificuldade de relacionamento na escola, inclusive entre professor e aluno, é um dos fatores indicados pelo segundo grupo como agravante da evasão e da repetência, esta diferença de visão é compreensível.

Neste capítulo, o objetivo foi apresentar as falas dos grupos entrevistados, suas visões sobre a Educação e a escola, de maneira abrangente. No capítulo seguinte, será tratada mais objetivamente a questão-chave da presente pesquisa, referente às percepções acerca das políticas educacionais e da escola pública.

---

45. Nenhum dos entrevistados citou números ou valores para justificar sua resposta.

Capítulo 3 **Análise dos discursos**

> *A memória, onde cresce a história, que por sua vez a alimenta, procura salvar o passado para servir o presente e o futuro. Devemos trabalhar de forma a que a memória coletiva sirva para a libertação, e não para a servidão dos homens.*
>
> JACQUES LE GOFF

A análise das entrevistas e questionários foi realizada considerando: a) os pressupostos citados na introdução; b) que todo discurso é elaborado com base em uma dada realidade, e deve, portanto, ser visto na ótica em que foi construído; e c) que ocorre uma seletividade da percepção individual, da fala diante do mundo, o que constitui as representações.

A construção dos discursos refere-se às noções de campo e de *habitus*, apresentadas por Bourdieu, e de teoria da leitura e de representações, de Chartier, que remetem ao contexto geral – espacial, temporal, cultural, social, econômico e político – em que vive o indivíduo, e às formas de interpretação do mundo e sua subjetividade, que podem levar a diferenças nos discursos, se observados individualmente, mas que, em seu conjunto, tendem a apresentar algumas perspectivas homogêneas em um determinado grupo.

Essa perspectiva conjunta pode ser definida como senso comum, que, segundo Lalande (1993)[1], "é o conjunto das opiniões tão geralmente admitidas, numa dada época e num dado meio, que as opiniões contrárias aparecem como aberrações individuais..." (p. 998). Este senso comum pode

---

1. Esta é a terceira acepção do verbete apresentada por este autor.

ser formulado ou adquirido, e é sustentado muitas vezes por hábito, ou é aceito com base na autoridade de outros.

[...] não existe correlação exata entre o conjunto de atitudes de um indivíduo e a sua opinião expressa a respeito de uma situação específica. Isso porque a opinião pronunciada pode derivar de duas atitudes possivelmente conflitantes – uma em relação ao próprio estímulo e a outra às circunstâncias em que deve ser expressa. (Qualter, 1996, p. 537.)

Nesse sentido, insere-se a questão da representação: o que é julgado adequado para dizer, ou o que é senso comum, acaba por expor menos o indivíduo, daí ele manifestar esta ou aquela opinião, que indica o que considera legítimo[2].

Nas entrevistas realizadas, é possível distinguir características comuns aos grupos entrevistados, mas também algumas contradições e questionamentos. Partindo-se dos pressupostos teóricos anteriormente expostos, os discursos e percepções dos grupos foram analisados por temas, procurando-se identificar suas representações e senso comum.

Ao falar sobre entrevistas, é necessário abordar também a questão da memória. Considera-se aqui que é impossível haver uma memória estritamente individual, uma vez que as lembranças dos indivíduos são elaboradas com base em suas relações sociais, em especial as com o grupo do qual o indivíduo faz ou fez parte. Memória individual e memória coletiva[3] podem ser definidas, então, da seguinte forma:

---

2. Concordando, Bourdieu (1988) afirma, com um exemplo: "[...] as declarações concernentes ao que as pessoas dizem ler são muito pouco seguras em razão daquilo que chamo de efeito de legitimidade: desde que se pergunta a alguém o que ele lê, ele entende: que é que eu leio que merece ser declarado? Isto é: que é que eu leio de fato de literatura legítima? [...] E o que ele responde não é o que escuta ou lê verdadeiramente, mas o que lhe parece legítimo naquilo que lhe aconteceu ter lido ou ouvido." (P. 236.)

3. Sobre a relação entre memória e história, Le Goff (1992) ressalta: "A memória, onde cresce a história, que por sua vez a alimenta, procura salvar o passado para servir o presente e o futuro. Devemos trabalhar de forma a que a memória coletiva sirva para a libertação, e não para a servidão dos homens." (P. 477.)

A memória individual pode ser entendida [...] como um ponto de convergência de diferentes influências sociais e como uma forma particular de articulação das mesmas. Analogamente, a memória coletiva, propriamente dita, é o trabalho que um determinado grupo social realiza, articulando e localizando as lembranças em quadros sociais comuns. O resultado deste trabalho é uma espécie de acervo de lembranças compartilhadas que são o conteúdo da memória coletiva. (Schmidt & Mahfoud, 1993, p. 291.)

Ressalte-se novamente a dinâmica individual de construção da memória, que impõe um limite ao conteúdo da memória coletiva, ao passo que colabora para sua (re)construção contínua e comum. Halbwachs (1990) destaca sempre esta relevância da memória individual:

[...] se a memória coletiva tira sua força e sua duração do fato de ter por suporte um conjunto de homens, não obstante eles são indivíduos que se lembram, enquanto membros do grupo. Dessa massa de lembranças comuns, e que se apóiam uma sobre a outra, não são as mesmas que aparecerão com mais intensidade para cada um deles. Diríamos voluntariamente que cada memória individual é um ponto de vista sobre a memória coletiva, que este ponto de vista muda conforme o lugar que ali eu ocupo, e que este lugar mesmo muda segundo as relações que mantenho com outros meios. (P. 51.)

Outra característica das entrevistas é que elas permitem a reconstituição da representação social de um passado, moldada às exigências do presente. Esta representação é construída e reconstruída continuamente[4]. Quando se fala em memória individual e ao mesmo tempo social e compartilhada, ressalta-se que, apesar das percepções aparecerem nas entrevistas como individuais, na verdade refletem em

---

4. Segundo Cardini (1993, p. 327): "[...] o passado, não o passado como foi de verdade – que é e permanecerá desconhecido –, mas o passado como ele se nos representa, é sempre diverso, e a exegese histórica, por sua natureza, nunca tem fim. Cada idade tem seu passado, cada época o reconstrói."

grande parte noções compartilhadas por grupos de referência.

Bosi (1987), outra referência importante na questão da memória, e que também trabalha a partir da perspectiva de Halbwachs, ressalta ainda

> [...] a tendência da mente de remodelar toda experiência em categorias nítidas, cheias de sentido e úteis para o presente. [...] Um desejo de explicação atua sobre o presente e sobre o passado integrando suas experiências nos esquemas pelos quais a pessoa norteia sua vida. O empenho do indivíduo em dar um sentido à sua biografia penetra as lembranças com um "desejo de explicação". (P. 340.)

Assim, no que se refere à memória, Halbwachs (1990) e Bosi (1987) constituem as referências centrais para a análise das entrevistas, que será apresentada a seguir.

Representações e memória

A partir das entrevistas e questionários, pretende-se apresentar os discursos dos entrevistados por meio dos temas abordados, destacando as representações comuns aos grupos, referentes à escola, e evidenciando os consensos. As principais diferenças de percepção também serão consideradas, em especial entre as dos pais cujos nomes foram retirados das listas do Conselho Tutelar, e as dos demais grupos, como já pôde ser observado pela exposição parcial das transcrições no capítulo 2.

Dessa forma, será retomada mais objetivamente a pergunta que orientou o desenvolvimento da pesquisa: como as políticas educacionais e as condições que envolvem a realidade escolar (com ênfase na evasão e na repetência), nas escolas estaduais que atendem classes de 1.ª a 4.ª série, abrangidas pela Delegacia de Ensino de Assis – SP, foram percebidas pelos sujeitos sociais relacionados com a escola, no período compreendido entre 1984 e 1997?

Conforme já ressaltado, para a análise das informações obtidas parte-se do pressuposto de que cada indivíduo possui sua própria memória, sua maneira específica de compreender o mundo, que é indissociável da memória coletiva, com características mais ou menos homogêneas, comuns a determinado grupo, em dado momento.

Pais e mães de alunos considerados bons ou daqueles encaminhados como problema, professoras, diretores e delegados de ensino: cada indivíduo possui seu próprio entendimento da realidade, e, no que se refere especificamente à escola, expôs sua opinião nas entrevistas realizadas. Dentro de cada grupo nota-se uma linha de pensamento, de representações e, conseqüentemente, de expectativas mais ou menos homogêneas, além de aspectos em comum entre grupos com características sociais, econômicas e culturais semelhantes.

Mudanças e problemas na estrutura da escola

Este tema é bastante abrangente, e não há, neste tópico, a pretensão de esgotar o assunto, mas de abordar as percepções expostas sobre algumas questões relacionadas à escola pública estadual, que atende alunos de 1.ª a 4.ª série. Serão apresentadas as perspectivas com que os diferentes grupos vêem a questão educacional e a escola pública, percepções estas que permitem perceber aspectos comuns e específicos quanto aos temas abordados.

Diante da pergunta "quais as principais mudanças que você percebe, no período entre 1984 e 1997, na Educação?", e no decorrer de suas falas, os entrevistados salientaram diferentes aspectos da escola pública, de acordo com suas perspectivas.

As professoras destacaram o paternalismo da escola para com os alunos; a perda de autoridade dos docentes; a ampliação dos direitos dos alunos, sem a simultânea especificação ou cobrança de seus deveres; o Ciclo Básico e as inovações que trouxe consigo; o aumento da responsabilidade dos professores, em relação ao ensino; e o aumento do número médio de alunos por sala de aula, considerado elevado (35 a 40), o que dificulta o atendimento às necessidades individuais das crianças. A mudança positiva mais comentada foi a da postura pedagógica, baseada no construtivismo, além da menor seletividade da escola, que passou a oferecer oportunidades para uma clientela que anteriormente estaria excluída.

Essas mudanças citadas referem-se às suas práticas e influenciam diretamente seu trabalho na escola e na sala de aula. Porém as mudanças indicadas (positivas e negativas) apresentam uma certa contradição, pois a expansão quantitativa e a diminuição da exclusão e seletividade social na escola são apoiadas sem serem relacionadas a outros aspectos da questão educacional, nem mesmo a algumas das possíveis conseqüências disso sobre a escola e sobre o perfil dos alunos, por exemplo.

Em especial no que concerne ao Ciclo Básico, essas falas ilustram a dificuldade de implementação de uma política educacional que já está inserida na Secretaria da Educação do Estado, continuamente, desde 1984. Uma vez que o Ciclo Básico foi introduzido juntamente com uma nova postura pedagógica, "... sua efetividade e seu sucesso dependem muito de sua compreensão e aceitação pelos sujeitos que se encontram na escola". Nas entrevistas são apresentadas posturas opostas, que não aparecem nos índices quantitativos de evasão e de repetência, por exemplo, mas que trazem situações e atitudes diferentes dentro do cotidiano escolar.

As mudanças destacadas também se relacionam à desvalorização profissional. Esta concepção é bastante presente nos discursos, tanto no que se refere à carreira quanto às condições de trabalho na sala de aula. A diminuição da autoridade, do respeito, se contrapõe à expansão dos direitos das crianças. É importante destacar que as docentes que ressaltaram esse aspecto, do contraste entre direitos e deveres dos alunos, fizeram a ressalva de que não são contra os direitos das crianças, mas que se deveria exigir uma contrapartida, cobrar dos alunos seus deveres em relação à escola, como por exemplo interesse em aprender, e em estudar, maior disciplina em sala de aula e mais respeito aos professores e aos demais alunos.

As falas das professoras indicam a constatação, embora nem sempre consciente, das grandes mudanças culturais que ocorreram na sociedade e nas atitudes em relação à escola, e que se refletem na sala de aula. A maior democratização do ensino abriu as portas das escolas para uma clientela anteriormente excluída, porém essa abertura gerou mudanças na escola quanto a seu objetivo, à avaliação da aprendizagem, a condições materiais e assistenciais, mudanças estas nem sempre aceitas ou consideradas boas.

As observações dos diretores caracterizam-se, de forma geral, por uma visão mais ampla e técnica sobre as mudanças, ressaltando em especial as dificuldades no desempenho de suas funções. Porém, em sua maioria, seguem a mesma tendência de discurso das professoras[5]. Considerando a própria especificidade de sua função, mais abrangente em relação à escola, as mudanças observadas envolvem outras preocupações, como a democratização da escola, a implantação do Ciclo Básico e suas conseqüências, a autonomia da unidade escolar e a questão das verbas, a descontinuidade política e a melhora na infra-estrutura física da escola. Essas mudanças foram apontadas como as principais do período, mas há diferentes posturas quanto a seus efeitos sobre a escola: alguns apóiam, outros questionam seus objetivos ou a forma como ocorreram. Essas posturas não são necessariamente excludentes entre si.

---

5. É importante ressaltar que nem todos os entrevistados do grupo de diretores exerceram esta função durante todo o período abordado na pesquisa. Assim, pelo menos em parte, a semelhança das perspectivas quanto às dificuldades do Ciclo Básico pode derivar também de uma situação vivida pelos próprios diretores, que eram professores no período em que o Ciclo Básico foi implantado.

Não ocorre a negação da necessidade de maior abertura da escola para crianças que antes não tinham acesso a ela ou que dela tinham se afastado, mas constata-se que esta abertura não veio acompanhada dos recursos para que a escola se mantivesse com a mesma qualidade. Tal posicionamento é semelhante ao da fala das professoras, porém aborda-se o problema de maneira mais direta.

Os aspectos materiais da escola são considerados bons ou razoáveis: prédio, carteiras escolares, material didático-pedagógico, livros, material escolar, merenda e recursos financeiros. Há poucas referências à insuficiência de material escolar e, quando ocorrem, partem de escolas que atendem a uma clientela economicamente carente, onde conseqüentemente há maior demanda deste auxílio. Há também comentários, quanto ao espaço físico, que se referem à necessidade de maior quantidade de salas de aula, seja para que as salas ambiente possam ser adequadamente instaladas, seja para que o número de alunos por classe possa diminuir[6].

As críticas às condições de trabalho referem-se ao fator humano nas escolas. Nesse sentido, destacam-se os comentários sobre a maneira como os governos priorizam os aspectos materiais em detrimento do elemento humano – salários, plano de carreira, cursos, treinamentos e contratação de funcionários. A falta de funcionários – serventes, inspetores ou pessoal administrativo – é ressaltada, seja pela transferência de funcionários da escola para outras áreas do Estado, seja pela sobrecarga de funções que passa a afligir os professores e demais funcionários, com atribuições que ultrapassam aquelas que lhes são específicas.

A descontinuidade de políticas educacionais, a cada governo, foi ressaltada como um dos principais problemas, juntamente com a autonomia das unidades escolares, denotando dois extremos: aquele em que o diretor quer mais autonomia; e aquele em que ele tem uma certa autonomia, mas não sabe como utilizá-la.

---

6. O número ideal indicado pelos entrevistados foi de 25 a 30 alunos, no máximo.

No que se refere aos delegados de ensino, já foram ressaltadas as diferentes perspectivas presentes em suas falas. Porém, apesar de estarem em posições distintas, os temas abordados não diferem muito dos indicados pelos diretores; mas são mais abrangentes quanto a autonomia e verbas. Um tema especificamente abordado por um dos entrevistados foi a descentralização da Secretaria da Educação, que implica maior autonomia para as Delegacias de Ensino e escolas.

Quanto aos pais de alunos, a posição dos subgrupos – PE (pais indicados pela escola) e PCT (pais chamados ao Conselho Tutelar) – apresenta alguns pontos em comum, por exemplo, a constatação de melhora quanto aos materiais para os alunos e à infra-estrutura da escola.

Os aspectos destacados pelos PE são os freqüentemente divulgados através da mídia, em campanhas do Ministério da Educação. Porém, de alguma forma, as mães e pais deste grupo viram um resultado concreto na vida escolar dos filhos: ou os livros que os filhos levam para casa para estudar, ou o computador na secretaria da escola, ou as verbas que necessitam de aprovação da Associação de Pais e Mestres, quanto à sua destinação.

O outro grupo de pais – PCT –, mais carente financeiramente, apesar de também destacar a questão dos materiais, tem necessidades diferentes devido à sua condição socioeconômica, e portanto ressalta mais a questão da merenda e do material escolar, ainda que com algumas críticas à sua qualidade e distribuição.

Essa dificuldade de obtenção do material escolar foi destacada por duas mães, revelando uma situação difícil para escolas localizadas em bairros muito carentes, nas quais, pelo fato de a grande maioria da clientela atendida necessitar deste auxílio, a verba destinada a estes materiais é escassa. Considerando que o valor por aluno, enviado para as escolas, é único, no Estado, qualquer que seja sua localização ou clientela, as escolas que atendem a uma clientela com melhores condições socioeconômicas auxiliam os alunos carentes com maior fartura e menor racionamento.

O Ciclo Básico é compreendido como aprovação automática, e recebe várias críticas por parte dos pais, especialmente no que se refere à questão curricular e ao que designam como a não mais permitida repetência, que os pais julgam necessária e até benéfica, em alguns casos. Este posicionamento das mães e pais, de ambos os grupos, justifica-se porque a repetência é vista como a única alternativa quando o aluno não atingiu o conhecimento exigido para a série em que se encontra, e, ao não repeti-la, segundo os pais, ele será prejudicado nas séries seguintes. Esta perspectiva se assemelha à das professoras, cujas falas reforçam esta posição.

Os governos e as políticas educacionais do período

Conforme já destacado, o período abrangido pela pesquisa refere-se a quatro governos no Estado de São Paulo: Franco Montoro (1983-86), Orestes Quércia (1987-90), Luís Antonio Fleury Filho (1991-94) e Mário Covas (1995-98). O primeiro e o último deles não são analisados em sua totalidade.

Nas entrevistas, em geral, há um grande consenso quanto à "excelência" do governo Montoro, no que se refere à Educação no Estado de São Paulo. Percebe-se até mesmo um laço afetivo dos diretores e professoras que já trabalhavam na escola neste período. Esta afeição parece ser justificada pela atenção dada pelo governador ao magistério, sobretudo quanto à questão salarial.

É preciso considerar que logo após o início deste governo houve grandes greves, que ocorreram de 1983 a 1985; greves não só do magistério, mas de diversos outros setores profissionais, deflagradas em razão do contexto econômico recessivo e do arrocho salarial, que vinham notadamente desde 1981[7], mas que começam a apresentar uma reação positiva a partir de 1984. Assim, houve toda uma combina-

---

7. Sobre as greves do período, ver Leite (1987).

ção de elementos econômicos e políticos, e de reivindicações, que coincidiu com um período de conquistas não só para o magistério como para outros setores da sociedade. A boa vontade política do governador deve, portanto, ser considerada dentro deste contexto.

Da perspectiva dos entrevistados, o bom desempenho do governo Montoro é mais ressaltado ainda por ser comparado ao descaso do governo anterior (Maluf) e dos governos imediatamente posteriores (Quércia e Fleury). Considerando ainda o contexto de cada governo, a eleição de Orestes Quércia, em 1986, deu-se pelas expectativas quanto ao partido – PMDB, o mesmo de Montoro –, que neste momento também compõe o grupo hegemônico do governo federal da Nova República. O governo de Luís Antonio Fleury Filho é indicado como o pior do período, por dar continuidade ao descaso com a Educação e com os professores.

Quanto ao governo Covas, há uma situação de conflito, e são apontados aspectos positivos – em especial os recursos financeiros e didático-pedagógicos – e negativos – a questão salarial –, destacando-se, por vezes, a atuação da secretária da Educação, Rose Neubauer. Nas entrevistas, observa-se um grande sentimento de ambigüidade quanto a este governo. Ele é o único[8] em que o secretário da Educação do período é citado várias vezes. Personaliza-se mais ainda a questão educacional, talvez em uma tentativa – muitas vezes apoiada, mesmo como tentativa – de dissociar a questão salarial do rumo das medidas educacionais.

A descontinuidade nas políticas educacionais dos governos é destacada como uma das principais dificuldades do trabalho na escola, por ter criado uma resistência natural e um descrédito antecipado dos professores e funcionários da escola, de todos os níveis hierárquicos, diante de mudanças. Aliada a isso, a forma impositiva como são implantadas as mudanças também é ressaltada.

---

8. Na verdade, há uma exceção: um delegado de ensino, de outro governo, ressaltou o nome do secretário da Educação de sua época.

Não há referências, em nenhum momento, ao contexto geral do período de cada governo, e há poucos comentários à ação do governo federal – alguns à Lei de Diretrizes e Bases – ou à influência de organismos internacionais nas políticas educacionais. É importante destacar que esta visão, restrita aos governos estaduais, leva à personalização do governo, na figura do governador, além do constante consenso sobre a falta de vontade política para com a Educação[9].

Também não foram feitos comentários ao contexto mundial ou à crise do Estado e suas conseqüências diretas e indiretas para a escola. Algumas falas citam a globalização e as novas demandas do mercado por mão-de-obra mais especializada, ao se referirem à função da escola na sociedade, porém esses comentários não são aprofundados. A municipalização, em algumas falas, aparece como proposta que traz receio, mas nem sempre é vista como parte de mudanças estruturais mais amplas do Estado.

Sobre as políticas educacionais dos governos, as mais lembradas foram: Montoro – Estatuto do Magistério e Ciclo Básico; Quércia – Jornada Única; Fleury – Escola Padrão; e Covas – Reorganização, Classes de Aceleração, Municipalização e a extensão dos ciclos[10].

Do período Franco Montoro (1983-86), a política educacional mais destacada, o Ciclo Básico, foi implantada por decreto. É interessante notar que a grande maioria dos entrevistados que fazem críticas ao Ciclo Básico elogia o governador, e não relaciona a imposição por decreto, ou então justifica essa atitude pela sua boa intenção. No geral, os posicionamentos em relação ao Ciclo Básico são distintos – alguns aprovam as mudanças, outros discordam delas –, mas os comentários giram em torno de três pontos principais,

---

9. Embora a falta de vontade política também seja um fator a ser considerado, ressalte-se que não se deve atribuir unicamente a ela os problemas educacionais.

10. Este último item não será abordado aqui, por ter ocorrido em 1998, após o período abrangido na pesquisa. Basicamente, corresponde à extensão do Ciclo Básico, que passa a englobar da 1ª à 4ª série, e à criação do ciclo que engloba da 5ª à 8ª série.

inter-relacionados: seletividade, construtivismo e autoridade do professor, já abordados no tópico sobre as mudanças. Ainda no governo Montoro, outros grandes destaques são o Estatuto do Magistério e a questão salarial, vistos como marcos positivos na história do magistério no Estado.

No que se refere ao governo Orestes Quércia (1987-90), os dois tipos de comentários mais comuns referem-se à Jornada Única – que expandiu os horários de aula e permitiu que cada docente lecionasse em uma única classe –, e à esperança do magistério de que ele desse continuidade à política salarial do governo anterior, o que não ocorreu. O governo de Luís Antonio Fleury Filho (1991-94) acabou sendo o pior, na avaliação geral. No que se refere a políticas educacionais, a Escola Padrão é a mais citada, ou melhor, praticamente a única – e mesmo assim, com críticas ao seu caráter discriminatório entre as escolas e os professores –, além da má atuação deste governo quanto à questão salarial.

Finalmente, o governo Mário Covas (1995-98), abordado por falas distintas e por vezes opostas, que vão desde o apoio até o descontentamento com suas políticas educacionais que envolvem a reorganização das escolas; a avaliação dos professores; a questão salarial – cujos aumentos são questionados; a expansão do Ciclo Básico; as classes de aceleração; a melhoria das verbas – que passam a ser encaminhadas diretamente às escolas; e a municipalização.

A função da escola e da Educação

Sobre a função da escola, as falas dos diretores, dos delegados de ensino e das professoras se assemelham bastante, basicamente definidas pelo "formar e informar". Desse modo, as questões da formação do cidadão crítico, da transmissão do conhecimento e do auxílio ao seu desenvolvimento, a partir do currículo das disciplinas, se fazem presentes.

Apesar de haver consenso quanto a essa função, a maioria dos entrevistados desses grupos acredita que ela não está sendo alcançada, devido às dificuldades internas e externas à escola. Como exemplo, citam freqüentemente o excesso de atribuições da escola, a sobrecarga que ocorre em detrimento do que é considerado como sua função específica. Nesta perspectiva, a transmissão de conhecimentos e a preparação para a cidadania seriam o essencial, porém muitas vezes esses objetivos são sufocados por uma série de necessidades da clientela mais carente e por problemas da própria estrutura da escola, como a falta de funcionários, além da falta de colaboração dos pais e da sociedade.

Por sua vez, a perspectiva dos pais em relação à função da escola não aparece tão claramente, mas, nas entrelinhas, há críticas no sentido de a escola deixar a desejar na qualidade do ensino do conteúdo; na disciplina dos alunos; na educação, no sentido da convivência social e de boas maneiras, por exemplo.

A expectativa por parte dos pais PCT aparece muito explicitamente, por verem na escola a esperança – talvez a única – de um melhor nível de vida, no futuro, para seus filhos[11]. É interessante ressaltar que, embora este grupo tenha feito algumas críticas – imediatistas, mas importantes para eles – à escola, aos professores e às políticas educacionais, mesmo assim, ele tem a escola como referência importante. Essa expectativa não aparece tão claramente nas falas do grupo de pais PE, que fazem mais referências aos problemas externos que afetam a escola, notadamente quanto aos pais dos alunos mais carentes.

Os perfis e as expectativas dos sujeitos sociais

As imagens que um grupo tem de si e dos demais grupos é uma rica fonte de representações. Uma característica que a maioria dos entrevistados destacou sobre si mesmos

---

11. Retomaremos esta questão posteriormente, mas se deve destacar que esta expectativa contradiz a visão que os demais grupos possuem dos pais mais carentes, vistos como desinteressados pela educação dos filhos.

foi a dedicação, os esforços e sacrifícios feitos, em benefício dos filhos, alunos e escola – conforme o grupo. A grande diferença entre a auto-imagem dos grupos e a imagem que uns têm dos outros está no entendimento de qual seria o papel de cada um na Educação e na escola.

As professoras, em sua maioria, ressaltam o amor e a afetividade que permeiam sua convivência com os alunos, em especial no que se refere aos mais carentes. Apesar de algumas destacarem a necessidade de capacitação docente, a questão da formação e conhecimento é quase que totalmente comentada mediante referências à falta de apoio do governo para reciclagens e à diminuição da autoridade do professor como elementos que dificultam o exercício de sua função de "formar e informar". A sobrecarga de funções extras e ilegítimas – mas que não deixam de cumprir – reforça as dificuldades do trabalho.

Sobre a Secretaria da Educação e sua hierarquia, as críticas se resumem a dois aspectos básicos: a forma como tudo já vem pronto, "de cima", e a distância – leia-se ilegitimidade – entre o que é idealizado nas instâncias superiores e sua aplicação na realidade das escolas. Os diretores são destacados como abertos ao diálogo com os docentes, em um trabalho de grupo – aspecto ressaltado como positivo –, organizando a escola e repassando as diretrizes da Secretaria aos professores. A participação dos pais, por sua vez, é vista como razoável, e há a constatação de que os pais de alunos-problema são ausentes da escola, em oposição à participação – ao menos nas reuniões bimestrais – dos pais dos bons alunos. Por bons alunos entende-se não necessariamente um ideal de inteligência ou aplicação aos estudos, mas simplesmente aqueles que apresentam um mínimo de disciplina e interesse no aprendizado. De maneira geral, há uma sensação de falta de reconhecimento da sociedade e do governo para com a escola e os professores, que se sentem diferenciados.

Os diretores, por sua vez, também destacam a necessidade de atenção – material e afetiva – às crianças mais carentes como uma das funções de seu cargo. Outros encargos de sua função são: atender a todas as necessidades que surjam como dificuldades ou empecilhos para o desenvolvimento do trabalho na escola, desde questões administrativas às mais práticas, como manutenção da infra-estrutura física, cotações de preços e compras; atender pais e fazer visitas a eles, quando ocorre algum problema com o aluno; além de fazer horas extras (conforme o tamanho da escola). Como estão fora da sala de aula, ressaltam mais a descontinuidade política e a pouca autonomia, que afetam diretamente o desenvolvimento de seu trabalho.

O relacionamento interno na escola é considerado democrático, e ressaltam-se a necessidade e o constante esforço de trazer pais e comunidade para participar mais efetivamente na escola; esse esforço resulta, na maioria das vezes, desgastante e pouco frutífero. Portanto, a opinião deles é de que, em sua maioria, os pais e a comunidade são ausentes da escola, não lhe dão o devido valor, não participam, o que é visto como indiferença e desvalorização. Esta situação é destacada como mais grave sobretudo quanto aos pais dos alunos que apresentam problemas de aprendizado ou de disciplina.

Os professores são vistos de diferentes formas: alguns como resistentes a mudanças e melhorias; outros como mais flexíveis, em geral os mais novos; mas a maioria como dedicados e sofridos quanto à carreira. A imagem do bom professor reúne, nesta ótica, características como dedicação, experiência, autoridade na sala de aula e vocação/amor à profissão, sendo que, se também é ressaltada a necessidade de mais cursos e treinamentos, o fator conhecimento não é tão considerado, ele está implicitamente vinculado à experiência do docente.

Os delegados de ensino – um indicado pela Apeoesp, um convidado para o cargo de confiança e um concursado[12] –, segundo a forma como chegaram ao cargo, possuem

---

12. O primeiro, no governo de Franco Montoro; o segundo permaneceu no cargo durante os governos de Orestes Quércia e de Luís Antonio Fleury Filho; e o terceiro, no governo de Mário Covas.

uma visão específica de seu papel, que pode ser generalizado como o do administrador geral da Educação escolar regional, a partir das diretrizes da Secretaria da Educação. Esta definição um tanto óbvia traz em si, porém, as dificuldades da administração, como a distribuição de verbas; a orientação – com o apoio dos supervisores – sobre a implementação das diretrizes, acima referidas, nas escolas, e a criação de meios para isso; e especialmente, por vezes com maior dificuldade, a mediação das diferentes perspectivas dos diretores em relação às diretrizes, ou seja, a mediação entre a Secretaria da Educação e as escolas. Nesse sentido, os diretores, como representantes das unidades escolares na Delegacia de Ensino, ocupam uma função-chave na implementação das políticas educacionais. A oposição ou a aceitação do diretor às referidas políticas terá seus reflexos na escola e na própria reação dos professores.

Por sua vez, os docentes são compreendidos quanto a seu questionamento às condições salariais e de trabalho, mas também se destaca uma natural resistência a mudanças no desempenho de suas funções, notadamente quando a proposta do governo implica mudanças de atitude e de visão da Educação e de seu papel na sociedade, portanto mudanças culturais.

A família e a comunidade são vistas como um tanto quanto acomodadas, em sua maioria – há, evidentemente, exceções –, em relação à escola, esperando dela mais do que o ensino escolar.

Os pais, por sua vez, vêem-se – todos – como bastante participativos, na medida em que entendem que essa participação seria o comparecimento às reuniões bimestrais, às quais afirmam não faltar. Há casos de pais que vão um pouco além disso, indo à escola também em outros dias, para se informar sobre o desempenho e o comportamento dos filhos.

Não há muitos comentários dos pais sobre a direção da escola. São mais freqüentes as referências às professoras, com quem há um contato mais próximo. Elas são vistas, em sua maioria, como boas e atenciosas. Para os pais, uma boa professora é a que reúne as seguintes características: experiência, autoridade para manter a disciplina em sala de aula e atenção para com os alunos. Outra expectativa que aparece claramente nas falas dos dois grupos de pais é a do "amor e dedicação" das professoras aos alunos, o que em geral está ligado às noções de vocação e experiência. Quase não há comentários que evidenciem preocupação quanto à formação dos professores.

Os requisitos acima citados são considerados ideais, diante do perfil dos alunos, considerado problemático pela indisciplina, agressividade e desinteresse. Os pais indicados pela escola (PE) e os do Conselho Tutelar (PCT) concordam quanto às características desejadas como ideais para a professora e quanto aos aspectos negativos dos alunos, embora o grupo PE faça menos críticas que o PCT à atuação das docentes.

Fracasso escolar

Considerando as mudanças, os problemas, os governos e suas políticas educacionais, a função da escola e os perfis até agora apresentados, a partir das falas dos entrevistados, o fracasso escolar acaba por significar o ponto de confluência dos aspectos negativos de todos estes fatores na escola.

Segundo as professoras, se por fracasso escolar entendem-se os altos índices de evasão e de repetência, então ele praticamente já não existe, devido às políticas educacionais implantadas e em vigor. Porém, para elas, o fracasso escolar é entendido como a diminuição da qualidade do ensino, diminuição expressa especialmente pela nova visão e pelos novos critérios de avaliação da aprendizagem. Nessa definição, o perfil do aluno, as condições salariais e de trabalho e a desvalorização do ensino são vistos como agravantes desse fracasso.

Os diretores, no geral, compartilham dessa visão, com variações: alguns acrescentam ao problema o desânimo e a desmotivação dos professores; outros demonstram considerar os problemas, mas apóiam as mudanças, entendendo-as como necessárias; outros, ainda, destacam o fracasso como algo cuja responsabilidade deve ser dividida entre a sociedade, a escola e seus agentes, e o governo. Os delegados de ensino também seguem esta tendência.

Os pais praticamente não se manifestam sobre este tema, mas aproximam-se da visão das professoras quanto à necessidade de maior rigor no ensino e na avaliação, apoiando, em algumas situações, a reprovação dos alunos.

A questão da memória

Apesar dos diferentes graus de percepção das mudanças ocorridas na escola pública no período abordado, é possível identificar aspectos comuns nos discursos de grupos semelhantes. Assim, diretores, professoras e pais de alunos indicados pela escola (PE) possuem muitas convergências em suas falas.

Há que considerar, ao analisar essas semelhanças, que parte delas não são casuais. Como foi destacado anteriormente, os diretores é que indicaram as professoras a serem entrevistadas, bem como parte dos pais (grupo PE). Essa indicação pressupõe uma afinidade:

> A escolha das testemunhas feita pelos responsáveis pela associação é percebida como tanto mais importante quanto a inevitável diversidade dos testemunhos corre sempre o risco de ser percebida como prova da inautenticidade de todos os fatos relatados. Dentro da preocupação com a imagem que a associação passa de si mesma e da história que é sua razão de ser [...] é preciso portanto escolher testemunhas sóbrias e confiáveis aos olhos dos dirigentes. (Pollak, 1989, p. 10.)

Esta afirmação é reforçada pelas significativas diferenças percebidas entre as falas dos grupos acima citados e a fala dos pais PCT (do Conselho Tutelar), com perfil social, econômico e cultural diferente e visões divergentes do consenso entre os demais grupos.

É evidente que nas falas individuais há especificidades. A memória é individual, mas ressalta-se a necessidade de compreendê-la como coletiva e social, construída coletivamente e submetida a reconstruções constantes, dentro de determinado grupo com características em comum[13]. Neste mesmo sentido podem-se considerar o *habitus*, o campo e os capitais simbólico e cultural, por exemplo, que configuram mas não determinam a visão e a ação do sujeito, sendo, porém, suficientes para criar padrões homogeneizantes dentro do grupo[14]. O conceito de representação[15] vem complementar essa compreensão, na medida em que cada indivíduo apresenta sua própria leitura, individual, das situações e do mundo, considerando, ao mesmo tempo, as especificidades e padrões do(s) grupo(s) a que pertence e que podem influenciá-lo.

> Quais são, portanto, os elementos constitutivos da memória, individual ou coletiva? Em primeiro lugar, são os *acontecimentos vividos pessoalmente*. Em segundo lugar, são os acontecimentos que chamaria de *"vividos por tabela"*, ou seja, acontecimentos vividos pelo grupo ou pela coletividade à qual a pessoa se sente pertencer. São acontecimentos dos quais a pessoa nem sempre participou mas que, no imaginário, tomaram tamanho relevo que, no fim das contas, é quase impossível que ela consiga saber se participou ou não. Se formos mais longe, a esses acontecimentos vividos por tabela vêm se juntar todos os eventos que não se situam dentro do espaço-tempo de uma pessoa ou de um grupo. É perfeitamente possível que, por meio da socialização política, ou da socialização histórica, ocorra um *fenômeno de projeção ou de identificação com determinado passado*, tão forte que podemos falar numa memória quase herdada. (Pollak, 1992, p. 201, grifos meus.)

13. Halbwachs (1990).
14. Ver Bourdieu (1988, 1989 e 1996).
15. Chartier (1988).

Bosi (1987) reforça essa percepção, ao afirmar: "quando relatamos nossas mais distantes lembranças, nos referimos, em geral, a fatos que nos foram evocados muitas vezes pelas suas testemunhas" (p. 329). Esse processo de apoderação, de interiorização da memória não é, porém, necessariamente consciente, mas exerce a função de legitimação de suas percepções presentes: "conhecemos a tendência da mente de remodelar toda experiência em categorias nítidas, cheias de sentido e úteis para o presente" (p. 340).

Halbwachs (1990), ao assinalar a questão do material que compõe a memória, considera:

> [...] são as repercussões, e não o acontecimento, que penetram a memória de um povo que as suporta, e somente a partir do momento em que elas o atingem. Pouco importa que os fatos tenham acontecido no mesmo ano, se essa simultaneidade não foi reconhecida pelos contemporâneos. Cada grupo definido localmente tem sua própria memória, e uma representação do tempo que é somente dele. (P. 106.)

Assim, as falas e percepções expostas devem ser analisadas levando em conta o caráter social e coletivo da memória; a forma como ela é construída, reconstruída e articulada; o momento em que ela é expressa; e a grande força das repercussões dos fatos na memória coletiva.

No capítulo seguinte, algumas das principais questões educacionais abordadas até agora serão retomadas e aprofundadas, a fim de que possam ser compreendidas em um contexto mais abrangente.

Capítulo 4 Reflexões sobre questões educacionais

> A incompreensão do presente nasce fatalmente da ignorância do passado. Mas talvez não seja mais útil esforçarmo-nos por compreender o passado, se nada sabemos do presente.
>
> Marc Bloch

A escola pública, espaço de convergência de diferentes sujeitos sociais, é local privilegiado para a análise das relações e percepções destes sujeitos, que são formadas e elaboradas a partir das diversas realidades ou campos específicos de cada grupo, conforme já apresentado.

Neste capítulo serão aprofundados alguns pontos da questão educacional, com base em aspectos mais amplos, sobretudo na contextualização traçada no capítulo 1 e nos discursos e representações destacados nos capítulos 2 e 3.

A fim de evitar a repetição desnecessária das transcrições, a análise será realizada a partir da percepção geral dos grupos. Ressalte-se que alguns dos temas aqui abordados carecem de bibliografia específica para análise mais abrangente, ao passo que outros possuem abundante literatura, com diferentes enfoques. Dessa forma, alguns deles serão mais enfatizados e/ou discutidos que outros, sem que isto signifique maior ou menor relevância no trabalho.

Todos os temas analisados a seguir encontram-se necessariamente relacionados, tanto nos discursos dos entrevistados quanto na problemática da pesquisa. Para sistematizar melhor o trabalho, eles serão divididos, devido à necessidade de aprofundá-los isoladamente, mas sem com isto descontextualizá-los.

Escola, família e fracasso

Na história da Educação no país e no Estado de São Paulo, a função da escola pública foi considerada de diversas formas, conforme visto no capítulo 1: de restrita e elitista até o início do século XX, à sua expansão quantitativa, notadamente a partir da década de 50, com o processo crescente de urbanização e industrialização.

A partir da década de 80, há uma tendência na América Latina, decorrente dos processos de globalização, de descentralização[1] e desconcentração do Estado. Em particular no que se refere à Educação, as mudanças fundamentais ocorrem a fim de atribuir maior responsabilidade local sobre a escola e sua avaliação e sobre seus resultados, entre eles o grande problema do fracasso escolar.

> Devemos ter presente [...] o meio pelo qual se processou essa evolução. A expansão das oportunidades foi feita através de um padrão perverso. Ampliam-se as vagas por meio de arranjos que vão continuar comprometendo a qualidade dos serviços ofertados. Na perspectiva modernizadora, procurou-se otimizar os recursos disponíveis. Isso se traduz, na prática, na redução da jornada escolar, no aumento do número de turnos, na continuidade de classes multisseriadas e unidocentes, no achatamento do salário dos professores, no estímulo à absorção de professores leigos. [...] Por meio de estratégias que não priorizaram investimentos no setor educacional, é possível a expansão da rede pública. [...] A população em idade escolar consegue ingressar na escola. As taxas de escolarização, que em 1960 atingiam 45,4% de crianças e adolescentes, passam a cobrir 85% em 1984. (Azevedo, 1994, pp. 461-2.)

Assim, a expansão quantitativa da escola pública permitiu que as classes populares tivessem acesso a ela, levando consigo necessidades e valores diferentes dos até então ali

---

1. Sobre este assunto, ver Lobo (1990).

atendidos. Paul Singer (1996), abordando a questão da crise do sistema escolar, sintetiza a situação:

> A abertura das portas da escola à massa dos menos afortunados não produziu os efeitos esperados e desejados, ou seja, o encaminhamento daqueles a melhores oportunidades de inserção econômica, política e social. Em vez de a escola elevar os filhos dos marginalizados, foram aparentemente estes que degradaram a escola ao multiplicar as repetências e a evasão, ao introduzir na sala de aula seu cotidiano de violência e alienação. (P. 12.)

Esta percepção permeia a fala dos entrevistados, mesmo daqueles pais que possuem menor capital econômico e cultural[2], sobre o fracasso escolar, relacionando-o em especial ao perfil do aluno – caracterizado como agressivo, indisciplinado e desinteressado – e às famílias desestruturadas, cujos principais problemas seriam a baixa renda, a falta de escolaridade dos pais e o modelo familiar diferente do padrão da classe média.

Nesta problematização, há três elementos principais a serem destacados: 1) a idéia da privação cultural; 2) a representação, presente nos discursos, do modelo ideal de família; e 3) o fracasso escolar.

O conceito de privação cultural surgiu nos EUA, na década de 60, em um período de conflitos raciais e de demanda crescente pelos direitos civis. Esse conceito viria justificar naturalmente uma série de desigualdades, pela idéia da inferioridade racial, que explicava a não-adaptação dos negros aos padrões culturais considerados normais. A inferioridade e o conseqüente fracasso dos negros seriam, então, naturais. Dessa teoria derivaram posteriormente as idéias de cultura de classe baixa e de cultura da pobreza, com uma conotação negativa[3].

---

2. Ao falar do problema dos filhos, alguns pais se questionam, como a mãe que achava que o problema poderia ser a separação dos pais, ou a que relacionava a agressividade do filho ao ambiente familiar violento, pelo fato de o pai ser alcoólatra.

3. Segundo Nicolaci-da-Costa (1987).

O conceito de privação cultural teria sido importado para o Brasil[4], e a partir daí há toda uma justificação dos problemas enfrentados pela escola pública após sua expansão, sobretudo o problema do fracasso escolar. Estes problemas são atribuídos ao contexto cultural e familiar dos alunos. É esta visão que predomina nas entrevistas, com algumas exceções que consideram o problema de uma perspectiva mais ampla e não tão unilateral e simplista.

A principal crítica a esse conceito como justificador do fracasso escolar é que, remetendo a responsabilidade a fatores externos à escola, não há o questionamento da escola em si, de seus problemas internos e de seu objetivo.

Considerando que uma das principais justificativas ideológicas da abertura da escola às classes populares é sua função democratizante, caberia avaliar, diante da concepção predominante acima apresentada, como a escola foi preparada, e tem se preparado, para receber, por exemplo, os filhos de pais que não foram escolarizados. Se a escola não se ajustou a esta tarefa, é porque falhou em um dos seus princípios básicos, e continua, então, a voltar-se para um público que tem os pré-requisitos considerados adequados[5]: família estruturada, recursos culturais – brinquedos, livros, revistas ao alcance da criança –, renda familiar suficiente e pais com bom nível educacional; ou seja, um contexto familiar e cultural que já predispõe o aluno a não ser um fracasso, a partir da representação do ambiente familiar apropriado.

O ideal de família da classe média seria então o oposto daquelas características citadas nas entrevistas, referentes ao

---

4. Nicolaci-da-Costa (1987) destaca como exemplo a publicação do livro *Privação cultural e educação pré-primária* (1973), de Maria Helena de Souza Patto, seguido por outras publicações, até do MEC, como o *Diagnóstico preliminar da educação pré-escolar no Brasil*, publicação do Departamento de Ensino Fundamental do Ministério da Educação e Cultura (1975).

5. Darcy Ribeiro (1998) alertava: "A escola brasileira é hostil ao aluno popular, sobretudo ao negro, que vive na favela. A diretora da escola está convencida de que o fracasso da criança pobre vem da pobreza. O professor não sabe lidar com isso. A escola foi preparada para a classe média, para quem faz o dever de casa. Ou seja, para quem tem casa, cama e mesa. Perto de 80% dos meninos não têm isso." (P. 100.)

fracasso escolar e aos alunos-problema: pais separados; ambiente violento; família muito numerosa; pais ou parentes próximos alcoólatras, presidiários ou envolvidos com drogas; desemprego; má alimentação; carência afetiva e financeira; baixo ou nenhum nível escolar, o que leva à não-valorização da escola e ao desestímulo da criança; famílias reunidas – pais separados que se unem, com seus filhos, a alguém que também vem com filhos de outro relacionamento; e falta de religião. Essa representação do ideal familiar através da enumeração de seu oposto é destacada e questionada[6]:

> Uma afirmativa muito comum na literatura especializada, educacional, psicológica ou sociológica, é [...] que as camadas mais pobres das populações urbanas padecem de uma desorganização familiar acentuada. Segundo este raciocínio, haveria um modelo de organização familiar, com padrões muito claros de comportamento e ordem, e, a partir dele, uma escala, ao longo da qual estariam situadas as formas de desorganização mais ou menos severas. (Mello, 1992, p. 126.)

Neste sentido, o modelo ideal apresentado é o da família nuclear monogâmica, constituída pelos pais e seus filhos; o pai trabalha e sustenta a família e a mãe cuida da casa e dos filhos. Estes, por sua vez, educados neste ambiente, preparam-se para também constituir uma família ideal no futuro. Ou seja, uma família como modelo de relações humanas isentas de conflito.

É preciso ressaltar que este ideal é tomado como padrão, a partir do qual mede-se a realidade, mais ou menos distante dele. Não se consideram, nesta medição, as diferentes realidades em que cada grupo se situa, e que, para grupos com culturas diferentes, pode haver outros padrões, considerados por eles como normais, e que suprem às suas necessidades[7]. Nesse sentido, a desorganização ou a desestru-

---

6. Por exemplo, por Nicolaci-da-Costa (1987), Bruschini & Ridenti (1994).
7. Mello (1992) analisa o exemplo da Vila Helena, um bairro de São Paulo considerado bairro-dormitório. A autora avalia o preconceito desta denominação e como

turação familiar aparecem com uma conotação estigmatizante, que desconsidera o real, avaliando as famílias não como elas são, mas como deveriam ser[8].

Evidentemente, esta é uma tendência inerente ao ser humano, que analisa o mundo com base em seu *habitus*, ou seja, com base em sua própria visão de mundo. Porém, quando a questão envolve aspectos complexos e outras pessoas, com percepções diferentes, sujeitas a um mesmo espaço físico – neste caso, a escola –, faz-se necessário considerar esta diversidade, a fim de que se possa chegar a uma análise mais abrangente da situação, uma vez que não há como negar os conflitos decorrentes desta variedade de entendimentos e expectativas.

Ao retomar um aspecto fundamental nesta discussão, o chamado fracasso escolar, cabe verificar qual a compreensão que se tem deste termo. De acordo com as estatísticas apresentadas pela Secretaria da Educação, ele é basicamente identificado e quantificado pelos índices de repetência e de evasão[9]. Professoras, diretores e delegados de ensino preocupam-se mais com a questão da qualidade, uma vez que os índices de evasão e de repetência estão diminuindo segundo uma série de diretrizes da Secretaria da Educação, iniciadas a partir do Ciclo Básico. Tais diretrizes são vistas pelos entrevistados geralmente como superficiais, apenas maquiando o problema, já que pela concepção que os entre-

---

seus moradores possuem padrões de relacionamento que suprem necessidades diversas de apoio, decorrentes de sua realidade socioeconômica, apesar de esses padrões não serem considerados na literatura especializada.

8. Da Matta (1998) ressalta como o padrão ideal de família, pelo qual se representa a classe média, é equivocado, até mesmo no meio acadêmico, uma vez que nem mesmo ela o atinge, sendo bastante semelhante ao da classe popular: "[os pobres] não são meliantes mentais, como acreditam alguns sociólogos, que atribuem a falta de educação do pobre brasileiro a uma visão de mundo supostamente mais pobre. Eles participam do universo da televisão tanto quanto a classe média – e ninguém vai me convencer de que esta vai além da novela, porque livro ninguém lê". (P. 252.)

9. Há, porém, a avaliação da aprendizagem através do SAEB – Sistema de Avaliação do Ensino Básico (federal) e, no Estado de São Paulo, também através do SARESP – Sistema de Avaliação de Rendimento Escolar. Sobre esse assunto, ver Waiselfisz (1993).

vistados têm de qualidade do ensino, nem todos os alunos que são aprovados deveriam sê-lo. No geral, os pais também questionam a não-repetência, e entendem a reprovação como necessária em muitos casos, mesmo a dos próprios filhos, quando não dominam o conteúdo da série em que se encontram.

Assim, chega-se a duas questões fundamentais para a pesquisa: a da qualidade do ensino e a do fracasso escolar, que estão relacionadas, mas que nos discursos nem sempre aparecem assim.

A qualidade do ensino começou a ser destacada na história da Educação no país paralelamente à expansão da escola pública. Considerando o fator democratizante da abertura, o ensino de boa qualidade seria requisito fundamental para que a escola cumprisse seu papel. Porém a discussão se amplia, sobretudo a partir do momento em que o neoliberalismo ganha força na determinação das diretrizes e ações do governo, que prioriza a avaliação da eficiência e a eficácia do desempenho do setor público na área educacional[10].

Nesta discussão[11], o conceito de qualidade de ensino não é neutro, envolve uma definição teórica da Educação e um posicionamento político-ideológico sobre seus objetivos.

Nos termos acima expostos, a qualidade do ensino poderia ser medida por índices numéricos, segundo o governo: se fossem considerados objetivos como maximizar cada investimento na área educacional, por exemplo, em um primeiro momento o incentivo a mecanismos que dificultem a evasão e a repetência poderia se justificar, com a alegação de que desta forma um maior número de alunos é servido pela escola, e com o maior índice de aprovação desses alunos dentro de alguns anos a rede escolar estaria mais enxuta, sem estar sobrecarregada com alunos repetentes e evadidos, cujas idades não correspondem às da série em que deveriam estar. Evidentemente, esta visão não é aceita pela

---

10. Azevedo (1994).
11. Ver Franco (1994) e Silva (1993).

maioria dos entrevistados, nem se pretende aqui justificá-los, nem às políticas educacionais. Porém é preciso considerar estes fatores, que remetem a prioridades diferentes, muitas vezes implícitas e não compartilhadas por todos os sujeitos envolvidos no processo educacional. Isso dificulta sua implementação nas escolas, ou, mesmo que se dê a instalação destas normas, que sofrem resistência e oposição, elas nem sempre são consideradas legítimas por quem as aplica.

Daí as inúmeras críticas ao Ciclo Básico, visto pela maioria dos entrevistados como um mecanismo de "empurração" dos alunos, não necessariamente vinculado a uma melhoria da qualidade do ensino, pelo contrário: a maioria das falas refere-se a ele como o início da decadência dessa qualidade. Há declarações que o consideram positivo, em especial no que se refere à prática pedagógica proposta, mas são a minoria.

O Ciclo Básico, como eixo que permeia o período abordado nesta pesquisa, não é uma proposta nova no Estado de São Paulo. Em 1968, a Secretaria da Educação reorganizou o ensino primário, dividindo-o em dois níveis: I (1º e 2º anos letivos) e II (3º e 4º). Entre outros aspectos, reconhecia-se que a reprovação muitas vezes "era resultado da 'aplicação inadequada de uma escala numérica formal a situações de aprendizagem, empiricamente não comparáveis', daí porque a avaliação do processo de aprendizagem deveria ter caráter eminentemente pedagógico" (Arelaro, 1988, p. 53).

Teoricamente, esta afirmação é aceita, mas na prática encontra barreiras, uma vez que a avaliação ainda é entendida, mesmo que implicitamente, como instrumento de seletividade, símbolo de poder do professor e do sistema escolar. Essa situação aparece claramente nas entrevistas, pela consciência da perda deste instrumento, ao passo que há a indicação de que os alunos tiveram seus direitos ampliados, sem serem cobrados por seus deveres para com a escola.

Os pressupostos contidos na nova instituição do Ciclo Básico, a partir de 1984, ainda estão distantes da realidade escolar, pois envolvem um novo posicionamento pedagógico da escola e dos professores, o que nem sempre ocorre, seja pelas representações envolvidas, seja por dificuldades estruturais da escola. Por outro lado, caberia ao governo respaldar a idéia, garantindo melhores condições de trabalho e a formação/atualização dos professores, aproximando assim a escola do ideal democrático subentendido na proposta[12].

Nessa perspectiva é que, em vez de tratar do fracasso escolar como limitado a índices de evasão e de repetência, o mais adequado é avaliá-lo como fracasso da escola, ou seja, avaliar as limitações e problemas da instituição escolar e da Educação, enquanto inseridas em um contexto mais amplo. Para isso, deve-se analisar o que se espera da escola e da Educação, qual seu papel perante a sociedade e o contexto político e econômico em que as expectativas se desenvolvem.

Estado: crises e reforma

Considerando o fortalecimento dos mecanismos de centralização do Estado, no Brasil, a partir dos anos 30, e a decorrente estrutura corporativa entre ele e os grupos econômicos; e o desenvolvimento, pelos partidos, de uma relação de dependência com o Estado, estabelece-se a redução das possibilidades de negociações de políticas conjuntas, entre o Estado e a sociedade, e passa a haver um alto grau de autonomia decisória da sociedade. Uma grave contrapartida desta autonomia[13] é a fraqueza do Estado na imposição e implementação de suas políticas, utilizando-se da força, enquanto foi possível, para contorná-la. Isso leva à priorização de medidas tópicas, de alcance imediato e localizado, que pouco contribuíram para fortalecê-lo. Nos últimos anos da ditadura militar, além do período de conturbação

12. Arelaro (1988).
13. Segundo Diniz (1997).

política, há que se considerar os graves problemas econômicos[14], que ampliavam a crise[15] no país.

Adotando-se um critério histórico-ideológico[16], podem-se enumerar cinco posições, seguindo as interpretações dos momentos político-econômicos no Brasil[17]: 1) interpretação da *vocação agrária* ou liberal-oligárquica, característica durante todo o período anterior a 1930, quando passa a sofrer a competição da 2) interpretação *nacional-desenvolvimentista*[18], a partir de Vargas, subdividida em interpretação nacional-burguesa (1930-64) e interpretação da nova dependência (década de 70 – meados dos anos 80); esta entra em conflito com a 3) interpretação *autoritário-modernizante*, típica do período da ditadura militar (1964 – meados dos anos 70); após a grande crise dos anos 80, há a 4) interpretação *neoliberal* (meados dos anos 70 – até o presente) e a 5) interpretação da *crise do Estado* (meados dos anos 80 – até o presente).

Diversos autores reforçam a idéia de que a década de 80 correspondeu a um período de crise do Estado, e do país em particular, e cada um aborda um aspecto da questão:

---

14. Fausto (1996).
15. Porém, nos últimos anos da década de 80, ocorreram mudanças significativas em vários países da América Latina, e não somente no Brasil. Países que estiveram sob regimes ditatoriais nas décadas de 60 e 70 passaram por crises, causadas por fatores internos e externos, que culminaram na transição do sistema político. São exemplos de fatores internos a crise econômica e as agitações políticas; e, de externos, a pressão de instituições internacionais em prol de políticas de estabilização e ajuste, que caracterizariam o debate público em âmbito mundial. Sobre reformas políticas na América Latina na década de 80, ver Williamson (1992).
16. Proposto por Bresser Pereira (1996).
17. Esta classificação permite visualizar diferentes momentos e perspectivas políticas, sendo assim útil para uma visão geral da história. Porém é evidente que não abrange todas as diferentes nuances e alcances destas políticas. Toda classificação, apesar de útil, acaba por reduzir seu objeto.
18. Em concordância, Fiori (1996) afirma: "Estava terminada a 'República Velha' (1889-1930) e se consolidava, entre as elites brasileiras, o apoio a um projeto nacional que teve no Estado o grande organizador da sociedade e da economia do país. Nasceu ali o 'modelo desenvolvimentista' responsável, sobretudo depois de 1950, pela industrialização brasileira." (P. 141.)

Tanto os que a consideraram como conseqüência apenas da crise mundial como os que identificaram suas causas, sobretudo no plano das falhas internas do modelo de desenvolvimento latino-americano, parecem, hoje, concordar que a "causa primeira" teria nascido da convergência perversa de ambos os fatores. [...] Fragilidades concentradas, no caso brasileiro, no padrão de financiamento de sua industrialização, articulado por um Estado gigantesco, mas cronicamente debilitado do ponto de vista fiscal. (Fiori, 1996, p. 130.)

Albuquerque (1996) aponta três crises que se conjugaram nesse período no país: a crise da dívida externa ou de *credibilidade externa*, a crise da superinflação ou de *instabilidade interna*, e a crise de *legitimidade*, que "resulta da nova vulnerabilidade dos Estados a movimentos cada vez mais imprevisíveis de sentimentos, inclinações, estados d'alma gerados e transmitidos extraterritorialmente, decorrentes da transnacionalização" (p. 4).

Analisando a falência do setor público brasileiro, Castor (1994) comenta:

> É impossível estabelecer com exatidão relações de causalidade, pois, na maioria das vezes, produziu-se um efeito circular em que causa e conseqüência se confundem. No entanto, é indiscutível a importância de alguns elementos no processo de deterioração do setor público em nosso país, pelo que vale a pena uma breve rememoração de alguns de tais fatores.
> Em primeiro lugar, *o modelo do Estado-condutor do processo econômico e social se esgotou*. [...] Por seu turno, *inflação crescente e desequilíbrio orçamentário crônico erodiram paulatinamente a capacidade de o Estado prestar serviços*. [...] Somem-se a estes dois fatores, as seqüelas do *clientelismo*, do *corporativismo*, do *populismo* e da *corrupção*. [...] A todos esses fatores deve-se ainda somar a *incapacidade do legislador, dos órgãos de controle público e da burocracia de dotar o Estado de mecanismos de atuação mais ágeis*. (P. 102, grifos do original.)

Diniz (1996), ao tratar das questões referentes à governabilidade e à crise do Estado, propõe uma análise em uma perspectiva integrada, que abrange, além dos aspectos técnicos e administrativos, a dimensão política do processo de governar, uma vez que sua eficiência não se limita à agilidade da tomada de decisões, mas se estende à aceitação destas decisões governamentais por outros elementos políticos e pela sociedade. Para definir este processo, a autora utiliza o termo *governance*[19], que envolve a capacidade estatal de implementação das políticas, para o alcance de objetivos coletivos, ou seja, nas relações entre o governo e a sociedade. Ela alerta que, para que a *governance* se concretize, há a necessidade de que a noção de interesse público seja recuperada, uma vez que "a ação estatal, ao ser dissociada de alguma noção de bem comum e da garantia da preservação de algum grau de responsabilidade pública na tomada de decisões, perde legitimidade" (p. 23).

Nesse sentido, cabe aqui refletir sobre "a construção do público", que trata do processo de formação de cultura e de educação públicas democráticas, que possam assegurar um senso crítico e consciente que leve à universalização de direitos e deveres, à cidadania realmente exercida e, conseqüentemente, à reestruturação do Estado, do serviço público e do sistema político, com base em uma participação efetiva da sociedade civil[20]. Este é um processo lento, sobretudo após um período ditatorial, em que a cidadania e a democracia foram, por muitos anos, relegadas a segundo plano.

Se consideramos que após

> [...] duas décadas de autoritarismo, em dez anos estende-se a cidadania política a todos os brasileiros maiores de dezesseis anos; liberta-se completamente a organização partidária; realizam-se seis eleições completamente livres [...]; promulga-se uma nova Constituição; reorganiza-se o movimento sindical [...]; despolariza-se o panorama político-ideológico e partidário; e, finalmente, se elege e se destitui democrati-

---

19. Ver também Fiori (1995).
20. Wanderley (1996).

camente um presidente da República acusado de corrupção" (Fiori, 1996, p. 140),

será possível compreender a marcha forçada em que ocorreram as transformações políticas no país, sem que, necessariamente, ocorra a conscientização referida acima.

Fiori (1996), ao concluir e reunir os principais elementos destacados até agora quanto à crise no país e do Estado, destaca a herança desenvolvimentista[21], no aspecto econômico, que "refere-se à fragilidade fiscal crônica do Estado e às dificuldades financeiras que sempre confrontaram o setor público e a economia privada durante a industrialização brasileira" (p. 143), e no político, caracterizado como uma influência francamente autoritária – de 1930 a 1985 –, e que

> [...] deixa uma herança de *desorganização política* entre os principais grupos de interesse; de *baixo índice de participação* e controle da população sobre o exercício da autoridade pública em todos os níveis; de *baixo grau de institucionalização* e de *escassíssima experiência e flexibilidade,* sobretudo das elites, para a aceitação dos conflitos e o exercício da convivência política entre os 24 estados que compõem a federação brasileira. Isso dá uma dimensão aproximada do que tem sido o *desafio da construção das condições democráticas de governabilidade,* simultaneamente à administração da crise econômica, e o esboço coletivo do horizonte final dessa nova ruptura-transição pelo Brasil. (P. 147, grifos meus.)

A partir da contextualização exposta no capítulo 1 e da análise da(s) crise(s) e reforma do Estado apresentada acima é que devem ser considerados os discursos e as repre-

---

21. Sallum Jr. (1996), em concordância, afirma: "Meu argumento central aqui é de que a crise do regime militar e a conseqüente democratização política do país tiveram na crise do Estado desenvolvimentista uma fonte crucial de impulsão. Ela contribui decisivamente para o fim do regime autoritário mas estende-se além dele. Na verdade, aprofunda-se depois e até hoje não foi superada. É a crise do Estado que está na raiz da instabilidade econômica dos anos 80 e 90 e que explica as dificuldades do Brasil em fixar-se num regime político estável." (P. 63.)

sentações dos entrevistados, bem como suas expectativas em relação à Educação, conforme será visto a seguir.

Educação: crise e expectativas

Desde o início dos anos 80, no contexto de crise do Estado e de questionamento de seu papel, a Educação também vem sendo discutida, em um esforço para recolocá-la no centro das preocupações das políticas públicas.

Sobretudo a partir da recessão de 1981-83, houve uma crise do sistema de bem-estar social do Estado – envolvendo as áreas da saúde, educação e previdência – paralelamente a um aumento brutal do desemprego e da conseqüente maior procura por estes serviços. Porém, ao mesmo tempo, ocorreram cortes sucessivos de verbas para estas atividades, o que resultou no arrocho salarial de seus funcionários e na degradação gradual de sua infra-estrutura[22].

Nesse sentido, pode-se dizer que o maior questionamento quanto ao papel da Educação se deve às novas demandas feitas pela sociedade ao ensino, geradas pelos avanços tecnológicos, pelo processo de mundialização da economia, pelos novos padrões de organização do trabalho e pela busca por uma melhor qualidade de vida[23]. Além disso, é indiscutível que há uma consciência geral das deficiências do sistema educacional do país, em especial no que se refere ao ensino fundamental, no qual

> [...] deságuam os problemas do curso secundário – que forma os professores de 1.ª a 4.ª série – e da universidade, responsável não apenas pela produção dos docentes de 5.ª a 8.ª série, mas também por pesquisas que subsidiem as políticas públicas para aquele setor. (Silva & Davis, 1992, p. 28.)

---

22. Singer (1996).
23. Silva (1993).

De certa forma, porém, os questionamentos acabam por se refletir na Constituição de 1988 e na nova Lei de Diretrizes e Bases (1996), que apresentam redações semelhantes quanto aos objetivos da Educação: pleno desenvolvimento da pessoa, seu preparo para o exercício da cidadania e sua qualificação para o trabalho[24], abrangendo, pelo menos teoricamente, as novas demandas sociais.

Quanto ao ensino fundamental, além do problema da formação dos professores, que envolve os demais níveis de ensino conforme a citação acima, outras questões estruturais, que possuem raízes históricas, se refletem como problemas a serem enfrentados: a distribuição dos recursos financeiros, que prioriza o ensino superior; o currículo; a infra-estrutura das escolas[25]; a questão salarial; a formação e atualização dos docentes; entre outros.

> Em palavras, poucos países do mundo ostentam um clamor e indignação tão veementes. Quem precisaria ainda ser convencido de que a educação é a base de tudo? De que sem um ensino básico de qualidade jamais alcançaremos os objetivos de acelerar o crescimento econômico, estender a cidadania e reduzir a desigualdade no Brasil? Quem não está cansado de saber que a deficiência na formação de capital humano prejudica seriamente as nossas perspectivas no processo de globalização? Na prática, porém, o que acontece? (Fonseca, 1997, p. 28.)

Se há este reconhecimento dos problemas que envolvem a questão educacional e da importância da Educação para o desenvolvimento cultural, social, político e econômico do país, há também o questionamento quanto às ações efetivas nessa área, ou seja, quanto à coerência entre o dis-

---

24. Ver Constituição – Art. 205; LDB – Art. 2º. A única diferença é que a Constituição usa o termo "pessoa", e a LDB, "educando".

25. No Estado de São Paulo, a infra-estrutura quanto a material didático-pedagógico, audiovisuais e verbas para a escola melhorou, mas ainda restam problemas como salas de aula superlotadas e falta de funcionários, por exemplo.

curso e a prática política. Esta é uma questão complexa, por envolver diferentes perspectivas, interesses e propostas para o encaminhamento de soluções para os problemas educacionais do país. Além das divergências ideológicas e partidárias, outros fatores que dificultam a análise e resolução dos problemas educacionais são as desigualdades sociais, econômicas e culturais, históricas no país, e o processo de crise e reforma do Estado.

Contudo, apesar das dificuldades, é possível identificar uma ascensão da Educação básica ao topo das prioridades, sobretudo em três sentidos:

> Primeiro, como requisito mínimo de decência social, visto que o mundo contemporâneo reserva à pessoa educacionalmente carente uma situação de pátria quem sabe até mais cruel que aquela da antiguidade. [...]
> Segundo, a educação básica de boa qualidade é cada vez mais vista como condição indispensável ao desenvolvimento econômico [...].
> Terceiro, e mais importante, há uma consciência crescente de que a educação básica de boa qualidade é um dos poucos atalhos disponíveis e a condição *sine qua non* para a redução das desigualdades sociais. (Lamounier, 1997, p. 41.)

Com base nestes elementos, podem-se destacar quatro aspectos básicos da questão educacional: *o aspecto quantitativo*, que envolve o atendimento à demanda por vagas e a questão da evasão e da repetência, e que de alguma forma vem sendo numericamente resolvido; *o aspecto qualitativo*, a partir da realidade de que o problema abrange questões internas à escola, como a formação e atualização dos professores, salários, currículo e infra-estrutura, além dos fatores externos, que precisam ser considerados, como diferenças sociais, econômicas e culturais, e que conseqüentemente trazem expectativas e necessidades diferentes em relação à escola; *a vinculação entre a Educação e a realidade socioeconômica* da população, quanto à distribuição da renda e à redução das distâncias sociais; e, evidentemente, a *educação para a cidadania*, com a qual os aspectos anteriores se fortaleceriam e seriam assegurados para o futuro. Não há como abordar a questão educacional sem considerar estes quatro elementos, que interagem e perpetuam o problema, se em algum momento não houver uma política única que contemple todos eles.

Porém, como já foi ressaltado anteriormente, a situação é complexa e exige uma mobilização política para ser alterada, mas somente esta mobilização não a resolverá. É preciso que, em algum momento, esta vontade política, a população e os agentes das escolas se unam efetivamente, se dispondo a este esforço conjunto. Este envolvimento geral é complicado e dificultado pelas diferentes visões que cada um tem do problema, conforme seus interesses, necessidades e *habitus* que dirigem sua ação. Uma proposta única é difícil, uma vez que um consenso diante da complexidade é pouco provável. Mas uma proposta transparente e participativa possivelmente amenizasse os conflitos, uma vez que todos têm consciência, a seu modo, dos problemas que envolvem a questão educacional.

Esta dificuldade traz à discussão um outro aspecto da questão: o da legitimidade do Estado para determinar as diretrizes educacionais, legitimidade conferida (ou não) pelos sujeitos sociais que atuam diretamente na escola. É o que será discutido a seguir.

Legitimidade e legalidade

Se há um consenso quanto aos graves problemas que envolvem a escola pública em sua essência, as visões sobre cada questão e suas possíveis soluções divergem bastante, sempre conforme a realidade, as necessidades e os interesses de quem a analisa.

Diante dos pressupostos teóricos expostos na Introdução deste trabalho, considera-se que o espaço social em que se constitui a escola abrange diferentes percepções, a partir da inserção dos sujeitos neste espaço. O Estado, por sua vez, orienta e regula o funcionamento da escola valendo-se de diversos mecanismos, que refletem a visão daqueles que o compõem em dado momento.

A aceitação ou as reações dos indivíduos às normas colocadas pelo Estado variam em infinitas gradações e entendimentos, particulares de cada um, mas que se fundem geralmente em um senso comum, mais ou menos homogêneo, em determinados grupos. O senso comum reflete o que o grupo considera legítimo, expondo menos os indivíduos.

A fim de esclarecer o assunto deste tópico, faz-se necessário definir os principais termos utilizados:

> [...] podemos definir Legitimidade como sendo um atributo do Estado, que consiste na presença, em uma parcela significativa da população, de um grau de consenso capaz de assegurar a obediência sem a necessidade de recorrer ao uso da força, a não ser em casos esporádicos. É por esta razão que todo poder busca alcançar consenso, de maneira que seja reconhecido como legítimo, transformando a obediência em adesão. (Levi, 1995, p. 675.)

Dessa forma, legitimidade não pode ser confundida com legalidade, que é, segundo Bobbio (1995), o princípio "pelo qual todos os organismos do Estado, isto é, todos os organismos que exercem poder público, devem atuar no âmbito das leis" (p. 674).

Quanto à problemática específica desta pesquisa, na relação entre o Estado e os agentes que atuam na escola há um contraste entre a legalidade e o nível de legitimidade presente no espaço social da unidade escolar, na visão daqueles que a constituem como sujeitos.

Conforme mencionado anteriormente, as diferentes visões que os sujeitos possuem acerca da escola e seus problemas, apesar de muitas vezes parecerem opostas, não são necessariamente antagônicas. Apenas constituem aspectos diferentes, vistos por ângulos distintos.

Retomando a questão da legitimidade do Estado, há um questionamento mundial quanto ao seu papel. No Brasil, o quadro de crise econômica e política, notadamente a partir da década de 80, aprofunda a múltipla crise e traz à tona esta discussão, que se estende até os dias de hoje. A questão da legitimidade do Estado confunde-se, neste âmbito, com o questionamento da política de bem-estar e do atendimento que o Estado proporciona à população, em especial quanto à saúde, previdência e Educação.

Além do questionamento das funções do Estado como um todo, ocorre a personificação do governo. Mais ainda: personaliza-se o governo na pessoa daquele que o lidera.

> [No] Estado moderno, isto acontece quando as instituições públicas se encontram em crise e os únicos fundamentos da Legitimidade do poder são a superioridade, o prestígio e as qualidades pessoais de quem se encontra no vértice da hierarquia do Estado. (Levi, 1995, p. 676.)

Esta personalização do poder no governo aparece muito claramente nos discursos dos entrevistados, com um forte teor maniqueísta e por meio de comparações com o governo anterior e com o posterior ao comentado. Porém atêm-se ao governo estadual, não havendo referências à contextualização do país no período ou às diretrizes do governo federal em relação à Educação.

Retomando a questão da legalidade e legitimidade do Estado na escola, e no que se refere ao governo estadual, verifica-se uma contestação das diretrizes ou normas orientadoras, na forma da legislação, quanto ao modo como são estabelecidas, ao seu conteúdo e à descontinuidade de políticas educacionais a cada governo. Estes três fatores constituem os principais elementos da contestação da legitimidade das ações governamentais, seja no que se refere à forma "imposta", sem consulta aos professores; seja quanto ao conteúdo, que por vezes restringe a autonomia da escola; seja nas contínuas mudanças que ocorrem a cada novo governo, o que acaba por gerar uma descrença generalizada.

Esta contestação corresponde, em certo grau, a uma "atitude de revolta",

> [que] se limita à simples negação, à rejeição abstrata da realidade social, sem determinar historicamente a própria negação e a própria rejeição. Conseqüentemente, não consegue captar o movimento histórico da sociedade, nem perceber objetivos concretos de luta, e acaba aprisionando-se numa realidade que não consegue alterar. (Levi, 1995, p. 677.)

Este sentimento de inconformação com a realidade, aliado ao de "mãos atadas", permeia as entrevistas das professoras e diretores[26]. No que se refere aos pais, a maioria não faz claros questionamentos sobre tais diretrizes, detectando apenas problemas isolados e mais evidentes.

Outro aspecto que exprime o questionamento das diretrizes da escola é a indicação de "elementos políticos" como principal fator de influência nas políticas educacionais. Isto é encarado com uma conotação negativa, muitas vezes eleitoreira, sem significar necessariamente um comprometimento político com a melhoria da Educação.

Diante desse quadro, as representações surgem como legitimadoras do discurso e das ações dos sujeitos. Neste processo, a memória sofre a seletividade, conforme as necessidades e a realidade presente e as noções compartilhadas pelo grupo social, surgindo daí a memória e as representações coletivas[27].

> [...] para se adaptar à dura realidade de sua condição social, a pessoa comum sente-se impulsionada a idealizar sua passividade e seus sacrifícios em nome de princípios absolutos capazes de fornecer realidade ao desejo e verdade à esperança. (Levi, 1995, p. 678.)

26. As professoras destacam mais este sentimento de impotência diante dos problemas. Os diretores, devido à especificidade de sua própria função, apresentam em seu discurso uma característica de maior autonomia, apesar das limitações à sua ação.

27. Barros (1989).

Esta situação aparece muito claramente nas freqüentes menções, presentes nas entrevistas, à decadência da carreira de professor, remetendo-se a um passado melhor, tanto na questão salarial quanto no prestígio e no respeito da sociedade a essa profissão. Porém, essa mesma linha de discurso pode ser identificada, por exemplo, no trabalho de Luiz Pereira[28], publicado em 1963, em que o autor aborda diversos aspectos do magistério primário paulista, como: profissão feminina, formação, carreira e motivações para a escolha do magistério. Ao analisar o prestígio dessa profissão, em comparação a outras mais destacadas socialmente, o autor ressalta o caráter ideológico deste discurso.

> [...] ao reclamarem prestígio igual ao do padre, do médico e do advogado: "o magistério primário é um sacerdócio"; "o professor primário é um médico de almas em formação"; "o professor é um advogado quando defende as crianças do meio ambiente pernicioso"; etc. Tais componentes ideológicos de conteúdo paternalista, no plano das suas funções sociais manifestas servem como *elemento de defesa do nível de vida e do grau de prestígio do professor primário*; de modo latente, porém, desencadeiam compensações que opõem os professores à degradação econômica e social da ocupação. E são incoerentes com a sociedade de classes em formação, porque não fundam a reivindicação por salário e por prestígio em requisitos propriamente profissionais.
>
> Suportam as mesmas interpretações as referências freqüentes dos professores ao passado do magistério primário, a uma espécie de *"idade de ouro"*, quando "o professor primário tinha o mesmo valor e a mesma retribuição monetária do promotor e do delegado de polícia". Têm o mesmo teor as avaliações do salário percebido, julgado, quando muito, para a mulher auxiliar a família, mas insatisfatório "para um homem dar à família uma vida digna". Nesse contexto de análise, muito significativa é, portanto, a ligação estabelecida por quase todos os professores primários entre *remunera-*

---

28. O referido trabalho é sua tese de doutorado em sociologia, defendida na USP em 1961.

ção salarial e prestígio ocupacional que recebem: "Nossa carreira acha-se comparada à remuneração de outra cujo tempo de estudo foi muito inferior à nossa. Os professores, verdadeiros missionários da instrução, deveriam ocupar o primeiro lugar dentre todas as outras profissões. [...] Governo e povo não dão ao professor o que ele merece: *prestígio* e *remuneração* de acordo com sua nobre missão. Eles ainda não compreenderam o relevante papel que desempenhamos na formação da juventude e da coletividade." (1963, pp. 206-7, grifos meus.)

Nesta longa transcrição, é possível identificar diversos aspectos em comum com o discurso presente ainda hoje nas escolas, como por exemplo:

1) A defesa do prestígio da profissão a partir da representação do magistério como missão salvadora, e da escola como o local adequado para resgatar as crianças de ambientes que não sejam apropriados ao seu desenvolvimento e ao de seus valores. Vai nesse sentido a idéia, na época ainda não desenvolvida mas já presente, do ambiente familiar desfavorável e da "falta de cultura" das crianças de classes populares, que começavam a ingressar na escola de maneira mais intensa. De certa forma, a noção de privação cultural já estava presente neste discurso, e, quando a teoria foi importada, veio respaldar uma opinião já formada e fortalecida como justificativa para a degradação da escola: culturalmente desprovida dos valores ideais e de conhecimento, a classe popular que então nela ingressava não tinha os requisitos básicos para compreender e valorizar a função docente, sendo necessário esclarecê-la sobre a importância do professor para a Educação.

2) Luiz Pereira identifica uma falha no discurso de defesa da remuneração e do prestígio do magistério, talvez não percebida pelos professores, mas bastante clara, quando não encontram apoio na sociedade e no governo quanto à sua missão: os argumentos não são baseados em requisitos profissionais, mas sentimentais. Mais uma vez, as dife-

rentes percepções em um mesmo espaço social dificultam o entendimento entre os interessados, o que pode ser percebido ainda hoje.

3) Quanto à referência a um passado ideal, muito melhor, foi visto que ela já estava presente na década de 60, quando a expansão quantitativa da rede escolar levou a uma degradação salarial e de infra-estrutura; à contratação de professores com baixa qualificação, a fim de suprir a demanda, o que populariza também a profissão; à entrada, na escola, de alunos de classes populares, com expectativas, necessidades e valores diferentes dos ali presentes até então; e, ao popularizar a escola e o magistério, ambos perdem um pouco da sua aura de ideal distante e tornam-se mais acessíveis à realidade popular e às suas críticas. Conseqüentemente, a relação entre salário e prestígio social, presente até então, também sofre rebaixamento.

4) A propósito do tempo de estudo e da correspondente remuneração, a comparação com outras profissões consideradas inferiores, por exigirem menor tempo de estudo, demonstra a indignação diante da queda de prestígio.

As semelhanças de discurso são muitas, apesar de quase quatro décadas de distância e das grandes diferenças sociais, econômicas e políticas que formam o campo em que os relatos foram colhidos.

A fim de ressaltar mais uma vez a analogia desses discursos (dos dois períodos), cabe aqui mais um exemplo, também citado por Luiz Pereira:

> "Longe vai o tempo em que o professor, ou melhor, aquêle que ensinava, era chamado – Mestre! Em nossos dias, o nome Professor é tão comum, tão familiar, que já nem merece aquêle respeito, aquêle prestígio, que tanto o destacava". Ao que a redação da revista acrescentou: "[...] Há quarenta anos atrás o nível de vida do professor (primário) era igual ao do promotor e do delegado de polícia. Hoje é, infelizmente, pouco acima dos empregados braçais humildes. Custa a crer que moços de algum valor ainda ingressem numa carreira que só lhes trará decepções, amarguras e miséria dis-

farçada, a pior delas." (*Revista do Magistério*, 1959, citado por Pereira, 1963, p. 208[29].)

Note-se que esta citação refere-se a uma situação ideal, existente quarenta anos antes de ela ter sido escrita, ou seja, o início da década de 20, quando a Educação no país era ainda destinada a uma minoria da população e começava a ser muito lentamente expandida. Esse discurso, ao que parece, foi passado de geração a geração, repetido e utilizado como ilustração e argumento para a reivindicação de melhores salários e de reconhecimento. Percebe-se uma mitificação, na qual um passado distante aparece sempre como muito melhor do que o presente, relativizando os problemas que havia naquela época. É a seletividade da memória coletiva, remetendo-se ao passado e recortando-o ou retificando-o, construindo uma situação ideal, dissociada de sua contextualização e limites, e utilizando-o como justificativa e como legitimador das atuais reivindicações.

Não se pretende negar que, paralelamente à expansão quantitativa da rede de ensino público do Estado, houve mudanças estruturais, qualitativas e culturais na escola, em sua clientela e na profissão do magistério. A análise pode ser ampliada para a própria sociedade: houve mudanças na família e na realidade socioeconômica do país, entre outras, e elas necessariamente se refletem na escola.

O que se pretende ressaltar é como um tipo de discurso utilizado durante décadas pode parecer totalmente legítimo para seus emissores, considerando-se as especificidades e necessidades deste grupo e de grupos que se aproximam de seu perfil, sem serem necessariamente profissionais da área, e, ao mesmo tempo, como ele pode não parecer convincente para outros grupos de outras realidades, como por exemplo, nesta pesquisa, o grupo de pais PCT com uma condição social, econômica e cultural diferente da dos dire-

---

29. Esta citação foi retirada, pelo autor, de: *Revista do Magistério (Curso Primário)*, julho de 1959, pp. 16-7.

tores, delegados, professoras e pais PE. Também pode ser considerado retrógrado ou limitado, e ser duramente criticado, por outros sujeitos que não compartilham de sua experiência e visão de mundo, por exemplo os originários de meios acadêmicos, ou mesmo os responsáveis pela elaboração da legislação que regula e orienta o funcionamento da escola pública[30].

Com base nos vários elementos expostos neste capítulo acerca da escola pública e das diversas visões e percepções de seus problemas e de sua legitimidade – sem evidentemente ter a pretensão de esgotar o assunto – é que se faz necessário destacar como a função social da escola foi considerada na história do país.

Paradigmas educacionais e a função social da escola

Ao avaliar a escola pública e sua história[31] quanto às políticas educacionais, podem-se identificar alguns paradigmas que direcionaram os rumos da questão no país em diversos momentos.

O primeiro deles ocorre em especial no final da década de 20 e início da década de 30. Nesse momento a Educação é vista como essencial para a construção da democracia e para o desenvolvimento do país. Surge neste período o movimento do otimismo pedagógico e da escola nova, com destaque para as idéias de Anísio Teixeira, Fernando Azevedo e Lourenço Filho, por exemplo.

A década de 60, mais simbolicamente a partir de 1964, marca a introdução de um terceiro elemento, que é acrescido à função social da Educação: à democracia e ao desenvolvimento, alia-se a questão da segurança nacional, e a

---

30. De certa forma, há a constatação, por parte dos profissionais da escola, desse distanciamento das visões expressa nas críticas àqueles que formulam as diretrizes, no topo da Secretaria da Educação, considerando que estes não têm a experiência, não estão na sala de aula para saberem das reais necessidades da escola.
31. Sobre este assunto, ver também Ghiraldelli (1990) e Werebe (1970 e 1997).

partir de então os dois primeiros devem efetivar-se de forma que garantam a ordem e a estabilidade das instituições tradicionais.

Com base nessa perspectiva, surgem duas visões diferentes quanto à Educação: a abordagem oficial, ligada à ótica do capital humano, mais economicista, e a abordagem mais crítica, que passa a denunciar o "caráter seletivo e excludente, mas principalmente o caráter reprodutor, autoritário e dominador das ações educativas" (Mello, 1985, p. 27).

Em meados da década de 70, ocorre nova mudança de rumo, com o entendimento da Educação com base em seu potencial transformador, voltando-se a pesquisa para a compreensão do funcionamento interno da escola e do sistema de ensino.

A partir da década de 80, segundo Mello (1985), a discussão educacional volta-se para a

> [...] mudança do sistema de ensino naquilo que ele tem de seletivo, dando uma tônica bastante acentuada à questão de acesso e de permanência dentro desse mesmo sistema de ensino como um dos caminhos privilegiados através do qual a escola poderia cumprir aquele potencial político que por hipótese ela teria. Decorre naturalmente desta tônica uma revalorização da educação escolar e nela, do ensino básico de 1.º grau. (P. 27.)

Valendo-se dessa breve síntese dos paradigmas que deram o tom da discussão e das políticas educacionais no país até a década de 80, com as mudanças políticas que ocorrem e um contexto de questionamento do Estado sob diversos aspectos, é que devem ser considerados os problemas da Educação, já destacados no decorrer deste trabalho.

Ressalte-se que muitos dos questionamentos feitos ao Estado e à Educação não são exclusivos ao Brasil, e nem os problemas existentes na escola pública se restringem a países em desenvolvimento. Singer (1996) destaca que os problemas, tanto de infra-estrutura quanto de qualidade da escola, ocorrem também nos Estados Unidos, Argentina, Uruguai e Chile. Por exemplo: Gary Becker[32], um dos ganhadores do Prêmio Nobel de Economia, vem despertando debate nos Estados Unidos, ao indicar as deficiências do sistema escolar daquele país; Caixeta (1997a) indica como os jovens de países asiáticos, como Cingapura e Coréia do Norte, "vêm esmagando alemães, ingleses e americanos nos seguidos testes internacionais de matemática e ciências aplicadas para alunos de 13 anos de idade" (p. 12). Como exemplo, o autor cita a 1ª colocação da Coréia nas provas de ciências, contra a 28ª e a 17ª dos Estados Unidos, em dois testes.

Qual o fator que levou um país como a Coréia – que em 1953 era um país devastado pela guerra, após 25 anos de dominação japonesa, com um índice de analfabetismo em torno de 87% e renda *per capita* mal chegando a US$ 100,00 – a superar esta situação, possuindo em 1996 uma renda *per capita* de US$ 8.220,00 e uma taxa de analfabetismo de 2%? A principal característica destacada pelo autor é a ênfase dada ao ensino fundamental do país. Dentre algumas especificidades de seu sistema de ensino, a Coréia investe apenas 10% dos recursos destinados à Educação nas universidades, e os 90% restantes no ensino básico. Após quatro décadas de priorização desse nível de ensino, a disseminação da Educação foi decisiva para que houvesse uma maior mobilidade e igualdade social, além de contar com uma mão-de-obra com um bom nível de preparo.

Evidentemente, não se pretende aqui fazer uma ode à Coréia, uma vez que ela também possui características, problemas e limitações específicos, nem se cogita propor a transposição de seu sistema de ensino para o Brasil, que também possui suas especificidades. A ilustração anterior tem como objetivo simplesmente ressaltar como a definição da função social da Educação e suas prioridades, aliada a um investimento político e econômico e à participação da sociedade, pode não somente melhorar o ensino, mas também

---

32. Entrevistado por Caixeta (1997b).

proporcionar condições de vida e de cidadania mais favoráveis ao desenvolvimento do indivíduo.

Nesse sentido, a socióloga Aspásia Camargo, ao avaliar o desenvolvimento do país e a influência neoliberal, destaca um aspecto fundamental que precisa ser considerado:

> Todos os países do mundo têm um compromisso com a sua história, e os modelos, no fundo, têm uma permanência no tempo, mesmo quando mudam as direções principais do seu processo de desenvolvimento e, até mesmo, na sua política. Na verdade, o maior desafio que o Brasil tem pela frente é o da *maturidade*: como olhar para o seu passado com orgulho mas, também, com grande *sentido crítico* e fazer os *reajustes importantes e necessários* agora. (1997, p. 24, grifos meus.)

Assim, não há como abordar os problemas atuais sem considerar seu histórico, mas também há que considerar o que houve de positivo, se não em mudanças concretas e melhoras sociais plenamente satisfatórias, ao menos quanto à experiência, que, se transformada em maturidade, pode significar um grande avanço no desenvolvimento do país, em diversos aspectos, em especial no sociopolítico.

Especificamente quanto à escola, seus problemas já foram exaustivamente considerados, ressaltados, indicados e discutidos. Cabe, então, avaliar ao menos a maturidade que esse questionamento pôde ou pode proporcionar, a partir do contexto e das particularidades de cada período e de cada grupo relacionado, direta ou indiretamente, à questão educacional, não se limitando espacialmente ao país, mas considerando mesmo o contexto global.

Por exemplo, e necessariamente, deve-se inserir na discussão o processo de globalização, do qual o Brasil faz parte. Octávio Ianni (1992) destaca como esse processo envolve mudanças na natureza e nos sistemas dos Estados, que passam a ser internacionalizados em suas estruturas internas e funções, modificando suas prioridades, basicamente ressaltando a questão econômica.

Mais do que nunca, as desigualdades sociais, econômicas, políticas e culturais estão lançadas em escala mundial. O mesmo processo de globalização, com o que se desenvolve a interdependência, a integração e a dinamização das sociedades nacionais, produz desigualdades, tensões e antagonismos. O mesmo processo de globalização, que debilita o Estado-Nação, ou redefine as condições de sua soberania, provoca o desenvolvimento de diversidades, desigualdades e contradições, em escala nacional e mundial. (P. 50.)

Assim, globalizam-se perspectivas e dilemas sociais, políticos, econômicos e culturais. Sobre a Educação como meio para a cidadania e oportunidades de trabalho, ela passa a ser, mais do que nunca, condição fundamental para que o indivíduo esteja realmente inserido na sociedade.

Ianni ressalta como a cidadania ainda está presente, no mundo, apenas como um esboço, um ideal, e refere-se à Declaração Universal dos Direitos do Homem, promulgada pela ONU – Organização das Nações Unidas, em 1948, como uma declaração importante, mas de intenções. A autoconsciência, condição básica para que o indivíduo exerça sua cidadania, apresenta possibilidades precárias e limitadas de desenvolvimento no processo de globalização. "Poucos são os que dispõem de condições para se informarem e posicionarem diante dos acontecimentos mundiais, tendo em conta suas implicações locais, regionais, nacionais e continentais" (p. 114).

Desse modo, o papel da Educação ultrapassa o ensinar a ler e escrever. Diante das novas necessidades da sociedade de mercado e das novas necessidades tecnológicas, a Educação tem como um de seus papéis ser requisito básico fundamental para a inserção do indivíduo no mercado de trabalho, e para que o país se modernize e desenvolva. Destaque-se, quanto a isso, o conceito de analfabetismo tecnológico: se já há sérios problemas de desemprego por desqualificação, pela falta do ler e escrever, esse novo conceito amplia a seriedade da questão, por envolver a falta de conhecimento e de habilidades, até motoras, para lidar com as novas tecnologias[33]. Desta forma,

> [...] o ponto central do sistema educacional é aprender a aprender. Não se pode mais esperar que a escola ensine tudo o que o cidadão precisa. Ele tem que entender que o mundo é cambiante e que ele vai sair da escola, voltar algumas vezes, mas para não ficar obsoleto como cidadão e como profissional, precisa ter aprendido a aprender. Eu vou mais além: *aprender a aprender a fazer*. (Longo, 1998, p. 257, grifos meus.)

Assim, desenvolvimento das potencialidades do indivíduo, cidadania e qualificação para o trabalho passam a sintetizar o paradigma educacional da década de 90 e da virada do século, não podendo ser dissociado da necessária qualidade do ensino, a fim de que se caminhe para a concretização destes ideais.

A Educação e a escola: do macro ao microcontexto

A partir dos elementos expostos neste trabalho, procurando abranger diferentes níveis e aspectos da discussão sobre a Educação, desde o macrocontexto – crise do Estado, globalização, influência das agências internacionais – até o micro – como as falas dos sujeitos sociais ligados à escola –, é que será feito, a seguir, o esforço de síntese deste conjunto de fatores, indo do aspecto mais abrangente ao mais específico e local, sempre com o foco na problemática educacional.

Iniciando a síntese pelo macrocontexto, têm-se a globalização, processo este que interliga o mundo e seus problemas, muitas vezes ampliando desigualdades e conflitos, e que passa a exigir um melhor nível educacional da população. O aspecto econômico exerce um papel predominante no processo e não é possível não considerar a Educação como elemento fundamental à preparação do indivíduo para

---

33. Sobre este assunto, ver Mônaco (1998).

ingressar neste mercado como também para compreender seu papel nesta sociedade. Considerando ainda que ela é um dos fatores que pode permitir mobilidade social, consciência social e melhor distribuição de renda, a Educação é um elemento-chave para o desenvolvimento do indivíduo e do país, mas não se deve esperar que somente ela promova este desenvolvimento. Essa afirmativa não se pretende uma visão economicista da Educação, mas simplesmente uma visão pragmática.

A globalização acaba por gerar uma série de mudanças no panorama mundial, em especial no que se refere à idéia de nação e de Estado, e de seu papel na sociedade. A crise do Estado traz à tona uma série de questionamentos, principalmente quanto à eficiência do Estado em dirigir a nação, sobretudo economicamente. Conforme abordado anteriormente, é um período no qual desembocam múltiplas crises: política, econômica, fiscal, de legitimidade, enfim, do Estado. A designação "crise do Estado" é um rótulo que abrange várias leituras possíveis, as quais possuem três argumentos comuns:

> 1) não se questiona a capacidade brasileira de integrar-se às perspectivas futuras do capitalismo, independentemente de quão divergentes sejam as estratégias de integração;
> 2) apesar de razões não consensuais, é unânime a conclusão de que o aparelho público nacional requer reformulações que permitam fazer frente ao novo arranjo geopolítico mundial e às mudanças em curso no sistema financeiro e produtivo;
> 3) a relação Estado e sociedade (incluindo-se aí a esfera econômica) nos conduziu a um presente com problemáticas mais complexas que as enfrentadas hoje pelos países desenvolvidos. Nesses últimos, por exemplo, o desemprego tem raízes no avanço e uso intensivo da tecnologia, que aumentou e refinou o sistema produtivo sem igual contrapartida em empregos; já no caso brasileiro [...] além dessa dificuldade a ser resolvida entre hoje e amanhã, carregamos o acúmulo passado de desigualdades. (Gonçalves, 1997, p. 54.)

Com base nestes argumentos, destacam-se aspectos positivos, como o potencial do país e sua capacidade de se integrar ao processo de mudanças que a globalização[34] exige; o consenso sobre a necessidade de reformulação do aparelho público, ineficiente e inadequado para atender às necessidades, tanto internas como externas, do país. Por outro lado, os problemas estruturais, historicamente já conhecidos e enraizados no país, constituem o peso negativo a ser carregado e que dificulta ainda mais o processo de realização das reformas.

No direcionamento das políticas econômicas e sociais do país, além das educacionais, não pode ser esquecida a influência de agências internacionais de financiamento, como o Banco Mundial, o FMI – Fundo Monetário Internacional, e a CEPAL – Comissão Econômica para a América Latina e Caribe, que propõem e por vezes impõem diretrizes, especialmente econômico-financeiras e à reforma administrativa. Estes fatores acabam se refletindo nas questões sociais, nem sempre de maneira positiva.

Quanto à Educação, já foi destacada a influência do Banco Mundial nas diretrizes propostas para esta área no país. Tais diretrizes ressaltam a importância da Educação para a diminuição das desigualdades sociais, abordando os problemas educacionais em especial no que se refere ao seu aspecto quantitativo, apesar de também cobrar avaliações do aprendizado.

Além dos fatores acima expostos, há a própria história do país e da Educação, que traz uma série de agravantes para problemas percebidos há tempos, mas cuja solução parece distante, por estarem tão arraigados na estrutura do Estado e na mentalidade cultural da população e dos grupos que a compõem. O contexto mundial e as novas exigências que ele traz vêm agravar ainda mais o quadro interno do país, devido a decisões políticas que nem sempre são tomadas visando ao longo prazo. Assim, o personalismo dos gover-

---

34. Ver também ABDE (1998).

nos, na história brasileira, gerou o hábito das descontinuidades políticas, muitas vezes até mesmo em sucessões do mesmo partido. Nesta tendência, não são considerados os problemas existentes – nem os trazidos de imediato pela fragmentação das diretrizes e pela própria descontinuidade, nem os de longo prazo, originários de decisões políticas inconseqüentes quanto ao futuro e vistosas no curto prazo –, e adotam-se políticas que geram maior simpatia por parte da população ou de alguns grupos específicos. Nesse sentido, se há desvios quanto à percepção e ao exercício da política, a população também tem uma parte da responsabilidade.

No Estado de São Paulo, no período de 1984 a 1997, o Ciclo Básico permanece, contrariando a descontinuidade política. A proposta do CB atendia a vários aspectos da questão, em especial as diretrizes educacionais apresentadas pelo Banco Mundial e o paradigma que questionava a seletividade, o acesso e a permanência do aluno carente na escola. Porém, neste momento, o fator legitimidade passa a ter um peso razoável na escola, que não aceita a idéia do CB logo de início. Com base nas entrevistas expostas no capítulo 2, percebe-se como ainda hoje há grande resistência ao Ciclo Básico, apesar de haver, também, quem procure demonstrar compreensão em relação à proposta, aplicando-a e apoiando-a.

Nas entrevistas, podem-se perceber algumas linhas básicas de pensamento, que sintetizam os interesses, necessidades e perspectivas principais dos grupos quanto à escola. Ressalte-se que o objetivo não é classificá-las como boas ou más, melhores ou piores, mas apenas destacar suas especificidades, a partir da realidade de cada grupo, quanto ao campo em que atuam, e a partir do qual consideram as questões educacionais.

Os delegados de ensino apresentam um discurso no qual destacam as realizações dos governos, no período em que exerceram ou exercem o cargo. Possuem uma visão bastante abrangente da escola como um todo, dos paradigmas que dirigem a Educação e da complexidade que é desenvolver e aplicar uma proposta educacional. Avaliam os prós e contras dos problemas e das propostas de solução para a Educação e ressaltam os aspectos positivos e as dificuldades enfrentadas pelo(s) governo(s) do período de sua gestão como delegados de ensino.

Os diretores apresentam um discurso crítico em relação às necessidades gerais da escola, incluindo dificuldades que afetam os professores. Destacam questões como autonomia, seletividade, qualidade do ensino e infra-estrutura, e indicam como principais problemas da Educação fatores externos à escola, como o nível socioeconômico da clientela escolar, o perfil do aluno, a desestruturação familiar e as políticas educacionais – vistas como externas por serem impostas, sem consulta à base da hierarquia da Secretaria da Educação. Porém destacam também a formação e atualização dos docentes como fator que interfere na qualidade do ensino. De forma geral, percebe-se o esforço da maioria e a resistência de alguns em gerenciar a escola em termos empresariais, apesar da forte tônica dada à afetividade entre o corpo escolar – professores, diretores, funcionários –, e mesmo em relação aos alunos, especialmente os mais carentes.

No discurso das professoras, o enfoque básico é o da relação interna à sala de aula e à escola: as dificuldades, os problemas ocorridos com alunos, muitas vezes referindo-se aos que outros professores enfrentam; os alunos-problema; a falta de participação dos pais e a desvalorização da Educação; a nova linha pedagógica baseada no construtivismo e as dificuldades de aceitação e/ou adaptação a ela; a carreira na Educação com os obstáculos iniciais e o desencanto e desestímulo profissional, especialmente quanto à questão salarial e à queda na qualidade do ensino. Esses assuntos são permeados por uma forte afetividade. Tendem também a atribuir aos fatores externos – os mesmos indicados pelos diretores – muitas das dificuldades da escola, com a diferença que as críticas ao corpo docente são menos freqüentes, mas existem. De modo geral, é um discurso mais restrito, em relação ao dos diretores.

Os pais indicados pela escola (PE) apresentam um discurso semelhante ao de diretores e professoras. Provavelmente isto se deve às condições sociais, econômicas e culturais parecidas, e ao contato mais freqüente com a escola e com as professoras, uma vez que é destacado que os pais dos bons alunos sempre vão às reuniões, além de alguns participarem da Associação de Pais e Mestres. Os fatores externos à escola são destacados como problemáticos, e não há muitas críticas à escola ou ao corpo docente.

Comparativamente falando, e considerando-se as diferentes características em relação aos pais acima indicados, os pais de alunos cujos nomes foram enviados ao Conselho Tutelas (PCT) apresentam uma visão diferente da escola e de seus problemas, sendo mesmo mais críticos, em comparação aos pais de alunos considerados bons. Obviamente, em razão dos problemas que os levaram ao Conselho Tutelar, sua relação com a escola e com diretores e professoras não é isenta de conflitos, o que os leva a localizar alguns problemas dentro da escola, não deixando de destacar, porém, o perfil dos alunos como agravante. Críticas à distribuição de material escolar, ao excesso de alunos em sala de aula e a professoras foram feitas, em uma evidência clara de divergências de perspectivas e necessidades em relação à escola, e da dificuldade em se fazer compreender, dificuldade esta que não é exclusiva de nenhum grupo. Pelo contrário, é compartilhada por todos eles.

O escalonamento dos grupos entrevistados demonstra como efetivamente o campo configura a visão, as preocupações e a compreensão dos elementos que envolvem a questão educacional. Esta configuração – e não determinação – é superada em algumas entrevistas, mas isso não é a regra, é a exceção. O senso comum dos grupos é suficiente para dificultar a aceitação e a aplicação de propostas políticas do governo, o que significa uma razoável – para não dizer grande – resistência a idéias que não se originem no mesmo grupo ou em outro que possua a mesma visão, ou que pelo menos não considere as expectativas que os sujeitos ligados diretamente à escola possuem. Nesse sentido, o possível caminho talvez fosse a discussão aberta em busca de um consenso dentro do possível, o que também não é tarefa simples.

Capítulo 5 **Conclusão**

> *Eu não sei qual a solução para o Brasil, mas, enquanto as pessoas não tiverem consciência crítica, indignação e capacidade de lutar, ele não muda. E não adianta culpar o presidente da República. Ele e os seus ministros são culpados pela parte administrativa do Executivo. Afinal, aceitaram a missão, sabendo das condições adversas. Não podem, porém, ser responsabilizados pela injustiça, pela indignidade e pela fraudulência dessa sociedade. Sem a regeneração da sociedade, não haverá reforma do Estado. Isso depende de consciência.*
>
> MARIA DA CONCEIÇÃO TAVARES

A Educação, no Brasil, enfrenta diversos problemas, bastante conhecidos, e que possuem raízes históricas. Questões como a qualidade da formação dos professores, a baixa qualidade do ensino, a infra-estrutura deficiente, o analfabetismo, a evasão e a repetência podem ser mais bem compreendidas com um breve olhar para o passado, suficiente para perceber a extensão e a profundidade dos problemas e constatar o tamanho do desafio a ser vencido, a fim de que a Educação cumpra, de forma satisfatória, seu papel na sociedade.

Considera-se que, a fim de melhor compreender os problemas educacionais, é preciso analisá-los no macrocontexto (histórico, político, econômico e mundial) e no microcontexto (a escola pública e os sujeitos sociais ligados a ela). Neste sentido é que esta pesquisa foi elaborada: analisando as falas dos sujeitos sociais, de grupos vinculados direta ou indiretamente à escola – delegados de ensino, diretores, professoras e pais e mães de alunos –, e para isto foram utilizados os conceitos de campo e *habitus* (Pierre Bourdieu), representação (Roger Chartier) e memória individual e coletiva (Maurice Halbwachs), uma vez que permitiram a investigação das percepções dos grupos, a partir de seus discursos.

A fim de evitar a redundância com temas já anteriormente destacados e para melhor pontuar algumas constatações percebidas e desenvolvidas no decorrer da pesquisa, a seguir serão enumeradas algumas observações importantes, visando retomar objetivamente a pergunta que norteou seus rumos: como as políticas educacionais e as condições que envolvem a realidade escolar (com ênfase na evasão e na repetência), nas escolas estaduais que atendem classes de 1.ª a 4.ª série, abrangidas pela DE de Assis – SP, foram percebidas pelos sujeitos sociais relacionados com a escola, no período compreendido entre 1984 e 1997?

1) Em razão dos diferentes campos, expectativas e necessidades dos grupos entrevistados, há também diversas visões a respeito da Educação e da escola pública. Isso leva a um certo conflito e a uma sensação de "não ser entendido" pelos demais grupos, incluindo o governo.

2) As percepções mais ou menos consensuais nos discursos dos entrevistados referem-se notadamente às conseqüências das políticas em relação à escola.

3) As diferentes visões e expectativas sobre a escola levam a um questionamento da legitimidade das políticas educacionais, que são mais ou menos aceitas e implementadas conforme a resistência ou a adesão à idéia proposta.

4) As perspectivas distintas dificultam o êxito da escola, por haver diferentes concepções do que seja este êxito, e também diferentes expectativas de resultados e conseqüências imediatos no cotidiano.

5) Não há uma visão dos problemas da Educação no longo prazo pautada nas condições históricas em que os problemas se desenvolveram e aprofundaram. Isto leva à personalização dos problemas na figura dos governantes e a uma reação negativa a mudanças.

6) Da mesma forma, não há, na percepção dos entrevistados, uma contextualização mais abrangente das questões educacionais, em relação às questões atuais como globalização, influência de órgãos internacionais e reforma do Estado.

Com base nesses eixos principais, é possível verificar que um dos grandes problemas que afetam a escola é a diversidade de perspectivas em relação a ela, remetendo diretamente a um problema de legitimidade. Parte desse problema pode ser compreendido pela constante descontinuidade das políticas educacionais, o que acaba por desgastar os sujeitos sociais diretamente afetados por elas. Esta hipersensibilidade social negativa a quaisquer políticas – sejam educacionais, econômicas ou de ajuste e reforma da estrutura do Estado – é uma reação comum e em parte compreensível, uma vez que elas trazem conseqüências diretas aos sujeitos, como mudanças que afetarão seu cotidiano e seus interesses imediatos e futuros.

Especificamente no que se refere à Educação, há a percepção dos problemas, mas para possíveis soluções e propostas políticas deve-se considerar também um contexto muito mais abrangente do que as dificuldades e especificidades de cada escola: as diversas crises – do Estado, da Educação – e o processo de globalização, que vêm agravar ainda mais o quadro educacional do país, uma vez que impõem novas necessidades. Simultaneamente, questões básicas como a demanda por escolas e a qualidade do ensino ainda não conseguem ser atendidas e conciliadas. Assim, o peso do passado é muito grande e as cobranças sociais manifestam-se mais pela discordância – nem sempre explícita e exposta – diante das políticas adotadas do que por novas propostas. Alie-se a este quadro um corporativismo na defesa dos interesses de classe, as grandes desigualdades sociais, a crise econômica e política, a pouca credibilidade no sistema político e uma cultura da população ainda não habituada a participar, a fazer cobranças e a efetivamente colaborar no processo de democratização do país, e ter-se-á então uma idéia da abrangência e da complexidade dos problemas e das dificuldades a serem superadas. Nesse contexto é que se entende que a Educação tem um papel fundamental nesse desejável processo de amadurecimento e de conscientização, embora não se deva esperar que ela sozinha dê conta de encaminhar estas mudanças, que passam por outros âmbitos – político, econômico, social, cultural e individual –, cada qual com sua parcela de responsabilidade.

Recomendações para novas investigações

No decorrer da pesquisa, algumas questões que surgiram não puderam ser mais aprofundadas, por extrapolarem sua abrangência, mas podem ser temas de futuras investigações:

1) a visão específica dos pais e dos alunos considerados problema;

2) a influência do Banco Mundial nas diretrizes das políticas educacionais, que demonstrou ser um importante fator a considerar, devido ao seu peso no financiamento da Educação no país; e

3) os partidos políticos e suas propostas e ações para a Educação, no âmbito estadual e também no federal.

Dessas sugestões, outros questionamento poderão surgir. Espero que sim, visto que poderão contribuir ainda mais para o desenvolvimento da complexa estrutura que envolve e permeia a questão educacional no país, a fim de que possam ser superados os desafios e suas limitações.

Anexo

Classificação temática da legislação estadual

Assunto	84	85	86	87	88	89	90	91	92	93	94	95	96	97
Aspectos didáticos e pedagógicos – Materiais												1		6
Aspectos didáticos e pedagógicos – Currículo	1	2		4	1	1					1	1	4	
Descentralização/administração pública – Avaliação da escola pública e de políticas	1	1					2	1	2	1	3	1	1	1
Descentralização/administração pública – Municipalização	5	4	1	4	1	3	3	2		1	1	4	7	3
Descentralização/administração pública – Políticas e diretrizes educacionais	10	3	12	17	7	1		8	11	5	6	4	6	
Descentralização/administração pública – Projetos assistenciais e sua regulamentação	3	4	2	5	7	7	8	2	6	2	6	2	3	1
Descentralização/administração pública – Projetos específicos e sua regulamentação	1	2	2	1	11	8	3	1	3	1	3	2	2	3
Descentralização/administração pública – Reforma e administração do Estado	4	4	1	4		1	2	1		2		1		
Descentralização/administração pública – Verbas	3	5	4	5	1	2	4	6	4	6	3	3	4	2
Fracasso escolar – Repetência	1		2	2				1					1	
Fracasso escolar – Avaliação da aprendizagem	3	1										1	1	
Fracasso escolar – Recuperação	1						1						2	
Fracasso escolar – Evasão													1	
Funcionalismo e escola (funcionamento da escola) – Atribuições e regulamentação administrativa da escola	14	5	16	6	1	3	11	1	3	3	4	6	2	
Funcionalismo e escola (funcionamento da escola) – Calendário e carga horária	2	1	2	1	2	3	2		1		1	1	2	
Funcionalismo e escola (funcionamento da escola) – Docentes	18	9	28	12	13	12	4	10	7	8	5	9	5	2
Funcionalismo e escola (funcionamento da escola) – Funcionamento administrativo da escola	75	18	4	1		3	1	4	4	7	4	4		4
Infra-estrutura SE – Departamento pessoal	108	45	115	36	14	21	16	15	12	24	12	11	13	12
Infra-estrutura SE – Reestruturação administrativa e reorganização física da rede	86	149	74	191	163	22	22	13	11	11	14	14	6	2
Infra-estrutura SE – Reformas físicas e equipamentos	3	6	4	10	3	5	1	6	4	1	3	9	1	3

Fonte: Elaborado a partir da publicação da SE/CENP: Legislação de ensino de 1.º e 2.º graus – vários volumes, de 1984 a 1997.

Referências bibliográficas

ABDE – Associação Brasileira de Instituições Financeiras de Desenvolvimento (org.). *Lições de mestres: entrevistas sobre globalização e desenvolvimento econômico*. Rio de Janeiro, Campus/ABDE, 1998.
ALBERTI, Verena. *História oral: a experiência do CPDOC*. Rio de Janeiro, FGV/CPDOC, 1989.
ALBUQUERQUE, José A. G. "Credibilidade internacional e fatores domésticos na estabilização política brasileira". *São Paulo em Perspectiva – SEADE*, São Paulo, vol. 10, n.º 4, pp. 3-12, outubro-dezembro de 1996.
ARELARO, Lisete R. G. "Ampliação do período de alfabetização nas séries iniciais – O Ciclo Básico em São Paulo: algumas considerações". *Idéias*, São Paulo, FDE, n.º 1, pp. 53-5, 1988.
AZEVEDO, Janete M. L. "A temática da qualidade e a política educacional no Brasil". *Educação & Sociedade*, Campinas, Papirus, n.º 49, pp. 449-67, dezembro de 1994.
BARROS, Myriam M. L. "Memória e família". *Estudos Históricos*, Rio de Janeiro, vol. 2, n.º 3, pp. 29-42 (Memória), 1989.
BENEVIDES, Maria V. M. *O governo Kubitschek – desenvolvimento econômico e estabilidade política (1956-1961)*. Rio de Janeiro, Paz e Terra, 1976.
BOBBIO, Norberto. "Legalidade". In: BOBBIO, N.; MATTEUCCI, N. e PASQUINO, G. *Dicionário de política*. 7.ª ed. 2 vols. Brasília, UnB, 1995, pp. 674-5.
BOSI, Ecléa. *Memória e sociedade: lembranças de velhos*. 2.ª ed. São Paulo, T.A. Queiroz/EDUSP, 1987.
BOURDIEU, Pierre. *Lições da aula*. São Paulo, Ática, 1988.

―――. *O poder simbólico*. Lisboa, Difel, 1989.
―――. *Razões práticas – sobre a teoria da ação*. Campinas, Papirus, 1996.
BRASIL. *Constituição Federativa do Brasil*, 1988.
―――. *Nova LDB – Lei de Diretrizes e Bases da Educação Nacional*. Rio de Janeiro, Dunya, 1997.
BRESSER PEREIRA, Luiz C. *Crise econômica e reforma do Estado no Brasil – para uma nova interpretação da América Latina*. São Paulo, Edições 34, 1996.
BRUSCHINI, Cristina e RIDENTI, Sandra. "Família, casa e trabalho". *Cadernos de Pesquisa*, São Paulo, n° 88, pp. 30-6, fevereiro de 1994.
―――. "Especial globalização e políticas educacionais na América Latina". *Cadernos de Pesquisa*, São Paulo, n° 100, março de 1997.
CAIXETA, Nely. "Como gatos magros podem virar tigres". *Brasil em Exame 1997*, (645), ano 31, n° 20, São Paulo, Abril, pp. 12-5, 1997.
―――. "A educação iguala as oportunidades (Entrevista com Gary Becker)". *Brasil em Exame 1997*, (645), ano 31, n° 20, São Paulo, Abril, pp. 16-9, 1997.
CAMARGO, Aspásia. "O futuro exige um (bom) roteiro". In: ABDE – Associação Brasileira de Instituições Financeiras de Desenvolvimento (org.). *Lições de mestres: entrevistas sobre globalização e desenvolvimento econômico*. Rio de Janeiro, Campus/ABDE, 1998, pp. 23-35.
CARDINI, Franco. "História, história social, história oral, folclore". *Psicologia USP*, São Paulo, vol. 4, n°s 1-2, p. 327, 1993.
CASASSUS, Juan. "Descentralização e desconcentração educacional na América Latina: fundamentos e crítica". *Cadernos de Pesquisa*, São Paulo, n° 74, pp. 11-9, agosto de 1990.
CASTOR, Belmiro V. J. "Fundamentos para um novo modelo do setor público no Brasil". *Revista de Administração Pública*, Rio de Janeiro, FGV, vol. 28, n° 3, pp. 101-8, 1994.
CHARTIER, Roger. *A história cultural. Entre práticas e representações*. Lisboa, Difel, 1988.
CODATO, Adriano N. *Sistema estatal e política no Brasil pós-64*. São Paulo, Hucitec/ANPOCS/UFPR, 1997.
CUNHA, Luiz A. *Educação, Estado e democracia no Brasil*. 2ª ed. São Paulo, Cortez, 1995.
DA MATTA, Roberto. "Brasil: enfim, uma sociedade pós-moderna". In: ABDE – Associação Brasileira de Instituições Financeiras de Desenvolvimento (org.). *Lições de mestres: entrevistas sobre globalização e desenvolvimento econômico*. Rio de Janeiro, Campus/ABDE, 1998, pp. 243-53.
DEMO, Pedro. *A nova LDB – ranços e avanços*, col. Magistério: Formação e trabalho pedagógico. Campinas, Papirus, 1997.

DE TOMMASI, Lívia; WARDE, M. J. e HADDAD, Sérgio (org.). *O Banco Mundial e as políticas educacionais*. São Paulo, Cortez/Ação Educativa/PUC, 1996.

DINIZ, Eli. *Crise, reforma do Estado e governabilidade – Brasil, 1985-95*. Rio de Janeiro, FGV, 1997.

———. "Em busca de um novo paradigma – a reforma do Estado no Brasil dos anos 90". *São Paulo em Perspectiva – SEADE*, São Paulo, vol. 10, n° 4, pp. 13-26, outubro-dezembro de 1996.

ESTADO DE SÃO PAULO. *Documento preliminar n° 1*. Secretaria do Estado da Educação, 1983.

FAUSTO, Boris. *História do Brasil*. 4.ª ed. São Paulo, EDUSP/FDE, 1996.

FIORI, José L. "A governabilidade democrática na nova ordem econômica". *Novos Estudos Cebrap*, São Paulo, n° 43, pp. 157-72, novembro de 1995.

———. "Ajuste, transição e governabilidade: o enigma brasileiro". In: TAVARES, Maria C. e FIORI, José L. *(Des)ajuste global e modernização conservadora*. Rio de Janeiro, Paz e Terra, 1996, pp. 127-93.

Folha de S.Paulo. "País tem 21% de professores sem formação mínima". Cotidiano, pp. 8-9, 11/2/98.

———. "Repetência e evasão emperram ensino no Brasil". Cotidiano, pp. 3-8/9, 8/2/98.

FONSECA, Eduardo Giannetti da. "Discurso luminoso para um quadro negro". *Brasil em Exame 1997*, (645), ano 31, n° 20, São Paulo, Abril, pp. 28-30, 1997.

FRANCO, Maria L. P. B. "Qualidade de ensino: critérios e avaliação de seus indicadores". *Idéias*, São Paulo, FDE, n° 22, pp. 81-7, 1994.

GERMANO, José W. *Estado militar e educação no Brasil (1964-1985)*. 2.ª ed. São Paulo, Cortez, 1994.

GHIRALDELLI JR., Paulo. *História da educação*, col. Magistério: 2° grau, série Formação do professor. São Paulo, Cortez, 1990.

GOMES, Angela M. C. *Burguesia e trabalho – política e legislação social no Brasil 1917-1937*. Rio de Janeiro, Campus, 1979.

GONÇALVES, Sandro A. *Ambientes institucional e técnico e esquemas interpretativos – o caso da COPEL*. Curitiba, 1997. (Dissertação de Mestrado – UFPR.)

HABERT, Nadine. *A década de 70 – Apogeu e crise da ditadura militar brasileira*. 3.ª ed. São Paulo, Ática, 1996.

HALBWACHS, Maurice. *A memória coletiva*. São Paulo, Vértice/Ed. Revista dos Tribunais, 1990.

IANNI, Octavio. *A sociedade global*. Rio de Janeiro, Civilização Brasileira, 1992.

LALANDE, André. *Vocabulário técnico e crítico da filosofia*. São Paulo, Martins Fontes, 1993.

LAMOUNIER, Bolívar. "O que preocupa é o tamanho do desafio". *Brasil em Exame 1997*, (645), ano 31, n.º 20, São Paulo, Abril, pp. 40-2, 1997.

LAUGLO, Jon. "Crítica às prioridades e estratégias do Banco Mundial para a educação". *Cadernos de Pesquisa*, São Paulo, n.º 100, pp. 11-36, março de 1997.

LE GOFF, Jacques. "Documento/monumento". In: LE GOFF, Jacques *et al. Memória/História*. Lisboa, Imprensa Nacional/Casa da Moeda, 1984 (Enciclopédia Einaudi, vol. 1).

———. *História e memória*. 2.ª ed. São Paulo, Ed. Unicamp, 1992.

LEITE, Márcia P. "Três anos de greves em São Paulo (1983-1985)". *São Paulo em Perspectiva*, São Paulo, 1(2), pp. 50-64, julho-setembro de 1987.

LEVI, Lucio. "Legitimidade". In: BOBBIO, N.; MATTEUCCI, N. e PASQUINO, G. *Dicionário de política*. 7.ª ed. 2 vols. Brasília, UnB, 1995, pp. 675-9.

LOBO, Thereza. "Descentralização: conceitos, princípios, prática governamental". *Cadernos de Pesquisa*, São Paulo (74), pp. 5-10, agosto de 1990.

LONGO, Waldimir P. "Educação. O capital que aduba o futuro". In: ABDE – Associação Brasileira de Instituições Financeiras de Desenvolvimento (org.). *Lições de mestres: entrevistas sobre globalização e desenvolvimento econômico*. Rio de Janeiro, Campus/ABDE, 1998, pp. 255-70.

MATOS, Heloisa M. L. *Análise do ensino fundamental na cidade do Rio de Janeiro: caracterização sócio-político-pedagógica de três administrações públicas: 1946-51, 1960-65 e 1975-79*. 2 vols. Rio de Janeiro, 1985. (Dissertação de Mestrado em Educação – PUC/RJ.)

MELLO, Guimar N. "Pesquisa educacional, políticas governamentais e o ensino de 1.º grau". *Cadernos de Pesquisa*, São Paulo, n.º 53, pp. 25-31, maio de 1985.

MELLO, Sylvia L. "Classes populares, família e preconceito". *Psicologia USP*, São Paulo, 3 (1/2), pp. 123-30, 1992.

MENDONÇA, Sonia R. e FONTES, Virginia M. *História do Brasil recente – 1964-1992*. 4.ª ed. São Paulo, Ática, 1996.

MINTO, César A. *Legislação educacional e cidadania virtual nos anos 90*. São Paulo, Faculdade de Educação/USP, 1996. (Tese de Doutorado em Educação.)

MÔNACO, Lourival C. "Tecnologia. O verdadeiro motor do desenvolvimento". In: ABDE – Associação Brasileira de Instituições Financeiras de Desenvolvimento (org.). *Lições de mestres: entrevistas sobre globalização e desenvolvimento econômico*. Rio de Janeiro, Campus/ABDE, 1998, pp. 179-90.

MORAES, Marieta de (org.). *História oral*. Rio de Janeiro, Diadorim/Finep, 1994.

NICOLACI-DA-COSTA, Ana M. *Sujeito e cotidiano – um estudo da dimensão psicológica do social*, Rio de Janeiro, Campus, 1987. Série Campus de Psicanálise e Psicologia.

NOBRE, Marcos e FREIRE, Vinícius T. "Política difícil, estabilização imperfeita: os anos FHC". *Novos Estudos Cebrap*, São Paulo, n° 51, pp. 123-47, julho de 1998.

PAES, Maria H. S. *A década de 60 – Rebeldia, contestação e repressão política*. 4ª ed. São Paulo, Ática, 1997.

PATTO, Maria H. S. *Privação cultural e educação pré-escolar*. Rio de Janeiro, José Olympio, 1973.

PEREIRA, Luiz. "O magistério primário na sociedade de classe". *Boletim* n° 277 da Faculdade de Filosofia, Ciências e Letras da USP, Sociologia I, n° 10, São Paulo, 1963.

PERES, Tirsa R. "A formação do professor da 1ª a 4ª série do 1° grau, a partir de 1930". *Idéias*, São Paulo, FDE, n° 3, pp. 29-34, 1988.

PEREZ, José R. P. *A política educacional do Estado de São Paulo – 1967/1990*. Campinas, Faculdade de Educação/Unicamp, 1994. (Tese de Doutorado, 1994.)

PIMENTA, Selma G. "Funções sócio-históricas da formação de professores da 1ª à 4ª série do 1° grau". *Idéias*, São Paulo, FDE, n° 3, pp. 35-44, 1988.

POLLAK, Michel. "Memória, esquecimento, silêncio". *Estudos Históricos*. Rio de Janeiro, vol. 2, n° 3, pp. 3-15, 1989.

———. "Memória e identidade social". *Estudos Históricos*. Rio de Janeiro, vol. 5, n° 10, pp. 200-12, 1992.

QUALTER, Terence H. "Opinião". In: OUTHWAITE, William e BOTTOMORE, Tom. *Dicionário do pensamento social do século XX*. Rio de Janeiro, Jorge Zahar, 1996, pp. 536-7.

QUEIROZ, Maria I. P. "Relatos orais: do 'Indizível ao dizível'". *SBPC – Ciência e Cultura*, São Paulo, vol. 39, n° 3, pp. 272-86, março de 1987.

RIBEIRO, Darcy. "Utopia Brasil". In: ABDE – Associação Brasileira de Instituições Financeiras de Desenvolvimento (org.). *Lições de mestres: entrevistas sobre globalização e desenvolvimento econômico*. Rio de Janeiro, Campus/ABDE, 1998, pp. 91-101.

RICHARDSON, Roberto J. et al. *Pesquisa social: métodos e técnicas*. São Paulo, Atlas, 1985.

RODRIGUES, Marly. *A década de 80 – Brasil: quando a multidão voltou às praças*. 2ª ed. São Paulo, Ática, 1994.

———. *A década de 50 – Populismo e metas desenvolvimentistas no Brasil*. 3ª ed. São Paulo, Ática, 1996.

ROMANELLI, Otaíza O. *História da educação no Brasil (1930-1973)*. 8.ª ed. Petrópolis, Vozes, 1986.

ROUSSO, Henry. "A memória não é mais a mesma". In: AMADO, Janaína e FERREIRA, Marieta M. (org.). *Uso e abusos da história oral*. Rio de Janeiro, FGV, 1996, pp. 92-114.

SALLUM JR., Brasilio. *Labirintos – dos generais à Nova República*. São Paulo, Hucitec, 1996.

SANTOS, Paula M. "Anais legislativos: possibilidades e limites dessa fonte de pesquisa para a história da educação". In: CARVALHO, Marta M. C. (org.). *Pesquisa histórica: retratos da educação no Brasil*. GT História da Educação – ANPED. Rio de Janeiro, UFRJ, 1995, pp. 19-32.

SAVIANI, Demerval. *Política e educação no Brasil: o papel do Congresso Nacional na legislação do ensino*. São Paulo, Cortez/Autores Associados, 1978.

―――. "Neo-liberalismo ou pós-liberalismo? Educação pública, crise do Estado e democracia na América Latina". In: SAVIANI, D.; MELCHIOR, J. C. A.; SILVA, T. R. N. e BARRETO, E. S. S. *Estado e educação*. Campinas, Papirus/Ande/Anped, 1992.

SCHMIDT, Maria L. S. e MAHFOUD, Miguel. "Halbwachs: memória coletiva e experiência". *Psicologia USP*, São Paulo, vol. 4, n.º 1-2, pp. 285-98, 1993.

SELLTIZ, C. *et al*. *Métodos de pesquisa nas relações sociais* (vol. 1: Delineamentos da pesquisa; vol. 2: Medida na pesquisa social; vol. 3: Análise de resultados). São Paulo, EPU, 1987.

SILVA, Carmem S. B. "A nova LDB: do projeto coletivo progressista à legislação da aliança neoliberal". In: SILVA, Carmem S. B. e MACHADO, Lourdes M. (org.). *Nova LDB: trajetória para a cidadania?* São Paulo, Arte & Ciência, 1998, pp. 23-32.

SILVA, Maria A. S. "A melhoria da qualidade do ensino: do discurso à ação". *Cadernos de Pesquisa*, São Paulo, n.º 84, pp. 83-6, fevereiro de 1993.

SILVA, Rose Neubauer e DAVIS, Cláudia. "O nó górdio da educação brasileira: ensino fundamental". *Cadernos de Pesquisa*, São Paulo, n.º 80, pp. 28-40, fevereiro de 1992.

SILVA, Rose Neubauer; DAVIS, Cláudia; ESPOSITO, Yara L. e MELLO, Guiomar N. "O descompromisso das políticas públicas com a qualidade do ensino". *Cadernos de Pesquisa*, São Paulo, n.º 84, pp. 5-16, fevereiro de 1993.

SILVA JR., Celestino A. "Parâmetros Curriculares Nacionais: uma discussão em abstrato". In: SILVA, Carmem S. B. e MACHADO, Lourdes M. (org.). *Nova LDB: trajetória para a cidadania?* São Paulo, Arte & Ciência, 1998, pp. 87-92.

SINGER, Paul. "Poder, política e educação". *Revista Brasileira de Educação – ANPED*. Campinas/Autores Associados, n.° 1, pp. 5-15, janeiro-abril de 1996.
SOARES, Maria C. C. "Banco Mundial: políticas e reformas". In: DE TOMMASI, Livia; WARDE, Mirian J. e HADDAD, Sérgio (org.). *O Banco Mundial e as políticas públicas*. São Paulo, Cortez/Ação Educativa/PUC, 1996, pp. 15-40.
SOLA, Lourdes. *Idéias econômicas, decisões políticas: desenvolvimento estabilidade e populismo*. São Paulo, EDUSP/FAPESP, 1998.
TANURI, Leonor M. *O ensino normal no Estado de São Paulo 1890-1930*. São Paulo, FEUSP, 1979.
———. "A nova LDB e a questão da administração educacional". In: SILVA, Carmem S. B. e MACHADO, Lourdes M. (org.). *Nova LDB: trajetória para a cidadania?* São Paulo, Arte & Ciência, 1998, pp. 33-8.
TAVARES, Maria C. e FIORI, José L. *(Des)ajuste global e modernização conservadora*. Rio de Janeiro, Paz e Terra, 1996.
THOMPSON, Paul. *A voz do passado: história oral*. Rio de Janeiro, Paz e Terra, 1992.
TORRES, Rosa M. "Melhorar a qualidade da educação básica? As estratégias do Banco Mundial". In: DE TOMMASI, Livia; WARDE, Mirian J. e HADDAD, Sérgio (org.). *O Banco Mundial e as políticas públicas*. São Paulo, Cortez/Ação Educativa/PUC, 1996, pp. 75-124.
WAISELFISZ, Jacobo. "Sistemas de avaliação do desempenho escolar e políticas públicas". *Ensaio*, São Paulo, n.° 1, pp. 5-22, 1993.
WANDERLEY, Luiz E. W. "Rumos da ordem pública no Brasil: a construção do público". *São Paulo em Perspectiva – SEADE*. São Paulo, vol. 10, n.° 4, pp. 96-106, outubro-dezembro de 1996.
WEREBE, Maria J. G. *Grandezas e misérias do ensino no Brasil*. 4.ª ed. São Paulo, Difel, 1970.
———. *30 anos depois – Grandezas e misérias do ensino no Brasil*. 2.ª ed. São Paulo, Ática, 1997.
WILLIAMSON, John. "Reformas políticas na América Latina na década de 80". *Revista de Economia Política*, São Paulo, vol. 12, n.° 1, pp. 43-9, janeiro-março de 1992.
ZIBAS, Dagmar M. L. "Escola pública *versus* escola privada: o fim da história?" *Cadernos de Pesquisa*, São Paulo, n.° 100, pp. 57-77, março de 1997.